어서오세요 실력지상주의 교실에 2**학년편**

Welcome to the Classroom of the Second-year

⑨

키누가사 쇼고 ✕
토모세슌사쿠

"조, 좋은 아침이야, 아야노코지."

약속 시각보다 조금 전에 정한 장소에 도착하니,
이치노세가 뒷짐 진 손에 우산을 들고 이미 나와 기다리고 있었다.

"있지—— 아야노코지 얼굴 만져봐도 돼?"

"만져도 경품 안 나오는데."

그런 농담 섞인 대답을 하자
이치노세가 부드럽게 웃으면서 고개를 끄덕였다.

그칠 줄 모르는 비. 이치노세 호나미와 류엔 카케루.

9

어서오세요 실력지상주의 교실에 2학년편
Welcome to the Classroom of the Second-year

어서 오세요
실력지상주의 교실에
2학년 편 9

키누가사 쇼고 지음 / 토모세슌사쿠 일러스트 / 조민정 옮김

소미미디어

어서오세요 실력지상주의 교실에 2학년편 ⑨
Welcome to the Classroom of the Second-year

c o n t e n t s

커버, 본문 일러스트 : 토모세슌사쿠

○나구모 미야비의 독백

언젠가부터 나는 공부도 운동도 일등이었다.

언젠가부터 내 주위에는 내 덕을 보려는 사람들이 모여들었다.

특별히 어떤 노력을 한 건 아니다.

그저 똑같은 시간에 똑같은 내용을 배워도 습득 능력이 누구보다 뛰어났을 뿐이다.

그것은—— 공교롭게도 인기인이 되기 위한 필요조건.

인기는 곧 재능이다.

어린 시절부터 나에게는 인기인이 되기 위한 재능이 있었다.

물론 모두가 나를 좋아하는 건 아니라는 사실쯤은 잘 알고 있다.

특히 라이벌로 의식하는 사람들은 나를 싫어할 것이다.

하지만 딱히 상관없다.

선악을 떠나서 어중이떠중이들이 나를 인기인으로 여긴다면 그걸로 족했다.

초등학교 때도 중학교 때도 변하지 않는 나의 인기인 인생, 눈부신 길.

그런데 이따금 느끼는 영문 모를 작은 위화감이 줄곧 사라지지 않았다.

답이 나오지 않는 위화감.

자유롭기만 한 인생에서 오직 그것만이 마음 깊은 곳에서 풀리지 않고 계속 남아 있었다.

많은 사람이 나를 인정하고 따르는데도 사라지지 않는 위화감.
하지만 신경 쓰지 않기로 했다.
위화감이 있든 없든, 계속 일등을 하고 인기인으로 있으면 그만이다.

그럴 터였다.

그런데 고등학교에 입학하고 상황이 일변했다.

위화감이 수면 위로 올라오는 것이 강하게 느껴졌다.
호리키타 마나부. 한 학년 위인 그는 많은 사람이 존경

하는 남자였다.

나보다 훨씬 눈부시고 총명하고 확고한 신념도 갖추었다.

그리고 또 한 사람, 호리키타 마나부와는 다르지만 특별한 재능을 가진 녀석이 한 학년 아래에 나타났다.

아야노코지 키요타카. 완전히 이질적인 존재, 건방진 태도, 그렇지만 실력은 틀림없는 진짜.

내가 이룬 것은 그 두 사람에게 뒤지지 않는다.

그러나 사라지지 않는 위화감과 함께 때때로 그런 생각이 들 때가 있다.

내 실력은 진짜일까?

아니면 단순히 운이 나빠 호적수를 만나지 못했을 뿐인 벌거벗은 임금님은 아니었을까?

그렇게 생각하지 않을 수 없었다.

그것이 위화감의 정체.

그러니까 나는 위화감을 떨쳐내기 위해 결착을 지어야만

한다.

아야노코지 키요타카를 쓰러트리고 진정한 실력자가 되어야만 한다.

그렇지 않으면──.

○기운의 징조

2학기도 드디어 끝이 보이기 시작했다.

수학여행이라는 즐거운 이벤트는 덧없는 꿈처럼 지나가 버렸지만, 2학년에게는 곧 겨울방학이 기다리고 있다. 겨울은 1년의 끝, 이별을 예감하게 하는 계절.

오늘은 최저 기온이 1℃라서 그런지 꽤 쌀쌀했다.

통학로를 잰걸음으로 빠져나가는 학생들도 춥다는 말을 주고받으며 하얀 숨을 토했다. 여느 때와 다름없는 아침의 일상 풍경을 나는 매일 눈에 담고 기억에 새긴다.

오늘만 사는 사람이야 이런 풍경을 봐서 뭐 하나 싶겠지.

하지만 그 기간이 제한적이라는 사실을 알면 어떨까.

만약 앞으로 1년밖에 못 보는 세계라는 사실을 알면 어떨까?

아마 이 일상이 눈부시게 빛나는 보석처럼 보일 게 틀림없다.

기다리는 사람이 올 때까지, 그러한 일상 풍경을 응시하고 있는데 한 통의 메시지가 들어왔다.

『오늘 방과 후에 학생회실로 와라.』

찍소리도 못하게 만드는 강제적인 문장이 나구모에게서 날아왔다.

"학생회실이라."

별로 응하고 싶지 않지만, 앞으로의 일까지 고려하면 쉽게 거절할 수 없다.

그리고 문화제 때 이해관계의 일치 때문이긴 했어도 서로 힘을 합친 적이 있다.

나는 알겠다는 짧은 답장을 보내고 스마트폰 화면을 껐다.

다시 학생들과 풍경을 구경하던 내 시야에 혼자 등교하는 쿠시다의 모습이 들어왔다.

딱히 인사를 건네지도 않고 지켜보고 있자, 나를 향해 웃으면서 손을 흔들었다. 나도 손을 들어 화답했는데——스쳐 지나가기 직전 갑자기 나를 노려보았다.

"뭐야……? 아침부터."

먼저 인사하길래 나도 인사했을 뿐인데, 왜 노려보냐.

보는 사람이 없다고 확신하고 지은 표정 같은데, 딱히 내가 뭘 잘못한 기억은 없다.

경위상, 단순히 쿠시다가 나를 싫어하니 어쩔 수 없다고 한다면 그렇겠지만…….

아침부터 뜬금없이 자해 공갈범한테 당한 것만 같은 기분이다.

"미안해, 키요타카! 많이 기다렸지!"

바로 그때 케이가 숨을 헐떡이며 기숙사 쪽에서 뛰어왔다.

"고작 몇 분 늦었는데 뭐, 너무 신경 쓸 거 없어."

"그건 그렇지만……. 밖에서 기다려서 춥지 않았어?"

원래는 기숙사 로비에서 만났었기에 이상하다는 표정을

지었다.

"괜찮았어. 그보다 머리 약간 헝클어졌는데."

많이 당황했었는지 케이답지 않게 흐트러진 모습이었다.

"으아앗!"

부끄러워하며 손으로 머리를 누르는 케이. 그런 후 허둥 지둥 머리를 손질했다.

하지만 아무리 만지고 또 만져도 머리카락이 자꾸 삐져 나왔다.

"으앗, 어떡해……!"

"그 정도는 괜찮지 않을까? 혼도나 이케 같은 애들은 그 보다 훨씬 심한 까치집으로 교실에 오는데."

"그런 남자애들이랑 같이 취급하지 마~! 으으, 학교 도 착하면 화장실부터 갈래……."

창피하다면서 눌린 머리를 손으로 가리고 걷는 케이.

뭐, 이렇게 꾸미고 몸가짐에 신경 쓰는 건 나쁘지 않지.

1

혼자 먼저 교실에 들어간 나는 바로 내 자리에 가서 앉 았다.

"안녕, 키요타카."

"어어, 안녕."

여자들에게 둘러싸여 있던 요스케가 나를 보고 말을 걸었다. 인사해주는 건 기쁘지만, 여자애들의 『나의 히라타 군을 돌려줘』 하는 시선이 따갑다.

"괜한 오지랖일지도 모르지만 내가 도움 될 일이 있으면 말해줬으면 좋겠어."

무슨 말을 하려나 했더니 또 그렇게 당부했다.

"요즘에 매일 똑같은 말을 하는 것 같은데?"

요스케가 신경 쓰는 것은 멀리서 나를 살짝 의식하고 있는 세 명 그룹.

예전에 내가 속했던 그룹인 만큼 내가 빠져나온 게 걱정 스럽겠지.

수학여행 전후부터 요스케가 안절부절못하고 있는 것만 은 확실하다.

당사자가 신경 쓰지 않는다고 해도 요스케가 신경 쓰는 타입이라는 점이 문제다.

"만약에 무슨 일 있으면 그땐 꼭 말할게, 고맙다. 가능하 다면 조용히 지켜봐 주길 바란다."

그래서 그 마음은 잘 안다고 다시 한번 전해두었다.

이렇게 해도 아마 요스케는 우리 사이가 회복될 때까지 꾸준히 말하겠지.

"나도 참 문제라니까. 반의 불안정한 모습을 보면 가만 히 있지를 못하니……."

요스케는 참지 못하고 말해버리는 자신이 싫은 듯했다.

자기 잘못도 아니건만, 피곤한 성격이네.

"그럼 널 기다리는 여자애들부터 상대해줘. 난 그쪽이 더 신경 쓰인다."

언제까지 요스케를 독점할 거냐는 질투 어린 시선은 시간이 지날수록 점점 더 강렬해졌다.

잠시 후 케이가 교실에 들어와서 요스케는 이만 여자애들이 있는 곳으로 돌아갔다. 종이 울리고 차바시라 선생님이 등장하면서, 오늘도 학교에서의 새로운 하루의 막이 올랐다.

"이제는 그다지 놀라지 않으리라 생각한다만, 겨울방학에 들어가기 전에 너희는 2학기 마지막 특별시험을 치르게 되었다."

지금까지 겪어오면서 아이들은 이제 특별시험에 내성이 생겼지만, 아무리 그래도 이번에는 바로 겨울방학이 시작되리라고 생각했던 만큼 평소보다 조금 더 동요했다.

"오호. 아무래도 이번에는 조금 놀란 것 같구나."

문화제, 수학여행이라는 큰 이벤트를 연달아 치른 참이니 말이지.

이 학교 측에서는 그건 그거고, 특별시험은 특별시험이겠지만.

다만 특별시험을 치른다고 해도, 남은 2학기는 고작 2주 남짓.

그러니 장기적인 준비나 대책이 필요한 시험은 아닌 듯

한데, 과연 어떤 내용일까.

"단단히 준비하고 싶은 마음은 이해한다만, 그렇게 당황할 필요는 없다. 너희가 제일 걱정하는 '퇴학자가 나오는 시험'은 아니니까."

중요한 퇴학 관련 요소는 이번 특별시험에서 일시 중단된다는 모양이다.

"다만 당연한 말인데, 승패에 따른 반 포인트 변동은 피할 수 없어. 앞으로 더욱 A반을 맹추격해야 할 너희는 져도 되는 상황이 아니겠지."

한두 번 이겨서는 따라잡지 못한다.

앞으로 있을 모든 대결에서 전부 이길 각오를 하지 않으면 아무 소용 없는 것이다.

"이번 특별시험에서는 철저히 기억해야 하는 복잡한 규칙은 없어. 다른 반과 일대일로 학력을 놓고 대결하는 거다."

학력 대결. 학생, 특히 이 학교 학생으로서는 놀랄 만한 내용이 아니다.

오히려 평범하기 그지없다.

일반적인 중간고사와 기말고사도 서로 간의 경쟁이니까.

하지만 특별시험이라고 못 박은 이상, 어떤 특수 규칙이 존재하고 승패를 크게 좌우하리라는 것은 새삼스럽게 말할 필요도 없다.

"승자는 패자로부터 50 반 포인트를 받는다. 이기면 50 반 포인트를 얻고 지면 50 반 포인트를 잃는 거지."

절대 많다고 할 수 없는, 굳이 말하자면 낮은 변동 반 포인트.

"반별 학력 대결이라니, 그럼 단순히 생각했을 때 A반이랑 붙으면 불리하잖아요!"

"기뻐해도 좋아, 이케. 너희가 대결할 상대가 바로 A반이거든."

이미 대전 상대가 정해졌는지, 차바시라 선생님이 가혹한 현실을 들이밀었다.

"저번에 치른 기말고사의 반 평균 점수 1위와 2위, 3위와 4위끼리 대결하는 간단한 구도다. 특수 규칙이 다소 있긴 하지만, 기초 학력에 큰 차이가 나는 하위 반과 A반이 대결하게 되면 승패에 큰 영향을 미칠 수 있으니."

12월 초 시점에서 반 포인트는 사카야나기의 A반이 1,250이고 호리키타의 B반이 985.

직접 대결에서 이기면 100 반 포인트가 빠져 165포인트까지 격차를 좁힐 수 있다.

그것도 모자라 입학 이래 처음으로 1,000 반 포인트 대를 넘게 된다.

한편 류엔의 C반은 684, 이치노세의 D반은 655. 이치노세가 이기면 다시 C반으로 복귀할 수 있지만, 지면 A반과의 차이는 두 배로 벌어진다. 괴로운 전개다.

그런데 수월한 대결이라고도 말하기 힘든 것이, 학력 대결에서 우리는 A반을 지금까지 단 한 번도 이긴 적이 없다.

1위와 2위, 그렇게만 표현하면 차이가 근소한 듯 보이지만, 사실은 종합적인 학력 차이가 크다.

"출제 문제는 중간고사, 기말고사에서 쳤던 모든 일반 과목이 대상이다. 비교적 간단한 문제에서부터 난도가 아주 높은 문제까지 있어서 일반 필기시험과 다르지 않은, 아니 그 이상으로 어려운 수준이 될 거야."

이 반의 학력 수준은 다른 반보다 월등한 성장률을 보이고 있긴 하지만, 아이들이 보름 정도 사력을 다해 공부해도 판세를 뒤집을 가능성은 적다.

"그럼 지금부터 너희도 충분히 이길 가능성이 있는 이야기를 하지."

특별시험이라고 못 박은, 그 상세한 내용이 모니터에 표시되었다.

2학기 말 특별시험 · 협력형 종합 필기시험

개요
반 전원이 총 100문제를 푼다

규칙
학생이 미리 정한 순서대로 한 명씩 문제를 푼다. 한 학생당 최대 다섯 문제를 풀 수 있으며, 무조건 최소 두 문제는 풀어야 한다

학생이 이미 푼 문제는 이유를 불문하고 다른 학생이 고칠 수 없다

각 학생에게 주어진 시간은 입실 및 퇴실 시간까지 포함하여 최대 10분이다

시험에 도전하는 학생 이외에는 다른 방에서 대기한다

다음 순서를 기다리는 학생만 입구 앞에서 대기할 것

제한 시간을 넘긴 학생은 실격 처리되어 점수를 얻을 수 없다

문제의 힌트 또는 답을 적어서 남기거나 혹은 말로 알려주는 등의 행위는 금지한다

위반 행위가 적발된 경우, 시험이 강제 중단되고 0점 처리된다

남은 시간에 따라 특별 보너스가 가점된다

1시간 이상 남았을 시……10점

30분 이상 남았을 시……5점

10분 이상 남았을 시……2점

모든 문제는 난도와 상관없이 푼 사람의 실력(하기 참조)에 따라 점수가 부여된다

(문제를 푼 사람의 실력은 12월 1일 시점의 OAA상 학력에 준한다)

학력 A……1점

학력 B……2점

학력 C……3점

학력 D……4점

학력 E……5점

난도와 상관없이 문제를 푼 학생의 능력에 따라 받는 점수가 증감되는 시험.

보통은 말이 안 되는, 그야말로 특별이라는 단어를 붙일 만한 독특한 규칙이다. OAA 상의 학력에는 A~E 이외에 +와 −도 있는데, 여기서는 다섯 가지로 분류되니 +인 학생이 조금 더 유리하다.

"이게 바로 필기시험의 특수 규칙이다. 단순히 보면 학력 높은 학생이 많은 A반이 유리할 것 같지만 대신 OAA 에서 학력 B 이상인 학생 비율이 높아. 다시 말해, 문제를 풀어도 딸 수 있는 종합 점수가 필연적으로 낮다. 무슨 뜻인지 알겠지?"

호리키타 반에는 학력이 점점 올라가는 학생도 적지 않지만 아직 케이, 사토, 이케, 시노하라처럼 하위에 머문 학생도 어느 정도 포함되어 있다.

그들은 현재까지 문제 정답률이 낮지만, 이번 특별시험에서는 정답만 맞히면 한 문제당 4점 또는 5점이라는 높은 점수를 획득할 수 있다.

그런 식이면 과연 순수한 학력 대결이라고 말하기는 어

려우니 A반에 비해 불리하다고 절대 말할 수 없겠지.

오히려 과정과 결과를 예측할 수 없는, 그야말로 상상의 범위를 초월한 승패가 기다리고 있는 셈이다.

또 남은 시간에 따라 가점 보너스가 있다고 했는데, 과연 현실적일지는 미묘한 부분이다.

입실과 퇴실 시간까지 포함이어서, 교실 문을 여는 순간부터 타이머가 시작되는 구조. 호리키타 반의 인원은 38명. 한 명당 2분 가까이는 여유를 두고 클리어하지 않으면 1시간을 남기기란 도저히 불가능하다. 학력 낮은 학생일수록 부주의에 의한 실수도 많이 하는 만큼, 괜히 시간을 의식하다가 실점으로 이어질 위험이 더 크다.

이 남은 시간에 따른 가점 보너스는 말하자면 OAA 상의 학력이 더 높은 반에 해주는 배려라고 할까.

아니, 그래도 시간 손실 줄이기에 의식을 집중하는 행동은 위험을 동반한다.

"충분히 승산 있는—— 그런 특별시험이네요."

호리키타도 곧바로 규칙으로 인한 승리의 가능성을 파악한 듯했다.

"그래. 물론 A반 학생은 상위에서 하위까지 학력이 고른 편이야. 착실하게 점수를 쌓아가겠지. 우리가 고득점 할 가능성을 가진 D 전후의 학생을 많이 확보하고 있다고 해도, 어차피 정답을 맞히지 못하면 0점이니까."

그래도 정면으로 승부를 보는 게 제일 낫다는 점은 변함

없다.

"그리고 규칙으로도 명기된 커닝 행위에 관해서 좀 더 자세히 말하마. 대기 중인 교실 그리고 시험을 마친 학생들과 교대할 때 등에는 대화가 일절 금지되어 있다. 각 교실에서 학생들이 항시 대기할 텐데, 쓸데없는 대화는 생각도 하지 마라. 단 한 번의 경솔한 실수로 시험 전체를 헛되이 하지 않길 바란다."

그쪽으로 감시가 삼엄하리라는 것은 학생들도 이미 이해했겠지.

"그런데 혹시 시험 당일에 결석하면…… 어떻게 되나요?"

"한 명 결석이면 두 문제, 두 명 결석이면 네 문제를 풀 수 없고 0점이 된다. 시간 초과에 따른 실격과 똑같이 처리되는 거야. 그리고 어떤 문제를 못 풀게 될지는 시험 시작 전에 무작위로 정해진다. 또 가능성은 크지 않겠지만, 대결 상대와 동점이면 반 포인트 변동은 없다."

의도적으로 누군가를 쉽게 하는 전략은 당연히 성립할 수 없고 도리어 불리해진다는 뜻인가.

이치노세, 류엔 반처럼 학생 수가 많은 반은 그만큼 주어지는 시간도 조금이나마 늘어나 유리하지만, 문제를 풀어서 획득할 수 있는 점수에 대한 영향은 없는 것이나 마찬가지다.

공부 잘하는 주력 멤버와 OAA 상에 저평가된 복병이 다섯 문제를 푸는 것이 점수를 따기에 효율적이고 이상적이

므로, 반의 인원수가 미치는 영향은 최소한으로 그친다. 뭐, 어차피 각자 대결하는 반의 인원수가 똑같다는 우연도 있어서 이 생각 자체가 무의미하지만.

"어떻게 하면 A반을 이길 수 있을지 다 함께 의논해서 잘 고민해라."

차바시라 선생님이 마치 자식을 지켜보는 부모처럼 말했다.

"특별시험을 치를 날짜는 말이지, 겨울방학 직전까지 시간을 주기로 했다. 시험 범위가 막대한 만큼 그 정도는 시간이 필요하리라고 판단했기 때문이야. 힘들겠지만, 만약 승리한다면 A반과의 거리가 훨씬 많이 좁혀질 거야. 이상이다."

시험 범위는 내일 공개될 예정인 듯해서, 지금은 이것으로 이야기가 모두 끝났다.

일정
12월 22일…… 특별시험 당일
12월 23일…… 특별시험 결과 발표, 2학기 종업식

바야흐로 2학기 종료 직전, 아슬아슬한 타이밍이라는 거군.

그래도 시험까지 3주밖에 시간이 남지 않았다.

학력 높은 학생들은 평소 공부하는 자세가 다른 만큼 준비 시간을 최소한으로 들여도 상관없겠지만, 승리의 열쇠를 쥐고 있는 것은 학력이 평균 이하인 학생들이다.

"OAA로 서로의 반 학력을 보고 현재 상황이 어떤지 알아봤어. 우리 B반에 학력 D와 E에 해당하는 학생이 더 많으니까 필연적으로 득점의 최대치가 앞서. 그러니까 이상적인 대결이 가능하다면 100% 이긴다는 얘기야."

OAA의 학력이 낮은 학생이 많은 반이 더 많이 점수를 받는 구조인 이상, A반 학생들이 아무리 용을 써도 획득할 점수에는 한계가 있다.

우리는 상대가 받을 수 있는 최대 점수보다 1점이라도 더 앞서게 계산하면 이기는 것이다.

뭐, 하지만 이건 전부 탁상공론. 어디까지나 종잇장처럼 얇은 확률 이야기다.

마흔 명 가까운 학생이 치르는 이상 만점은 불가능에 가깝다. 차바시라 선생님이 말한 뉘앙스와 특별시험 규칙을 더해보면 난도 높은 문제 비율이 절대 낮지 않다는 것을 짐작할 수 있다.

학력 E와 D인 학생이 쉽게 풀 수 있는 문제라면 오히려 그것이야말로 균형이 안 맞다.

학력이 높은 반일수록 불리해지는, 부당한 특별시험이 되고 만다.

스터디 같은 모임이 필연적이겠지만, 그것만으로 승리까지 이어질 수 있을지는 의심스러운 부분이다.

"누가 문제를 얼마나 풀고 다음 상대에게 배턴을 넘기는 지도 중요하겠네."

요스케가 차분한 어조로 호리키타에게 확인을 구하듯 물었다.

"응. 심플하게 생각하면 학력 낮은 학생들을 초반에 배 치해서 자기들이 풀 수 있는 만큼 문제를 풀게 하는 게 쉬 운데……."

제한 시간은 10분. 문제를 파악하는 힘도 학생들이 가진 역량에 따라 크게 다르다.

100개나 되는 시험 문제 중에서 빠르게 쉬운 문제를 찾 아내는 것만 해도 꽤 어렵겠지.

만약 학력 높은 학생이 먼저 고난도 문제를 풀어준다면 그만큼 학력 낮은 학생은 알맞은 문제를 고르는 시간을 아 낄 수 있고 차분하게 그 문제에 집중할 수 있다.

누가 어떤 문제를 풀고 못 푸는가.

그걸 파악하고 지휘하는 전략 또한 승리로 향하는 길이다.

이것 이외에도 방법은 몇 가지 있겠지. 결국 어떤 전략 을 쓸지 빨리 정하고 그에 따라 반이 움직이는 것이 중요 하다.

"차바시라 선생님은 이길 가능성이 있다고 했지만…… 불리한 건 불리한 거지."

"그쪽에서 점수를 잘 모으면 아마 못 이기겠지. 상대는 천하의 A반이니까."

반 아이들 사이에서 그런 목소리도 들리기 시작했다.

지금까지 순수한 필기시험의 종합 점수에서 A반은 단 한 번도 다른 반보다 낮았던 적이 없다. 특이한 규칙이 생겼다고 해도 강적인 것은 달라지지 않으리라.

"이번에는 A반과 대결하지만, 사실은 자기 자신과의 싸움이야. 상대가 어떤 전략을 쓰든 우리와는 상관없어. 사카야나기가 상대라도 딱히 기죽을 필요 없다는 얘기야."

표정이 굳은 아이들에게, 맞서야 하는 상대는 외부가 아닌 내부에 있다고 강조했다.

"작전은 내가 최대한 생각해볼게. 그동안 너희는 1초라도 더 많이 공부하길 바라."

지금까지, 아니 좀 더 정확하게 말하면 몇 주 전까지 학생들은 열심히 기말고사 준비를 했었다. 아무리 학생의 본분이 공부라지만 얼마 지나지 않아서 또 공부하라고 하면 싫은 마음이 드는 법.

그래도 이렇다 할 불만을 토하는 학생은 한 명도 없었다.

"우리도 최대한 도울게."

호리키타에게 호응하듯 요스케가 대답했고, 케세이와 미짱 등 스터디에서 가르치는 입장인 학생들이 솔선해서 나섰다.

"웃샤. 의욕이 생긴다! 개인적으로는 막 OAA 성적이 올라간 참이라 좀 복잡한 기분이지만, 나도 제대로 공헌하겠어."

원래 학력 E 판정을 받았던 스도는 지금은 C+ 판정까지 올라갔다.

그래서 받을 수 있는 점수는 전보다 내려갔지만, 그만큼 실력이 비약적으로 늘어났으니까.

그냥 학력 E 그대로였다면 문제를 푸는 것조차 힘들었 겠지.

2

방과 후, 회의를 시작한 반에서 빠져나와 예정 시각에 거의 딱 맞춰 목적지에 도착했다. 바로 노크하려고 했는 데, 안에서 약간 말다툼하는 듯한 큰 소리가 들려왔다. 다 만 두꺼운 문을 사이에 두고 있기도 해서, 구체적으로 무 슨 내용인지는 알 수 없었다.

잠시 귀를 기울이면 소리가 선명하게 들릴 수도 있겠지 만, 약속한 시각이 다 됐기 때문에 훔쳐 듣는 선택지는 바 로 버렸다.

"……실례합니다."

나는 지시받은 시간대로 학생회실에 들어갔다.

그곳에는 이미 두 남자가 와서 앉아 있었는데, 그중 한 명이 몸을 일으켰다.

"오라고 해서 미안하다, 아야노코지."

"그건 괜찮은데, 학생회장과 부회장이 있으니까 좀 긴장되네요."

슬며시, 평범한 학생이나 할 법한 말을 던져보았다.

"미안하지만 조금도 긴장한 것처럼 보이지 않아."

앉아 있는 나구모가 다리를 꼬면서 그렇게 말한 후 가까이 오라며 검지를 까딱거렸다.

키리야마는 나구모보다 약간 뒤쪽, 눈에 담기 편한 위치로 가서 섰다.

그리고 주머니에서 스마트폰을 꺼내 화면을 한 번 확인했다.

하지만 1초도 지나지 않아 화면을 끄고 다시 주머니에 넣었다.

뒤이어 입을 연 사람은 학생회장 나구모가 아니라 부회장 키리야마였다.

"호리키타와 이치노세도 불렀어."

"호리키타와 이치노세를?"

그 조합이 우연이 아니라면 딱 학생회에 소속된 2학년 두 명이다.

"그렇게 이야기를 서두를 것 없잖아, 키리야마. 아야노코지도 조금쯤은 잡담을 나누고 싶지 않겠어?"

"미안하지만 그렇게 안 보이는데. 빨리 끝내 달라고 얼굴에 쓰여 있어."

키리야마 부회장의 적확한 판단에 나는 속으로 고마워했다.

"그리고 나도 다음 특별시험 준비를 이것저것 해야 하고."

"특별시험? 우리 3학년은 이제 2학기 중에 특별시험이 없잖아. 그리고 승리가 내정된 것이나 마찬가지인 너와는 상관없는 얘기 아닌가?"

영문을 모르겠다며 나구모가 의아하다는 듯 키리야마를 곁눈질했다.

"그래도. 항상 만일의 사태에 대비해두고 싶어. 네가 생각하는 것보다도 많은 3학년이 호시탐탐 승리의 티켓을 노리고 있다고. 빈틈을 노리고 덤비는 애가 있으면 어떡해."

"그런 멍청이들은 이미 다 쳐냈어. 적이라고 부를 만한 상대는 남아 있지 않아."

"그럼 다행이지만."

이제 3학년에게는 남은 시간이 별로 없다.

나구모가 모든 권한을 가진 이상, 어떻게든 해서 2,000만 포인트라는 티켓을 확보해야만 하는 싸움을 이어가고 있다.

나구모가 적이 없다고 낙관하는 것도 무리는 아니다. 필요한 티켓을 나구모가 전부 쥐고 있는 만큼 그를 거스르는 짓은 당연히 할 수 없으니까. 키리야마까지 포함해서 얌전히 따르지 않으면 묻지도 따지지도 않고 승리의 티켓을 박탈당할 위험이 있다.

하지만 바꿔 말하면 티켓이 없는 사람들에게는 그 속박이 통하지 않는다.

과장해서 말하면 나구모를 퇴학시키고 그때부터 프라이빗 포인트를 모을 수도 있다. ……아니, 그렇게 한다 해도 얻는 이득이 있을지는 미묘한 부분이군.

퇴학이 결정되면 아마 나구모가 가진 막대한 프라이빗 포인트는 학교 금고에 귀속될 것이다. 그런 계약을 맺지 않고서는 자신을 지킬 수 없었을 테니까.

다시 말해, 나구모라는 존재에는 자기들이 기어 올라가기 위한 자금도 들어 있다. 나구모의 프라이빗 포인트 없이 3학기에만 프라이빗 포인트를 모아서는 끽해야 한두 명밖에 구제할 수 없으리라.

"뭐 마음에 걸리는 거라도 있어? 키리야마. 오늘은 아침부터 유독 시비조네."

"마음에 걸리는 게 있든 말든 상관없잖아? 내가 뭐라고 해도 어차피 『이 건』에 관해서는 멈출 생각도 없으면서 새삼스레."

아니냐? 그런 압박을 넣어 묻자 나구모가 웃으면서 고개를 끄덕였다.

"미안하다, 키리야마. 이건 내가 학교에 있을 때 반드시 정리하기로 마음먹은 거라."

"그럼 빨리 정리하길 바라는 내 감정도 좀 알아주라."

학생회실에 들어오기 전에 살짝 언쟁을 벌이는 소리가 들렸었다.

아침부터 시비조로 나온다는 나구모의 말을 봐서도 『이

건』인가 뭔가를 키리야마는 그리 환영하지 않는다는 것을 똑똑히 알 수 있었다. 아니, 아마 나한테도 그런 일이겠지.

"알았다, 알았어. 잡담은 조금만 하기로. 그럼 되겠지?"

어디까지나 잡담을 나누지 않는다는 선택지는 없는지 나구모가 키리야마에게 확인을 구했다.

"이후에 다른 학생회 안건도 기다리고 있으니까 짧게 좀 부탁한다."

"그러고 보니 할 얘기가 있다고 했었지. 알았다, 빨리 마치지."

결국 키리야마가 꺾이면서, 나구모는 필요하다고 판단한 잡담인지 뭔지를 시작했다.

"너희 2학년은 예년에 없는 혼전 상태가 꽤 이어지고 있는 것 같더군."

"그런 것 같네요."

"우리 때도 호리키타 선배 때도 2학년 중반쯤에는 A반이 독주했으니까. 이 시기까지 와서도 즐길 수 있다니, 좀 부럽기까지 하다."

지금까지 반별 대결은 대체로 1학년 말에서 2학년 중반쯤 오면 반 포인트에 큰 격차가 벌어지면서 어느 정도 결착이 지어지는 듯하니까.

A반으로 시작한 반이 그대로 B반 이하 반을 따돌리고 졸업.

나구모 학생회장 반처럼 B반이 A반을 역전하는 드문 사례도 있지만, 어쨌든 2학년 중반 무렵에는 한 반이 독주 태세를 갖추게 된다.

그런데 우리 학년의 포인트 차이는 좀 어렵긴 해도 D반 까지 아직 역전 가능성이 남아 있다.

"일단 네 반 모두에게 가능성이 있는 듯하지만, 그것도 학년말 시험까지겠지."

"나도 그렇게 생각해. 두 반…… 많아도 세 반이 A반 자리를 놓고 싸우는 형태가 되겠지."

나구모와 키리야마, 두 사람이 망설임 없이 그렇게 판단했다.

"2학년 학년말 시험이 그 정도로 격렬한 대결이 될 거라는 얘기군요."

"그래. 시험 내용은 물론 완전히 다르겠지만, 결과는 대체로 비참할 거다. 작년에 난 학년말 시험 단계 때 2학년 전체를 장악해서 시험 컨트롤도 가능한 상태였지. 그래서 타격을 최소한으로 억제한다고 했는데도 세 명이나 퇴학당했으니."

나구모가 미리 방지하려고 노력했는데도 피하지 못하고 희생자가 나오고 말았다고.

"퇴학자가 나오지 않게 할 방법도 없진 않았지만, 얻을 반 포인트와 프라이빗 포인트 감소를 저울에 달아보니 어쩔 수 없더라고."

이 이야기가 거짓은 아니겠지만, 참고가 될지는 또 다른 이야기다.

우리가 치를 학년말 시험과 나구모 등 상급생이 경험한 학년말 시험의 내용이 같진 않을 것이다. 하지만 규모는 대체로 같겠지. 그건 지금까지의 학교생활로 자연스레 알 수 있다.

"쓸데없는 얘기는 그 정도 하면 되겠지. 슬슬 본론으로 들어가라, 나구모."

키리야마가 냉정하게 재촉하자 어쩔 수 없다는 듯 어깨를 으쓱거린 나구모가 하얀 이를 내보였다.

"나도 곧 학생회장 자리에서 내려와야 해. 그 전에 다음 학생회장을 정해야 하지."

"일단 임기로 치면 지금까지의 회장들보다 오래 할 수 있잖아요?"

호리키타 마나부에서 나구모 미야비로. 학생회장의 배턴이 다소 빨리 넘어갔을 터다.

나구모 본인이 자신의 임기를 늘리겠다고 한 것도 기억에 남아 있다.

"그러려고 했는데, 학교 측에서 몇 번인가 타진해왔어. 임기를 너무 늘리면 후배들이 경험을 쌓을 기회를 빼앗게 된다고. 뭐, 그 말도 일리는 있지."

"이미 3학년은 나와 나구모를 제외한 모두가 학생회를 그만두었고, 수속도 다 마쳤어."

이제 남은 것은 차기 학생회장을 정하고 이 두 사람도

자리에서 물러나는 흐름인가.

하지만. 나구모가 순순히 받아들이고 학생회장 자리를 양보하기로 했다고?

그렇다면 아까 이름을 언급한 두 사람을 부른 이유도 설명이 된다.

"스즈네 아니면 호나미. 둘 중 누가 차기 학생회장에 어울리는지 판단해야 해."

"나구모 학생회장에게 지명할 권리가 있는 거죠?"

"그래. 나한테 그럴 권리가 있지."

"그럼 그 이야기는 제가 아니라 호리키타와 이치노세에게 해야 하는 거 아닙니까?"

지극히 당연한 말을 해보았는데, 별 반응이 없는 것을 보아 자신도 이미 아는 모양이었다.

"그걸 그렇게 정해버리긴 좀 아쉽지 않나?"

"여기에 저를 부른 걸 보면…… 뭐, 대충 짐작은 가네요."

"너랑 나랑 같이 차기 학생회장을 정하자는 얘기야."

"그건 단순히 응원만으로 끝인 게 아니죠?"

"나도 너와 뭐로 대결할지 이것저것 고민해봤는데, 이거면 일단 구색이 갖춰지잖아. 호리키타와 이치노세는 너와 같은 2학년이니, 정보도 나에게 지지 않을 만큼 충분히 갖고 있을 거고."

남은 시간이 별로 없는 나구모가 하루라도 빨리 결착을 짓고 싶은 것도 무리는 아니다.

나구모도 이 방식이 이상적인 대결이라고는 생각하지 않을 터.

그래도 대결을 아예 실현하지 못하는 것보다는 낫다고 판단했겠지.

"좀 더 뒤로 미루는 방법도 있어요. 작년으로 예를 들자면 합숙처럼 다른 학년과 섞여서 경쟁하는 특별시험이 있어도 이상하지 않고요."

"뭐, 그때는 이번 일을 전초전으로 치면 그만이야."

미룰 생각은 없는지 나구모가 놓치지 않겠다는 듯 포위하려고 했다.

"승부를 내는 건 동의하지만, 두 번 이상 하는 건 동의 못 해요."

눈앞에 있는 나구모에게 어느 정도는 흥미가 있지만, 시간을 언제까지고 내줄 수는 없다.

난 나대로 미래를 위해 해야 할 일이 기다리고 있으니까.

"너한테 거부권이 있다고 생각해?"

"놀이 감각으로 대결하는 건 곤란합니다. 만약 방금 말씀하셨듯 학생회장을 정하는 것으로 저랑 대결하길 바란다면, 그게 본 승부라는 각오로 해야 해요."

"나는 그래도 되지만, 그건 네가 질 가능성이 큰 대결인데? 너도 알잖아?"

"재학생에게 투표권을 주는 이상 3학년 표는 전부 나구모 학생회장의 의사대로. 그러니까 투표의 3분의 1은 이미 끝난 거나 마찬가지라는 말을 하고 싶은 거죠?"

"그래. 네가 2학년 전체 표를 다 가져가야 겨우 막상막하. 뭐, 그것도 무리겠지만."

대립하는 인물이 같은 학년 이치노세인 이상, 필연적으로 2학년 표는 분산되기 마련이다.

"한 가지 부탁을 들어주신다면 멋진 승부가 될 것 같은데요."

"흥미롭네. 말해봐."

"투표는 익명으로 한다, 그것뿐입니다. 누가 어느 학생에게 투표했는지 학교 측만 알 수 있게 하면 해볼 만하다고 생각합니다."

"잘 모르겠는데. 그렇게 하면 3학년들이 내가 응원하는 후보한테 투표 안 할 거라고?"

"가능성이 올라간다는 것 정도는 상상할 수 있죠."

익명성이 보장된다면 꼭 규칙을 따를 필요는 없다.

프라이빗 포인트 등 보상을 약속한다고 해도, 나구모 쪽이 0표에 가까운 결과라도 나오지 않는 이상에는 증명하기란 불가능하다.

"그렇다고 해도, 과연 3학년의 절반이 네 쪽에 붙을까? 그럴 리 없지."

"그건 실제로 해보지 않으면 모르는 일이죠."

키리야마는 대화를 나누는 나와 나구모를 묵묵히 지켜보았다.

"그럼 그 조건만 달면 대결에 응하는 거지?"

"네. 상관없습니다."

"여전히 이상한 자신감을 보이는 놈이네. 하지만 뭐, 좋아. 네가 그 조건이면 호각을 다투는 승부를 펼칠 수 있다고 자부한다면 나도 불만 없어. 다만, 이번 일을 확정하기 전에 일단 말해두는데, 대결을 벌이는 이상 뭘 좀 걸었으면 해."

그렇겠지. 아무것도 걸지 않고 지면 받는 타격이 없다.

나구모 입장에서는 내가 대충하는 것만은 절대 피하고 싶을 터.

그러니 이기려고 들 수밖에 없는 어떤 내기를 제안하는 것은 필연적이다.

"뭐든지 걸 수 있어? 아야노코지."

"그 말을 그대로 돌려드려도 될까요? 설령 그게 퇴학이라도."

"좋아……라고 대답하고 싶지만 그건 들어주기 힘든 요구로군."

"그렇겠죠. 나구모 학생회장은 본인뿐만 아니라 3학년 전체의 명운을 쥐고 있으니까요. 여기서 퇴학을 거는 걸 누가 받아들이겠어요? 저는 퇴학을 걸어도 상관없지만요. 그럼 그에 상응하는 대가를 요구하게 해주세요."

"상응하는 대가?"

"제가 이기면 나구모 학생회장에게서 프라이빗 포인트

를 받고 싶어요. 가능하다면 반 이동 티켓을 살 수 있는 금액으로. 특별시험 규칙에도 퇴학 조치를 막으려면 그만큼의 프라이빗 포인트가 필요하니까. 절대 과한 요구는 아닐 겁니다."

"뭐, 퇴학을 거는 건 그만큼의 가치가 있으니까."

서로의 이해관계가 일치해서 대결이 성사되는 방향으로 정리되어 갔다.

그런데 거기에 제동을 건 사람은 옆에서 이야기를 듣고 있던 키리야마였다.

"아야노코지와의 대결은 미리 들어 알고 있었지만, 내기 내용에는 동의 못 해. 네 놀이에 그렇게 큰돈을 걸게 둘 수는 없어."

"이봐, 키리야마. 내가 이 규칙을 걸고 질 것 같아? 아야노코지는 익명으로 투표하기만 해도 호각을 다툴 수 있다고 말했지만, 한참 잘못 짚었어."

"네가 질 거라고는 생각하지 않아. 하지만 가능성이 제로는 아니야. 호리키타와 이치노세 중 누구를 미느냐에 따라서도 확률에 변동이 생긴다고. 무엇보다 2,000만 포인트는 규모가 너무 커. 아야노코지에게 줄 바에야 차라리 3학년 중 누군가를 구제하는 자금으로 쓰자."

키리야마가 강하게 말리는 것도 당연하지만, 나구모는 물러서지 않았다.

"내 실권으로 획득한 돈을 어떻게 사용하든 내 자유야.

43

지금까지도 그랬고 앞으로도 그렇고."

"······꼭 그렇게 해야겠어?"

"꼭 해야겠어. 난 이 대결에서 이겨서 아야노코지를 퇴학시킬 거다."

"이해가 안 되네. 2학년이 어떻게 되든 알 바 아니잖아. 네 그 방식에는 찬성 못 하겠다."

키리야마는 반론했지만, 나구모는 더 들어줄 생각이 없어 보였다.

"네 요구를 받아들이지, 아야노코지. 나를 이기면 공식적으로 A반 확정이다."

"감사합니다."

"정말로 괜찮은 거지? 내기 금액이 적으면 무릎 한 번 꿇고 끝날 이야기라도, 2,000만쯤 되면 퇴학 조건을 반드시 지켜야 하는데? 희망 금액을 낮출 기회는 지금뿐이다."

"그렇게 하길 바라나요?"

"핫. 겁주면 살짝 겁먹을 줄 알았는데, 전혀 동요하지 않네."

"거금을 얻는 리스크 정도야 처음부터 생각했던 일이라서요."

"계약서는 내가 준비하지. 퇴학이냐 2,000만이냐, 둘 중 하나야."

이제 서로 누구를 밀지 정하면 그것으로 승부가 성사된다.

"승부를 보겠다는 건 잘 알겠어. 그런데 그 대결이 성사

될 수 있을지는——."

거액의 포인트가 움직이는 승부를 막고 싶은 키리야마가 마지막으로 저항하려는 바로 그때, 학생회실 문을 노크하는 소리가 들렸다.

"나구모 선배, 이치노세입니다. 호리키타도 같이 왔어요."

맑은 목소리. 아무래도 입후보자가 될 두 사람이 도착한 모양이었다.

"……나구모, 가능하면 두 사람한테 대결 이야기는 하지 말아줘. 그리고 내기 얘기도 당연히 숨기고."

키리야마의 지적은 타당했다. 과연 호리키타와 이치노세에게 말할 만한 내용은 아니리라.

자신들이 승부, 내기의 대상이 된다는 사실을 알면 기분 나쁠 게 틀림없다.

"아야노코지도 그 제안에 이의 없지?"

"상관없습니다."

"그런데…… 정말로 괜찮은 거지? 여기에 저 두 사람을 들이는 건 승부의 시작이나 마찬가지야."

되돌리려면 지금밖에 없다고 키리야마가 나를 보며 말렸다.

"퇴학까지 걸면서 나구모의 놀이에 응할 필요는 없어."

"하지만 A반 티켓은 쉽게 가질 수 없는 거잖아요? 그럼 그에 상응하는 리스크를 감수하는 게 당연하겠죠."

"너도 꽤 본성을 드러내게 되었군."

화를 넘어서서 어이가 없는지, 키리야마가 스마트폰을 꺼내 다시 화면을 들여다보았다.

"알았다. 이제 너희 마음대로 해……. 두 사람 다 들어와라."

키리야마가 입구로 다가가 문을 열어주며 그렇게 말했다.

나구모는 언제나 자기 좋을 대로 행동하니까, 부회장으로서 고생이 이만저만이 아닌 것 같다.

그런 의미에서도 차기 학생회장 선임을 앞당기기로 한 것은 나쁜 이야기가 아니다.

안에 들어오자마자 두 사람은 나를 알아보았다. 굳이 글로 보충 설명할 것까지도 없지만, 학생회 멤버가 아닌 불순물이니까.

"아야노코지 옆에 앉아."

"그럼 실례할게요."

내 옆에 호리키타 그리고 그 옆에 이치노세가 앉았다.

순간 호리키타가 곁눈질로 『너 또 이상한 일에 얽혔어?』 하고 물었다.

나구모의 등 뒤로 돌아간 키리야마를 제외하고 모두가 의자에 앉아 다시 이야기를 시작했다.

"너희 두 사람 중에서 차기 학생회장을 선임하는 선거를 치르기로 했어."

"선거라고요?"

"중학교에서 해보지 않았나? 연설해서 누가 학생회장에

적합한지 학생들이 판단하고 투표하게 하는 거 말이야. 득표수가 더 많은 사람이 차기 학생회장이 되는 거야."

"하지만 작년에는 그런 선거를 안 했던 것으로 기억하는데요."

"그래. 예년 같으면 현 학생회장, 그러니까 내가 차기 학생회장을 정해야 하지. 직접 배턴을 넘겨준 녀석이 받아들이기만 하면 끝이니까. 물론 주위에서도 납득할 만한 결과를 남긴 녀석이 아니면 지명하지 않아."

아무렇게나 대충 정하는 것이 아니라 제대로 된 근거를 바탕으로 학생회장을 결정한다.

그 점을 나구모도 잊지 않고 덧붙였다.

"하지만 너희 2학년은 지금까지와 상황이 좀 달라. 원래는 같은 학년에서 최소 두 명, 이상적으로는 세 명 이상 학생회 멤버로 확보했는데, 작년에는 호나미뿐. 그리고 2학년 때 가입한 스즈네는 아직 1년도 채 되지 않았지."

"동시 가입한 학생이 없었다는 건 알겠지만, 그럼 순리대로 이치노세가 학생회장이 되면 문제없지 않나요? 이치노세에게 눈에 띄는 결점이 있다고 생각하지 않는데요."

대립하게 될 이치노세에게 학생회장 자리를 양보하는 발언이었지만 호리키타에게 망설임은 없었다.

원래 학생회장이 되고 싶어서 학생회에 들어온 것도 아니니까.

"학생회장이 되는 게 내키지 않아?"

"아뇨, 그렇지는 않아요. 오빠의 뒤를 잇는다는 의미에서도 지금은 긍정적으로 받아들이고 있어요. 재학생들이 원한다면 선거에 입후보해도 상관없는데, 또 동시에 이치노세가 학생회장이 돼도 전혀 문제 될 것이 없다는 생각도 들어요."

"물론 호나미에게 딱히 큰 결점은 없지. 당연히 말이야. 하지만 다른 불안 요소가 있어."

어깨를 살짝 움찔하면서 반응하는 이치노세.

"지금 시점에서 호나미 반이 A반으로 졸업할 가능성은 극히 낮아. 이게 문제야. 역대 학생회장은 모두 A반으로 졸업했어. 이게 공식적인 전통인 건 아니지만, 암묵적으로는 다들 그렇게 이해하고 있지. 물론 나 역시 그렇고."

하긴 A반으로 졸업할 수 있는가만 떼어놓고 생각하면 이치노세의 입장은 몹시 위태롭다. 반면 호리키타는 현재 B반으로, A반을 맹추격하고 있는 만큼 확률상으로 그 암묵적 이해인지 뭔지에 가깝긴 하다.

"실적은 과분할 정도인 호나미, 실적은 좀 떨어져도 A반에 좀 더 가까운 스즈네. 여러 가지 요소를 더해봤을 때, 현재 호각을 다투는 상황이라고 판단했다. 그게 선거를 치르기로 한 이유야."

학생회장을 정할 권리가 나구모에게 있는 이상 정도 차이는 있어도 명확한 근거를 제시하면 납득할 수밖에 없다.

이제 받아들일 것인지 말 것인지 본인들의 의사만이 남

앉을 뿐이다.

"알겠습니다. 그렇다면 입후보하죠."

"그럼 정해진 거다."

이렇게 해서 학생회장을 건 호리키타와 이치노세의 한 판 대결이 실현되었다.

남은 건 나와 나구모가 둘 중에 누구를 밀지 정하는 것뿐.

"아야노코지, 누굴 응원할지 너한테 먼저 선택권을 줄게."

"그래도 됩니까?"

"그 정도는 양보하지."

호리키타인가 이치노세인가. 솔직히 나로서는 누굴 밀 든 할 일은 똑같지만……. 결정권을 주겠다고 하니, 장차 어느 쪽이 더 이익일지 고민해보는 게 좋겠다.

그런데 내가 지목하기도 전에 호리키타가 자리에서 일 어났다.

"잠깐만 기다려주세요. 아야노코지가 여기 있는 건——."

"너와 호나미, 둘 중 누가 학생회장이 될지를 놓고 대결 하기로 했거든."

그건 두 사람에게 말하지 않기로 했던 것 같은데.

키리야마가 이마를 짚었지만, 애초에 나구모가 키리야 마의 말을 순순히 들을 리는 없었으니.

호리키타의 시선이 내게 향했다.

"……너 또……."

"아니, 내가 꺼낸 얘기 아닌데?"

"말은 네가 안 했어도, 일이 이렇게 된 것에 지분은 있지 않을까?"

정확하게 봤다. 그건 부정할 수 없는 부분이다.

일단 나구모에게도 양심은 있었는지 내기에 대해서는 언급하지 않았다.

"자, 원하는 쪽을 선택해."

"그럼——."

생각을 정리한 내가 이름을 말하려는데 또다시 제동이 걸렸다.

"잠깐. 전례가 없는 시도야. 역시 몇 가지 더 추가로 확인해야 한다고 생각해."

지금까지 듣기만 하던 키리야마가 여기서 끼어들었다.

"뭐야, 아직도 이 이야기에 불만이 있어?"

"이건 학생회 선거야. 두 사람에게 정신적으로도 큰 부담을 주게 될 텐데. 진심으로 입후보를 원하는지 어떤지, 그리고 두 사람이 적합한 자격을 갖추었는지 확인했으면 좋겠어."

"충분히 확인했잖아."

"아니, 부족해. 호리키타한테는 일단 대답을 들었지만, 이치노세에게서는 아직 듣지 못했어."

"굳이 들을 것까지도 없는데."

"그럴 수는 없지."

키리야마가 이치노세를 쳐다보았을 때, 예고도 없이 학

생회실 문이 확 열렸다.

"들어간다, 나구모."

꼭 친구 방에 놀러 오기라도 한 것처럼 허락도 구하지 않고 들어온 사람은 3학년 B반 키류인이었다. 이렇게 가까이에서 본 것은 여름 이후 처음인데, 늘 띠던 여유로운 미소는 온데간데없고 굳이 말하자면 어딘지 언짢아 보였다.

"뜻밖의 손님이 왔군. 노크 정도는 해야 한다고 생각 안 하나?"

학생회 선거 이야기도 막바지로 접어드는 상황이라 나구모로서는 환영할 수 없는 손님일 터였다.

"지금은 바빠. 나중에 다시 와라."

그렇게 말한 나구모가 내보내려고 했지만, 키류인은 귓등으로도 듣지 않았다.

"미리 시간 좀 만들어 달라고 굳이 키리야마에게 부탁했는데, 나중에 다시 오라고?"

"미안한데 네 얘기는 들은 바가 없어."

나구모는 키류인을 성가셔하면서 키리야마를 쳐다보며 확인을 구했다.

"미안하다, 나구모. 키류인 말이 다 맞아. 내가 시간 조정한다는 걸 실수했다."

"너답지 않은 멍청한 실수를 했군."

"변명의 여지가 없어. 오늘 네가 해결해줬으면 하는 또 다른 안건에 얘가 관련되어 있어."

무슨 일인지 자세한 건 모르겠지만, 나구모와 키리야마 사이에 그런 대화가 오갔다.

"그런 거야. 그럼 얘기해도 상관없겠지? 나구모."

"상황은 이해했지만, 지금은 이 애들과 학생회에 관한 중요한 이야기 중이라서."

"바쁜 건 알겠는데 나도 그렇게 한가하지 않아. 이 시간에 약속을 잡았으니 응대해주지 않으면 곤란하단 얘기야."

과연 키류인이 돌아갈 이유는 없다. 약속 시간을 조정하지 못한 키리야마의 책임이다.

"지금은 스즈네, 호나미와 하던 얘기가 우선이다. 꼭 빨리 얘기해야겠다면 거기 앉아서 조용히 기다려라."

키류인이 여기에 등장한 이유는 아직 키리야마만 아는지, 나구모가 그런 식으로 나왔다. 그런데 키류인은 역시 평소와 조금 다르게 짜증을 감추지 않았다.

"거절할게."

살짝 강한 어조로 대답하고는 학생회실의 빈 의자 하나에 발을 올렸다.

"무슨 짓이지?"

"일단 지금부터 너한테 질문 하나 할게. 대답에 따라 이 의자가 희생될 거다."

발로 차 날릴까 아니면 부술까.

어쨌든 키류인이 발을 올린 그 의자의 명운이 걸려 있음은 분명해 보였다.

키리야마가 돌아갈 기색 없는 키류인을 보고 다시 한번 나구모에게 사과했다.

"상대가 키류인이니, 괜히 돌려보냈다간 오히려 역효과만 날지도 몰라. 지금은 2학년을 잠시 기다리게 하고 이야기를 듣는 편이 무난할 것 같아."

호리키타와 이치노세가 우선이라고 말하긴 했지만, 나구모가 기다리라고 하면 두 사람은 얌전히 기다려 주리라.

반면 언짢은 기색이 역력한 키류인은 그렇게 하지 않을 게 분명했다.

돌려보내지도 기다리게 할 수도 없다면 먼저 이야기를 들어줘야 빨리 끝난다.

"저희는 신경 쓰지 마시고 키류인 선배 일부터 보세요. 그래도 괜찮겠지? 호리키타."

"네, 그게 나을 것 같아요."

직접 확인을 구하지 않아도 두 사람이 그런 결론을 내려 주었기 때문에 나구모도 어쩔 수 없이 키류인부터 상대하기로 했다.

"나 원 참……. 알았다, 들어주지. 여기 온 용건이 뭐야?"

"나구모한테 내용도 안 전한 거야, 키리야마? 정말 일 처리가 심각하네."

"탓하고 싶은 마음은 알겠는데, 나도 여러 가지로 바빴어. 그리고 네 그 어마어마한 이야기는 본인이 직접 당사자에게 전달하는 게 낫다고 판단했을 뿐이야."

찾아온 이유를 일부러 전달하지 않은 모양이었다.

키류인이 싸늘한 눈으로 키리야마를 응시했지만, 그 점은 그냥 넘어가는 수밖에 없어 보였다.

"그럼 본론으로 들어갈게. 나도 아직 단정 짓고 싶지는 않거든. 그러니까 일부러 이렇게 물어보겠어. 제삼자를 시켜서 나를 악질적으로 괴롭힌 사람이 누구야?"

"괴롭히다니? 그 말만 들어서는 도무지 무슨 소리인지 모르겠는데."

"그럼 좀 더 구체적으로 말해줄게. 나를 비열하고 상스러운 짓—— 절도범으로 몰아세우라고 다른 사람한테 시킨 사람이 너야?"

너무나 의외인 단어, 절도.

그 말에 누구보다도 빨리 반응한 사람은 이치노세였다.

평정을 가장하고는 있지만, 심장이 쿵 내려앉은 게 분명해 보였다.

가족을 위해서라고는 했어도 범죄에 손을 물들인 과거가 있다면 무리도 아니겠지.

"절도? 점점 더 무슨 소리인지 모르겠군."

"내가 보충 설명할게. 키류인이 얼마 전에 학교 마치고 케야키 몰에 갔다가 절도범으로 몰릴 뻔했대. 화장품 가게에서 쇼핑하고 있는데, 뒤에서 다가온 3학년 D반 야마나카가 계산 안 된 립스틱 하나를 자기 가방에 몰래 넣으려고 했다고. 그걸 알아차린 키류인이 야마나카를 추궁했더니 나구모가 시켰다고 털어놨다는군."

키류인이 따져 물은 말을 이해하기 쉽게 설명한 키리야마.

"그렇군. 그래서 씩씩거리면서 나한테 달려온 건가."

"내가 직접 내용을 전하지 않았던 건 네가 그렇게 명령했을 리 없다는 걸 알아서야. 그렇잖아?"

키리야마가 그 부분에 있어서는 나구모를 믿는다고 은근히 전했다.

나구모는 키류인의 물음에도 키리야마의 물음에도 모호한 태도를 보였다.

"그래서, 나구모. 넌 상관없다고 분명하게 말할 수 있어?"

키류인은 분명 나구모가 한 짓이라고 의심하고 있었다.

"글쎄 어떨까. 적어도 넌 내가 명령했다고 믿는 눈치 같은데."

"실행범인 야마나카가 그렇게 증언했으니까. 그것만으로는 부족한가?"

"적당히 둘러대려고 나를 이용한 것뿐일 수도 있잖아?"

그렇게 대답하는 나구모에게 키류인이 고개를 가로저었다.

"아무 상관도 없는 네 이름을 댔다간 야마나카도 무사하지 못하지. 차라리 다른 학생의 책임으로 돌리는 편이 앞으로 덜 성가실 거고. 아니야?"

과연 키류인의 주장도 일리 있었다.

3학년 전체가 나구모에게 장악당하지 않았는가. 티켓이

있고 없고와는 상관없이.

지배 아래에 있는 상황인데 나구모가 명령했다고 거짓 말해서 얻을 이익이 뭘지 곧바로 떠오르지 않는다. 이 일로 나구모에게 찍히면 야마나카라는 학생에게는 아주 무거운 족쇄가 될 테니.

그렇기에 나구모라는 이름이 나온 이상 유력 후보라고 의심하는 것은 무리가 아니다.

내가 같은 일을 겪었어도 역시 나구모를 제일 먼저 의심할 것이다.

"그나저나 고작 절도 하나 가지고 꽤 많이 화나셨군. 너답지 않게."

"나답지 않다고 말할 만큼 네가 날 잘 알아? 미안하지만 난 절도 같은 짓을 아주 싫어해. 들키지만 않으면 크게 문제 되지 않는다는, 그딴 심리로 자신만을 위해 남한테 상처 주는 짓은 구역질이 날 만큼 싫다고."

말투를 봐도 키류인은 여기 있는 이치노세의 과거에 대해 모르는 듯하다.

키류인이 자신이 혐오하는 것을 당당히 말하는 동안에도 이치노세의 표정은 점점 어두워져 갔다. 그 변화를 알아차린 나구모가 상황을 파악하려는지 일단 말을 끊었다.

"알았어. 네가 하고 싶은 말이 뭔지는 이해했다."

이치노세가 있어서 일부러 절도 문제를 가볍게 다루려고 한 모양인데, 역효과만 난 것 같다.

"인정하는 거야? 네가 나한테 죄를 뒤집어씌우려고 했던 거."

"그건 다른 문제지."

나구모가 인정하지 않자, 키류인은 이제 다 알겠다는 듯 말을 덧붙였다.

"안심해도 돼. 여기서 나한테 사과하면 이번 일은 그냥 묻는다고 약속할게."

만약 나구모가 지시한 게 사실이라면 교사범이 되는 셈이다.

이번 같은 경우는 분명 실행범보다 더 무거운 처벌을 받게 되겠지.

그래도 3학년을 대표하는 나구모의 불상사, 키류인도 일을 키우고 싶지는 않다는 생각이 엿보였다.

"반대로 사과하지 않으면 어떻게 되는데? 의자를 부수면 만족하는 건가?"

"사과를 못 받을 거라고는 생각하지 않거든."

"그래? 그럼──."

나구모는 키류인에게서 시선을 떼고 다시 우리를 보았다.

"너와는 얘기 끝났다. 이만 돌아가라, 키류인."

사과는커녕 인정하고 말고도 없이 그대로 이야기를 끝내려는 나구모.

"이렇게 나올 줄은 몰랐네."

황당해하는 키류인에게 나구모가 싸늘하게 말했다.

"야마나카가 털어놨다고 했는데, 협박으로 얻어낸 그 말에 신빙성이 과연 얼마나 될까. 학생회를 건너뛰고 바로 학교에 바로 알리면 뭐, 진짜로 상대해줄 것 같아?"

"적어도 절도범으로 몰려던 야마나카의 행동은 가게 CCTV에 찍혔을 가능성이 커. 무시할 문제는 아닐 텐데."

"그럼 우선은 그 영상부터 확보해보든지. 하지만 거기서 끝이야. 나와 야마나카를 직접 연결 지을 증거가 없으면 다 의미 없지."

처벌할 수 있는 사람은 야마나카뿐. 나구모가 관여했다는 증거는 절대 나오지 않는다.

그런 자신감을 나구모가 내비쳤다.

키류인이 호소하면 학교 측도 최대한 노력해서 조사하겠지만 한계가 있으리라.

학생회장, 3학년을 통솔하는 나구모의 퇴진을 노린 야마나카의 거짓말.

결정적 증거가 나오지 않는 한 그런 결말이 뻔히 보이니까.

"잠깐 참견이 있었는데, 아까 하던 얘기를 마저 하자. 그럼 선거전을 치르는 건 이의 없지?"

진심으로 키류인을 무시할 생각인지, 나구모가 최종 확인에 들어갔다.

"네. 저는 괜찮아요."

의자에 발을 올린 키류인을 의식하면서 호리키타가 받

아들였다.

나는 금방이라도 의자를 발로 차지 않을까 생각했지만, 나구모의 마음을 탐색하려는 듯 키류인은 계속 관찰하고 있었다.

나구모는 곧바로 이치노세 쪽으로 관심을 옮겼다.

순조롭게 간다면 이쪽도 바로 수락할 듯한데…….

절도라는 단어가 마음에 남아 있는지 표정이 아직 어두웠다.

"호나미, 너도 선거에 나오는 걸로 알면 되겠지?"

"……저기, 그게 말인데요…… 잠시만 좀 괜찮을까요, 나구모 선배."

"왜?"

"저는── 이번 학생회 선거에 입후보하지 않겠어요."

여기까지 와서, 이치노세로부터 생각지도 못했던 발언이 튀어나왔다.

"학생회장이 될 생각은 없다는 건가?"

"그렇다기보다 그 이전의 문제인 것 같아요. 지금까지 저는 학생회 간부로 일하면서 학생회장을 목표로 삼는 게 저를 위한 길이자 주위를 위한 길이라고 굳게 믿어왔어요. 하지만 이제 그 생각이 단순한 교만이었음을 깨달았어요. 나구모 선배도 말씀하셨다시피 저희 반이 A반에서 점점 멀어지고 있다는 것도 그 증거예요."

반의 한심한 현재 상황을 고려해서 포기하겠다는 건가.

"그리고 저 같은 사람은 학생회장이 되면 안 돼요. 죄인, 이니까요……."

의도하지 않았던 키류인의 말이 역시 이치노세에게 큰 그림자를 드리우게 한 듯하다.

"죄인?"

사정을 모르는 키류인이 이상하다는 투로 중얼거렸는데, 여기서 그 이유를 설명해줄 수도 없는 노릇이다.

"그건 이거랑 다른 얘기야. 지금의 너와는 상관없잖아."

"그렇지 않다고 생각해요. 아무리 시간이 흘러도 과거에 지은 죄는 지워지지 않아요."

그렇게 대답한 후, 이치노세는 생각한 것이 더 남았는지 나구모 앞에서 말을 이어 나갔다.

"입후보 이전에 저는—— 오늘부로 학생회를 그만두려고 합니다."

"잠깐만, 이치노세. 그건 너무 성급한 판단 아닐까. 넌 아무것도……."

"아니, 오늘 일과는 상관없어. 수학여행 조금 전부터 생각했던 거야."

지금 결정한 게 아니라고 이치노세가 쓴웃음을 지으며 고백했다.

"너도 알겠지만, 학생회 봉사는 그 학생에게 단순히 짐만 되는 게 아니야. 성가신 잡무는 좀 있지만, 기본적으로 이 학교에서는 플러스로만 작용하지. 눈에 보이는 기회는

적을지 몰라도 너 역시 그 혜택을 충분히 받아왔어."

나구모의 말대로 학생회 멤버가 되는 것은 나쁘지 않다.

지금까지의 학교생활로 알 수 있듯 학생회 멤버라는 사실만 있어도 조금이나마 반 포인트에 공헌, 환원되기 때문이다.

궁지에 몰린 이치노세 반 입장에서는 무기 하나를 잃는 셈.

"죄송해요, 하지만 생각을 바꿀 마음은 없어요."

학생회장에 입후보하지 않을 뿐만 아니라 학생회를 그만두고 싶다.

그 말에 키리야마도 놀란 듯했다.

"진심인가 보네, 이치노세."

"키리야마 부회장께도 여러 가지 도움을 많이 받았는데…… 끝까지 도움을 드리지 못해 죄송해요."

"아니야, 물론 계속하고 말고까지 포함해서 본인의 의지니까. 내가 막을 권리는 없지……."

이 흐름을 통해 키류인도 어느 정도는 눈치챘겠지만, 이치노세와 절도를 연결 짓는 게 더 어려우리라. 어쩌다가 꺼리는 화제가 절묘한 타이밍에 나오고 만 불운을 원망할 수밖에.

아니, 절도 사건이 없었어도 이치노세는 그만둘 의지가 확고했던 것 같지만.

"기대해주신 만큼 활약하지 못해 정말 죄송합니다."

이치노세가 자리에서 일어나 나구모와 키리야마를 향해

깊이 머리를 숙였다.

"호리키타 너라면 분명 훌륭한 학생회장이 될 수 있을 거야. 응원할게."

"이치노세……."

선거에서 라이벌이 될 터였던 이치노세가 웃으면서 그렇게 격려했다.

"몸이 좀 안 좋아서 저는 이만 가볼게요. 작성해야 할 서류가 있으면 나중에 부탁드리겠습니다. 그럼 또 봐, 아야노코지."

그렇게 말하고 손을 살짝 흔든 이치노세는 망설임 없이 학생회실에서 나갔다.

절도 사건이 틀림없이 마음의 상처를 벌렸을지도 모르지만, 어쨌든 그만둘 의지를 끝까지 굽히지 않았고 미련도 느껴지지 않았다.

입에서 나온 대로 한 말이 아니라 정말로 생각했던 거겠지.

예상하지 못한 전개라고 느낀 사람은 비단 나와 나구모뿐만이 아닐 것이다.

학생회장에 입후보하겠다고 했던 호리키타도 마찬가지다.

"이치노세가 학생회를 그만뒀는데, 저는 이제 어떻게 하면 좋을까요."

이치노세의 학생회 이탈로 인해, 나와 하기로 한 대결도 자동으로 무산될 것 같은 상황.

하지만 일이 이렇게 되어버린 이상 아무리 나구모라도 방법이 없겠지.

"지금부터 호나미의 대역을 찾아 세우는 것도 불가능하고."

다른 학교 규칙이 어떤지는 모르겠는데, 적어도 이 학교에서는 학생회에서 어느 정도 봉사하지 않으면 학생회장이 될 자격이 없는 건지도 모른다.

"이 흐름은 마음에 들지 않지만, 이대로 학생회장이 되라, 스즈네."

제일 피해야 하는 것은 학생회장의 부재겠지.

아무 경험도 없는 2학년 중에서 갑자기 발탁하는 것도 상당히 무리가 있다.

"선거를 치른다고 이야기를 들은 참에 살짝 김빠지는 감은 있지만…… 알겠습니다."

부전승으로 호리키타가 순조롭게 학생회장에 취임하는 것이 결정되었다.

"그전에 너에게 한 가지 일을 줄게."

"어떤 일인가요?"

"이치노세가 빠진 구멍을 빨리 메워. 2학년에서 최소한 한 명은 학생회에 새로 영입해라."

과연 이치노세가 빠지면서 2학년에는 호리키타만 남게 되었다.

혹시라도 예측하지 못한 사태에 빠지게 되면 학생회 기

능이 마비될 위험도 있으니.

"어떤 채용 조건이 있나요?"

"딱 하나. 학생회에 어울리는 사람이라고 주위에서 생각하는지."

"그렇군요, 지극히 당연한 얘기네요."

예로 들어서 미안하지만, 류엔 같은 소문난 악당은 학생회에 들어오는 것을 허락하지 않는다는 얘기겠지.

대신 자기 반, 다른 반 같은 제한 등은 일절 없다고 볼 수 있는데…….

"그럼 그 조건을 만족하면 누구를 영입하든 상관없는 거죠?"

"쉽게 말해 너희 반에서 데려와도 자유야. 전임인 호리키타 선배도 자기 반 학생을 학생회에 넣었잖아?"

"그렇군요, 잘 알겠습니다."

"그리고 말한 김에 하나만 더. 1학년에서도 학생회 멤버 한 명을 뽑아라. 의외의 형태로 야가미가 퇴학하는 바람에 결원이 생겼으니까."

나구모에게서 꽤 힘들어 보이는 지시를 받고 호리키타의 표정이 굳었다.

"한 명한테 권하나 두 명한테 권하나 어차피 똑같으니까요. 최대한 애써보겠습니다."

거절은 가능할 리 없기에 순순히 대답했다.

"이제 의논은 대충 다 끝난 것처럼 보이네."

지켜보던 키류인이 다시 나구모에게 말을 걸었다.

2학년이 있으면 진실을 말할 수 없다, 그런 생각이었던 건지도 모른다.

새로운 직무를 맡게 된 호리키타가 눈치를 채고 일어섰다.

"그럼 저도 이만 가볼게요. 두 명이 정해지는 대로 보고 하겠습니다."

"그래. 그때 정식으로 학생회장 자리를 너에게 넘겨줄게."

상황을 지켜보던 키류인에게도 살짝 고개를 숙인 후 학생회실에서 나가는 호리키타.

학생회 선거가 무산되면서 나와 나구모의 대결도 자연스레 흐지부지되었을 터.

나갈 타이밍은 지금이 최상이겠지.

"죄송한데 저도 이만 가보겠습니다."

"기다려, 아야노코지. 너랑은 이야기 아직 안 끝났어."

쉽게 돌려보내지 않겠다는 듯 나구모가 나를 붙잡았다.

"더는 잡지 마. 아야노코지와의 이야기는 이치노세가 사퇴하면서 끝났어. 이만 보내줘도 되잖아, 그보다 키류인 문제를 빨리 정리하는 게 좋아."

문제를 방치할 수 없다는 키리야마의 판단에 키류인도 동의했다.

"넌 제대로 하는 일이 없지만, 그 말만은 높이 평가해줄게. 현명한 판단을 부탁해, 나구모."

"쳇……."

불만스럽게 혀를 찬 나구모였지만, 상황이 상황인 만큼 어쩔 수 없다며 받아들였다.

다만, 그대로 나를 돌려보내는 것이 마음에 들지 않았는지 끝까지 이런 말을 덧붙였다.

"너도 스즈네 반이잖아. 그러니까 학생회 멤버 모으는 걸 도와라."

"제가요?"

"2학년에 달리 학생회 임원도 없으니까. 그리고 아무 조건 없이 2학년 B반에서 학생회장이 나오게 했잖아. 단물만 빨게 할 생각은 없는데."

그건 굳이 내가 아니라 반에 다른 아이에게도 할 수 있는 말 같은데…….

무엇보다도 그것과 내가 도와야 한다는 것은 아무 연결고리도 없다.

단순 화풀이로밖에 느껴지지 않지만, 여기서 그렇게 반론해봐야 소용없겠지.

"뭐, 어디까지 도움이 될지는 잘 모르겠지만 나름대로 해보죠. 아마도요."

피할 길을 남겨둔 내 말을 나구모는 놓치지 않았다.

"이따가 스즈네한테도 네가 도울 거란 말을 잊지 않고 해둘 거야. 농땡이 부릴 생각은 안 하는 게 좋아."

시치미 뚝 떼고 같이 가지 않을 생각도 하고 있었는데 선수 치는 바람에 무산되고 말았다.

"알겠어요, 도울게요, 이제 만족합니까?"

그제야 나구모는 알겠다며 돌아가는 것을 더는 막지 않았다.

"아, 그렇지. 마지막으로 이거, 일단은 수학여행 선물입니다."

나는 몇 개 정도 여분으로 사두었던 홋카이도 기념 선물을 꺼내 봉지째 나구모에게 건넸다.

"희한한 부분에서 의리를 챙기는군."

"그래도 학생회장을 만나는 자리니까요. 작은 선물 정도는 드리는 게 좋지 않을까 싶어서."

언제 줘야 할지 타이밍을 몰라서 마지막 순간이 되고 만건 좀 실패였지만.

"내 건 없어?"

"키류인 선배가 여기 올 줄은 몰랐거든요. 원하시면 나구모 학생회장한테 나눠 달라고 하세요."

가까이에 있는 키리야마에게 선물을 넘긴 나구모가 뭔가 떠올랐다는 듯 중얼거렸다.

"수학여행 후면…… 다음 특별시험이 발표됐을 시기지?"

키류인과의 대화는 내키지 않는지 계속 나에게 말을 붙였다.

"딱 오늘 발표됐어요."

"수학여행 다음에는 특별시험을 치는 게 항례 같으니까. 그럼 대결 상대는 A반 사카야나기인가."

"그것까지 예측하셨네요."

나구모의 이런 말투로 볼 때 매년 치르는 데다 대결 조합
도 상위는 상위끼리, 하위는 하위끼리로 정해져 있나 보다.

"작년에는 나구모 학생회장과 키리야마 부회장의 반이
대결했나요?"

"뭐, 그렇지."

"결과는 어땠어요?"

"너희 반이 이겼지? 키리야마."

"……어어."

키리야마는 딱히 좋아하는 기색도 없이 담담하게 대답
했다.

같은 B반인 키류인은 아무 생각 없는지, 이 이야기는 조
용히 넘겼다.

"평범하게 생각하면 A반이랑 붙으면 이기기 힘들지만,
이건 의외로 기회가 있는 내용이지 않아?"

"어떻게 생각하느냐에 따라 다르겠지만, 그럴지도 모
르죠."

"이 시기에 치르는 특별시험은 모든 반을 어느 정도 비
슷하게 만들기 위해서 하위 반에 유리한 내용인 게 아닌가
싶어. 그것도 초반에 하위였던 반일수록 이기기 쉬운 구조
라는 거야."

과연 이번 특별시험에서 주도권을 쥔 쪽은 호리키타 반
과 류엔 반.

둘 다 처음에 하위였던 반이다.

그렇다는 말은 나구모도 키리야마가 속한 B반의 하극상을 용납했다는 뜻이다.

"나구모 학생회장은 어떤 상황에서든 이길 줄 알았는데요."

"그렇게 말하지 마라. 누가 이기든 결과에 영향이 없다면 진지하게 할 필요는 없지."

나구모의 반은 이미 독주 태세에 있기에 사소한 승리에 연연하지 않는다는 말인가.

"호리키타 선배 때도 정석대로 초반부터 A반이 독주해서 계속 승리해 달아났고. 난 B반이었지만 일찍이 A반으로 올라선 뒤부터 독주. 결과적으로 이 시기에 A 이하와의 차이가 어마어마했지. 하지만 너희는 달라. A반이 리드하고 있긴 하지만, 지금까지처럼 절대적 안전권에 든 건 아니니."

과연 지금 호리키타 반이 동기 부여가 잘 되는 까닭은 분명 A반의 등이 또렷이 보이기 때문이다. 만약 이 시기, 이 시점에 A반과 B반의 차이가 1,000포인트 가까이 났다면 어땠을까. 이겨봐야 등을 붙잡기란 불가능하겠지.

"열심히 해봐라."

"네. 그럼 다시 연락드릴게요."

그렇게 말한 나는 그제야 학생회실에서 나가는 것을 허락받고 퇴실했다.

"후우…… 겨우 풀려났네."

이치노세의 사퇴로 학생회 선거가 무산되면서 2,000만 포인트 건도 없던 일이 되었지만, 어쨌든 계획에는 지장 없으니 괜찮다.

그렇게 안도한 것도 잠시, 조금 떨어진 위치에서 지켜보던 인물이 가까이 다가왔다.

"너는 바로 풀려나지 못했네."

"기다렸어?"

"이것저것 마음에 걸리는 부분이 많은 얘기였잖아. 무슨 지시라도 받았어?"

"딱히. 그래서 나와의 이야기도 그걸로 끝이었지."

"그런 것치고는 꽤 길게 얘기한 것 같은데."

"수학여행 선물도 주고, 다른 상관 없는 얘기 좀 하느라."

도와주라고 지시받았다는 얘기는 꺼내지 않았다.

나구모가 호리키타에게 실제로 말을 전해서 내게 직접 부탁할 때까지 기다리자는 회피성 생각이다.

"호리키타한테는 학생회장이 되기 위해 해야 하는 일이란 거네."

"설마 이치노세가 사퇴, 아니 학생회 자체를 그만둘 줄은 몰랐어."

자기 의지로 그 자리에서 내려오는 것은 예상하지 못했다.

수학여행 때 보였던 눈물의 이유 중 하나에 이번 일도 들어 있었는지 모르겠다.

"키류인 선배는 결국 남아서 나구모 학생회장이랑 얘기 계속하는 거야?"

"그런가 봐. 꽤 많이 열 받았다는 건 너도 봐서 알잖아?"

"응. 그 사람에 대해 자세히는 모르지만, 적으로 돌리면 성가실 것 같아. 천하의 나구모 학생회장도 버거워하는 인상이던걸."

학생회 멤버로서는 평소에 늘 우위에 있는 나구모의 모습만 봐왔을 테니 그런 인상을 받아도 무리는 아니다.

"나구모 학생회장이 같은 3학년을 시켜서 키류인 선배에게 절도죄를 뒤집어씌우려고 했다는 이야기, 어디까지가 사실인 것 같아?"

"글쎄. 다만 적어도 야마나카라는 사람이 죄를 뒤집어씌우려고 한 건 사실이겠지."

거기에 다른 제삼자가 얽혀 있는지는 아직 알 수 없는 부분.

"나구모든 아니든, 키류인을 함정에 빠트리려고 한 이유도 목적도 잘 모르겠어."

"그녀와 다퉈서 화풀이로 하는 복수——일 가능성은?"

"물론 그럴 가능성도 있지. 불특정한 누군가에게 미움을 사도 이상하지 않은 사람이니까."

하지만 이 일에 우리가 아무리 머리를 굴려 봐야 아무 의미도 없다.

"그런 것보다도 넌 학생회 일에 집중하는 편이 좋지 않을까?"

"그렇지. 아야노코지가 학생회 임원이 되어주면 이야기가 절반은 정리되지만? 너라면 틀림없이 나구모 학생회장이 원하는 조건을 전부 충족하고 있을 테니."

"글쎄, 어떨까. 적어도 나구모는 나를 안 좋아하는데."

"좋아하고 싫어하고의 문제가 아니잖아."

"꼭 그렇지도 않아. 나구모 입장에서는 불쾌할걸, 분명 그럴 게 틀림없어."

"그냥 네가 학생회에 들어오기 싫을 뿐 아니니?"

"바로 그거야."

학생회에 들어가면 자유 시간이 확 줄어든다. 그건 피하고 싶다.

"그럼 적어도 인재를 찾는 걸 협력해줘야겠어. 애초에 넌 나를 학생회에 넣은 책임이 있으니 거절하진 않을 거라고 믿어."

퇴로를 막겠다는 듯 빠르게 못 박았다.

"아니, 난 좀. 미안한데 패스할게. 학생회 일은 학생회에 속한 네가 해결해야지."

비협조적인 나에게 익숙해졌는지 한숨을 푹 내쉬며 일단 물러나는 호리키타.

"난 역시 우리 반에서 영입하고 싶어. 학생회장도 말했듯이 학생회에 들어오는 건 반에도 플러스로 작용하니까."

"이럴 때 요스케라면 웬만한 일은 기꺼이 도와줄 것 같은데."

"그렇지. 하지만 동아리 활동을 못 하게 하기가 좀 그래서."

학생회와 동아리 활동은 병행할 수 없고, 요스케는 축구부에서도 어느 정도의 성과를 남기고 있다. 굳이 학생회로 빼 와서 얻을 이익이 더 적으리라.

"난 이만 간다."

이쯤 해서 달아나려는데, 그전에 호리키타가 돌아서 길을 막았다.

"학생회 일은 일단 됐고, 특별시험 말인데……."

"미안한데 그것도 내가 먼저 나서서 할 수 있는 건 없어."

"학생회 일은 학생회 안에서 해결할 것, 그게 네 주장이지. 그렇게 치면 특별시험은 반의 문제야. 같은 반이면 돕는 게 당연하지 않아?"

"부탁할 사람은 나 말고도 있잖아. 반 애들은 마흔 명 가까이나 돼."

꼭 집어서 나에게 부탁할 필요는 없다.

"정말. 결국 아무것도 도와줄 생각이 없구나?"

"내가 도와도 상황이 확 달라지는 건 아니야."

"겸손이 지나치지 않아? 네가 도와주면 마음이 든든해. 우리 상대는 다른 사람도 아니고 사카야나기니까. 전략을 짜는 단계부터 네가 지혜를 빌려준다면 체육대회 때처럼 앞지를 확률이 올라가는걸."

만약에 지면 A반과의 차이가 100점 벌어지니 질 수 없다.

다만 진다 해도 만회할 수 있는 범위인 것 또한 사실이다.

"난 조언해줄 게 없어. 그래도 같은 반으로서 네 지시에는 따를게. 고난도 문제를 풀라고 하면 풀도록 하지."

사전 단계에 전략을 짜는 데 도움을 줄 수는 없지만, 시험에는 협력하겠다고 전했다.

"……과목, 난도와 상관없이 어떤 문제든 정답을 맞히겠다고?"

"그래. OAA 상으로 내 학력은 12월 시점에 B등급. 고득점까지는 안 되겠지만, 클리어하는 데 필요한 최소 두 문제든 최고 다섯 문제든 원한다면 반드시 정답을 맞힐게."

이건 호리키타에게 중요한 득점이 되겠지. 그것만은 보장했다.

"한 개인으로서는 도울 수 있지만, 그 전 단계에서는 힘을 빌려줄 수 없다, 그 뜻이구나."

"바로 그거야."

"네가 답을 틀릴 가능성은?"

"한없이 0에 가까워."

기본 교과목과 전혀 무관한 잡학이라도 나오지 않는 이상, 그런 일은 발생하지 않을 것이다.

"말은 잘하네. 네가 특출나게 잘하는 건 수학뿐이라고 하지 않았어?"

"기억 안 나는데."

진짜. 그렇게 투덜거린 호리키타는 받아들이겠다는 듯 고개를 끄덕였다.

"그럼 그렇게 정리하자. 학력 B인 학생이 고난도 문제도 확실하게 다섯 문제를 다 맞힌다는, 그런 계산이 성립한 것만으로도 부담이 확실히 줄어들었어."

이건 리더로서 호리키타가 행동하는 데 있어 중요한 경험 중 하나가 될 것이다.

승패보다 더욱 중요한 것을 이번 특별시험을 통해 배웠으면 한다.

"그래도 동정은 해줄게. 힘든 시기에 학생회장을 맡게 됐네."

웬만하면 안 바쁠 때 끝내고 싶은 문제겠지.

"어쩌겠어. 학생회에 들어가기로 한 이상 이런 문제는 따라오기 마련이잖아."

근본적으로 내가(나는 학생회가 아니지만) 학생회로 끌어들인 거니까.

다소 마음에 걸리는 부분도 있지만, 옆에서 나란히 걷는 호리키타는 비교적 긍정적으로 받아들이는 듯 보였다.

"나쁜 쪽으로 생각해봐야 소용없잖아. 지금은 긍정적으로, 좋게 받아들일 거야. 학생회장이 되면 지금보다도 학교에서의 평가가 올라갈 테고, 어느 정도의 권한도 생겨. 직권남용까지는 아니더라도 그에 가깝게, 아슬아슬한 수위까지는 해볼 작정이야."

A반으로 올라가기 위해 어느 정도는 수단을 가리지 않겠다는 결의.

그거면 된다. 호리키타 같은 경우는 좀 더 탐욕적으로 나오는 게 딱 좋을지도 모른다.

"너도 도와도 되는데? 학생회 새 멤버 영입."

"같은 말 여러 번 하게 하지 마."

"혹시 잊었을까 해서."

"쭉 사양한다."

나구모가 도우라고 했다. 그 사실을 알기 전에 부디 결정해주기를 바라며.

3

내가 뿌린 씨앗이라지만, 아무 상관도 없는 일에 반쯤 휘말리고 말았다.

이왕 이렇게 된 거 학생회 선거든 뭐든 해서 나구모와 관계를 청산하고 싶었지만, 이치노세의 사퇴는 누구도 예측하지 못했던 일이니 어쩔 수 없다.

나는 기숙사에서 기다리는 여자친구에게 보고하려고 전화를 걸었다.

『아직 멀었어?!』

전화가 연결되자마자 대뜸 케이의 불만스러운 목소리가

들렸다.

"지금 막 학생회실에서 나왔어. 15분 정도 뒤에 도착할 거야."

그래도 화낼 줄 알았는데, 시간이 분명한 것에 대한 기쁨이 이긴 모양이다.

『네에. 안 보채고 얌전히 기다렸는데, 나 착하지?』

갑자기 부드러운 말투로 바뀌면서 그렇게 물었다.

"착해, 착해."

케이 같은 여자는 스마트폰을 많이 쓴다.

그러니 몇 초 간격으로 타다다닥 메시지를 전송하는 것쯤 식은 죽 먹기겠지.

『에헤헤헤.』

칭찬할 일도 아닌데, 내가 치켜세워주자 기뻐했다.

『그럼 기다리고 있을게.』

짧은 대화를 마친 나는 스마트폰을 주머니에 도로 넣었다.

연애는 순조로워서 꼭 대화를 길게 하지 않아도 이미 관계가 구축되었다는 것을 실감한다.

가족이 구성원의 사소한 변화를 알아차리는 까닭은 딱히 머리가 좋거나 예민해서가 아니다.

오랜 기간 함께하지 않으면 모를 변화를 알아차리는 것.

머리로 생각해서 상대의 의도를 읽는 것이 아니라 피부로 서로를 느끼는 것.

험악했던 분위기를 한순간 유하게 바꿔버릴 수도 있다.

동전의 앞면과 뒷면.

이는 지금 말한 것 이외에도 많은 상황에 적용할 수 있겠지.

교과서의 남은 페이지는 계속해서 줄어들고 있다.

그런데 뒤로 갈수록 내용이 난해해 익히는 데 초반보다 시간이 많이 드는 법.

자, 다음 과제는——.

○새로운 학생회 멤버

2학기 마지막 특별시험을 앞두고, 호리키타는 당장 해결해야 하는 과제가 있었다.

바로 은퇴한 나구모 학생회장으로부터 그 자리를 물려받기 위한 작업.

새로운 학생회장으로 임명된 다음 날 방과 후, 곧바로 움직이기로 한 모양이다.

예상대로 호출당한 나는 교실 밖 복도에서 호리키타가 오기를 기다렸다.

정작 호출한 본인은 반에 모여 있는 아이들과 잠시 의논 중이었다.

학생회도 정리해야 할 문제지만, 지금은 새 특별시험에 대한 대책도 소홀할 수 없으니.

조용히 그냥 돌아갔다간 나중에 몇 배로 당할 각오를 해야 하겠지. 그건 사양하고 싶다.

그런 생각을 하면서 10분 정도 기다리자, 호리키타가 딱히 미안해하지도 않고 등장했다.

"바로 장소를 바꿀까."

"작전회의는 더 안 해도 돼?"

"어제 히라타랑 애들이랑 자세히 의논해뒀으니까. 오늘은 경과를 보고받았을 뿐이야. 다행히 애들 대부분이 의욕

적이야. 하기 싫은 공부도 긍정적으로 해주고 있어. 성적이 제일 낮았던 스도가 치고 올라온 것, 사쿠라가 퇴학당하면서 받게 된 정신적 압박, 사정권 안으로 들어온 A반과의 포인트 차이와 맞대결. 모든 것이 좋은 방향으로 작용하고 있다는 증거야."

사쿠라 아이리의 이름을 꺼내면서 호리키타는 순간 내 눈치를 살짝 살폈다.

"아직도 그 일이 신경 쓰여?"

"신경…… 안 쓸 정도로 내가 무신경하지는 않아. 사실이라 해도 말이야."

"그건 마음에 안 드네. 넌 그냥 당당하게 있으면 돼."

시간이 지나면 호리키타도 점점 받아들여질 것이다.

내가 걸음을 떼자 호리키타가 살짝 당황한 투로 따라왔다.

"네가 도와줄 거라는 말을 나구모 선배한테 들으니까 솔직히 마음이 든든해졌어."

"좋은 얘기만 전해 들었나 보네. 나 개인적으로는 전혀 내키지 않는다는 것만은 알아줬으면 좋겠다."

의욕 문제에서 착각, 오해가 생겼다간 나중에 큰일이니까.

뭐, 굳이 이런 말을 하지 않아도 눈앞에 있는 아이는 잘 알고 있겠지만.

"그렇겠지. 도와주라는 말을 듣고도 가만히 있었으니. 이대로 내가 말 꺼내지 않았으면 끝까지 모르쇠로 일관할 셈이었지?"

알면서 일부러 부추기듯 말한 것 같다.

"나를 그렇게 잘 알면 그냥 놔두지 그랬냐."

"싫은데."

곧장 대답이 돌아왔다. 피할 방법을 찾던 내 목적은 산산조각이 나고 말았다. 요즘 들어서는 나를 상대하는 것도 좋은 의미로, 아니 나쁜 의미로도 많이 발전했다.

"하지만 안심해. 며칠씩 시간을 질질 끌면서 학생회 멤버를 모을 생각은 없으니까. 어제 후보를 몇 명 정했으니 오늘 결정짓고 싶어. 학생회도 중요하지만, 그 이상으로 지금은 집중해야 할 특별시험이 기다리고 있으니까."

단기 결전으로 정할 생각인 듯했다. 그나마 다행이다.

"2학년 중에 한 명, 1학년 중에 한 명이었지."

"그래. 그리고 그다음에 만났을 때 더 구체적인 요구도 받아. OAA 상 학력이 B 이상인 학생, 그게 최소 조건이라고."

"학력 제한이라. 뭐. 학생회에 들어가려면 그 정도 조건은 있어도 이상하지 않지."

사회 공헌도 쪽은 중시하지 않는 것 같으니 폭넓은 선택이 가능하리라.

"그러고 보니 누구 씨도 학력이 B까지 올라왔지? 누구셨더라?"

"갑자기 배 아프다. 이만 돌아갈까."

"농담도 못 해?"

"넌 진지하게 말해서 곤란하다고."

"지금부터 이치노세가 빠진 2학년 구멍을 메울 생각이야. 넌 제외하고."

"그건 당연하지. 그래서 후보는 정했다는 거네."

"응. 학생회 간부가 되는 필수 조건은 동아리 활동을 하지 않는 것뿐. 학력 B 이상이면 남은 건 학생회장이 될 사람의 판단과 재량으로 정하는 거야."

기준만 채우면 호리키타가 어떤 능력을 갖춘 사람을 바라든 자유인 것이다.

"학력 B 이상이면 누구든 좋은 건 아니야. 학생회를 운영해나가는 이상, 다방면으로 능력이 뛰어난 사람이어야 원활하게 굴러갈 테니까."

대충 모집한 의욕 없는 멤버로는 과연 학생회 활동 자체가 위태로워질 테니까.

"난 이래 봬도 세게 나갈 생각이야. 학생회에 속한 것만으로 적지 않은 가점을 얻을 수 있으니, A반처럼 강한 라이벌 반에서는 영입하고 싶지 않아."

아무리 작은 어드밴티지라도 지키고 싶은 선인 모양이다.

"그럼—— 이상적인 건 우리 반 학생인가."

"그래. 속내가 뻔히 보이게, 같은 반에서 고른다고 해도 규칙 위반은 아니야."

아까부터 걷지 않고 여기서 대기하고 있는 이유도 좀 알 것 같다.

"나한테 할 얘기가 뭐야? 호리키타."

교실에서 나온 한 사람, 쿠시다가 그렇게 말을 걸었다.

순간 나에게 눈빛으로 『어때?』하고 신호를 보낸 호리키타.

과연 쿠시다는 비주얼까지 포함해 대외적인 평가가 몹시 높은 학생이다. 학력도 틀림없이 B 이상이고, 학생회 멤버와 비교해도 손색없을 스펙을 가지고 있다.

하지만 그건 어디까지나 외부에서 봤을 때의 이야기. 특히 호리키타와 쿠시다는 물과 기름 같은 사이다.

"실은 쿠시다에게 한 가지 부탁이 있어."

냄비에 두른 기름에 물을 잔뜩 들이붓는 위험한 행동.

"아직 비공식적인 얘기긴 한데 이치노세가 학생회를 그만두게 됐어."

"뭐? 그렇구나. 무슨 문제라도 있었던 거야?"

"어디까지나 개인 사정으로."

아직 사태 파악을 하지 못한 쿠시다였지만, 기름에 열이 가해지기 시작했다.

하지만 아직 고온까지는 이르지 못했다.

"그래서 학생회에 결원이 생겼는데 혹시 네가 그 빠진 구멍을 메워줄 수 없을까 생각했어."

결정적인 그 한마디로 전해졌을 것이다.

온도가 올라가던 기름이 타닥타닥 소리를 내며 물을 튕기기 시작했다.

"나구모 학생회장은 아직 학생회장을 계속하고 있어?"

"아니, 2학년에서 남은 학생회 멤버는 나뿐이라. 자동으로 이어받게 됐어."

"그러니까…… 호리키타가 학생회장이 된다는 거네."

"앞으로 별다른 문제가 없다면, 그럴 예정이야."

갑작스러운 학생회장 이야기에 쿠시다가 살짝 놀란 눈치였지만, 중요한 부분은 그게 아니겠지. 어차피 이치노세 아니면 호리키타 둘 중 한 사람이 학생회장이 되는 것은 기정사실이었다.

"그래서 내가 직접 멤버를 발탁하게 됐거든. 일단 학생회 간부가 되려면 최소한의 능력은 요구되는데, 넌 무난하게 다 통과야."

이미 냄비 근처에는 화상을 염려할 만큼 물과 기름이 대량으로 튀고 있었다.

이대로 계속 근처에 있으면 화상을 면할 수 없으리라.

"그래서 만약 학생회에 들어간다면…… 난 호리키타의 서기 같은 걸 하는 거야?"

그 점이 무엇보다도 마음에 걸리는지 쿠시다가 질문을 던졌다.

"아직 역할은 정하지 않았지만 그렇게 되겠지."

"아하하하, 참 재미있는 농담이네."

목소리와 얼굴은 웃고 있었지만 우리는 분명히 알았다.

누가 네 밑에서 일한다는 거야, 이 멍청아, 하는 기운이 강하게 느껴졌으니까.

"의욕을 내기에 따라서는 바로 부회장 자리에 오를 수도 있어."

"으음, 그런 문제가 아니라는 건 너도 잘 알지?"

말도 안 되는 소리 하지 마라, 시간 낭비일 뿐이다, 하고 말하는 듯한 위압감.

이걸 겉으로 미소를 내걸고 풍길 수 있으니 얼마나 대단한가.

"나 같은 애가 학생회에 어떻게 들어가겠어?"

학생들이 오고 가는 복도인 만큼 거절 이유는 어디까지나 자신의 능력 부족임을 전면에 내세웠다.

"그렇지 않아. OAA에서도 높은 평가를 받고 있고 많은 동급생, 후배들이 널 동경해. 내년에 입학할 1학년들도 너라면 바로 가까워지겠지. 그런 능력을 높이 사서 하는 스카우트야."

쿠시다를 마음대로 부리려는 것이 아니라 어디까지나 순수한 마음임을 강조했다.

하지만 쿠시다의 입장에서는 별반 차이가 없을 것이다.

호리키타의 밑에서 일하는 구도를 받아들일 리가 없다.

"마음은 고맙지만 그래도 어려울 듯해. 학생회 경험도 없고……."

호리키타는 계속 끈기 있게 버텼지만, 역시 일이 쉽게 흘러가지는 않았다.

특히 호리키타의 밑에서 일하는 그림이 쿠시다로서는 받아들이기 힘들 것이다.

"네가 들어오기만 해도 우리 반은 조금이나마 어드밴티지를 받을 수 있어. 학생회에서 일하는 학생이 있다는 가점은 A반을 목표로 할 때 틀림없이 무기가 될 거야."

"그래. 네가 하고 싶은 말이 뭔지는 알겠지만…… 그래도 무리야. 미안해."

호리키타가 굳이 하교 시간을 노린 건 쿠시다가 가면을 벗지 못하도록 한 거겠지.

만약 여기가 아무도 없는, 예컨대 기숙사 방이거나 했다면 단칼에 거절했을 터.

"부탁이야, 쿠시다. 네 힘이 필요해."

호리키타는 말에 더욱 힘을 실어서, 쿠시다의 도움을 호소했다.

스쳐 지나가는 학생들도 무슨 일인가 싶어 살짝 쳐다보았다.

"…………."

계속해서 놀란 척, 난감한 척하는 쿠시다.

도와달라고 부탁하는 호리키타를 함부로 거절할 수도 없는 것이 가면을 쓴 쿠시다의 괴로운 점일까.

그때, 나는 순간 앞을 보았다.

"왜 그래?"

"아니, 아무것도 아니야."

내 반응을 알아차린 호리키타가 신경 쓰이는지 옆에서 물었지만 지금 상관없는 얘기로 흐름을 끊고 싶지는 않다.

살짝 묘한 정적이 흐르고 말았는데, 침묵하는 쿠시다에게 호리키타가 다시 말했다.

"나를 위해 일해 달라는 게 아니야. A반으로 올라가는 데 도움을 줬으면 할 뿐이야."

"하지만…… 꼭 내가 아니어도 되잖아. 난 자신 없어."

"쿠시다가 해줘야 제일 많은 혜택을 얻을 수 있어."

내키지 않는 호리키타의 학생회. 하지만 이 제안을 받아들이면 쿠시다가 가장 많은 이익을 본다.

"뭐? 그게 무슨 말이야?"

쿠시다가 이해하지 못하고 되묻는 것도 무리가 아닌 이야기다.

"그거야 뻔하지 않겠어요? 쿠시다 선배가 학생회에 들어가면 쿠시다 선배를 아주 많이 싫어하는 사람이 있어도 쉽사리 건들 수 없잖아요오오~~~."

대답한 사람은 쿠시다 본인도 호리키타도 아닌, 제삼자 여학생 아마사와 이치카.

조금 전부터 은밀히 거리를 좁혀오긴 했지만, 이렇게 갑자기 끼어들 줄은 몰랐다.

"……어째서 2학년이 있는 곳에 아마사와가 있는 거야?"

난데없이 등장한 천적(?) 때문에 더욱 궁지에 몰리는 쿠시다.

"제가 선배들 있는 곳에 오는 게 뭐가 어때서요?"

"지금은 좀 바쁜데. 누구한테 용건 있는 거니?"

"딱히 특정한 누군가가 있는 건 아닌데요. 굳이 말하자면 쿠시다 선배일까?"

"나? 그, 그렇구나. 대체 무슨 일일까?"

노골적으로 핏대를 세우며 화내고 있다는 것을 알 수 있었다.

"어머?? 뭘까~? 제가 무슨 일로 왔다고 생각하세요?"

"나야 모르지. 아마사와가 무슨 생각을 하는지 전혀."

아무리 봐도 쿠시다가 싫어하고 있는데, 그건 내가 필터를 끼고 봐서 그런 걸까. 아니면 호리키타의 눈에도 똑같이 보일까.

"지금은 얘들이랑 중요한 얘기 중이어서 그런데, 나중에 해도 될까?"

"싫~은데요. 저랑 둘만 있으면 쿠시다 선배, 분명 무서워질 거잖아요."

아마사와는 쿠시다를 생각하지도 않고 거리낌 없이 그렇게 말을 내뱉었다.

호리키타 역시 지금 두 사람의 반응을 보면 이미 아마사와가 이면까지 파악하고 있음을 이해하겠지. 물론 호리키타가 이미 그 사실을 알고 있을 가능성도 있지만.

그런데 굳이 쿠시다를 만나러 왔다고? 나는 눈빛으로 견제하듯 아마사와를 응시했다.

"거짓말, 거짓말이에요, 선배. 사실은 아야노코지 선배를 만나러 왔어요. 그랬는데 호리키타 선배랑 쿠시다 선배까지 같이 얘기하고 있잖아요? 그래서 몰래 엿들었던 거예요."

주눅 들지도 않고, 이야기를 엿들었다고 자백했다.

"이야기, 어디까지 들었어?"

"어디까지냐니, 정말로 조금 전부터예요. 호리키타 선배가 『나를 위해 일해달라고 말하는 게 아니야~』하는 언저리부터. 정말, 정말이라니까요?"

솔직하게 말하는 아마사와이기는 했지만, 쿠시다와 호리키타의 신뢰를 얻지 못해서인지 대놓고 의심받고 있었다.

"이건 사실이야. 그 이상도 그 이하도 아니야. 아마사와가 다가오는 걸 내가 봤거든."

그렇기에 지금은 아마사와가 사실을 얘기하고 있다는 보증을 서주기로 했다.

"네 시선이 움직인 이유가 그래서였구나."

"바로 그거예요. 그렇죠? 저는 진실밖에 말하지 않잖아요?"

"쿠시다를 만나러 왔다고 거짓말했던 건 다 어디로 가고? 아니, 애초에 아야노코지를 만나러 온 게 진짠지 어떤지도 모르는 일이지."

하나를 의심하기 시작하면 나머지도 의심스럽게 보이는 법.

"아이참, 세세한 건 됐어요. 그보다도 하던 부탁 계속하세요."

어서어서, 하면서 더는 방해하지 않겠다고 어필하며 한 걸음 물러섰다.

"······그래. 아마사와 일은 일단 내버려 두고, 대답해줄 수 있겠니?"

지금은 나쁜 상황을 바꾸기 위해 아마사와를 남겨두고 계속 설득하는 방침으로 전환했다.

"대답은 아까부터 쭉 했는데. 못 받아들인다고."

"도저히 안 되겠어?"

"미안해, 기대에 부응하지 못해서. 나 따위에게 학생회는——."

"그러지 말고 그냥 학생회에 들어가는 게 어때요?"

방해하지 않겠다고 말해놓고는 10초도 지나지 않아 약속을 깬 아마사와가 입을 열었다.

그것도 모자라 직접 반격할 수 없다고 확신하고는 쿠시다 뒤로 가서 찰싹 달라붙어 까불었다.

나중에는 검지로 볼을 쿡쿡 찌르면서 놀기 시작했다.

"쿠시다 선배는 그럭저럭 미인이고, 몸매도 그럭저럭 괜찮고. 머리도 그럭저럭 좋지 않나요?"

소악마처럼 속삭이며 설득······ 아니, 부추겼다.

다만 어느 것 하나도 순수한 칭찬은 아니었지만.

"저기, 말이야. 이야기 계속할 거면 장소, 를 말이지, 바

꿀래?"

계속 거부하자니 보는 눈이 많아 쿠시다도 스트레스가 가득 찼을 것이다.

더는 대화를 이어가기 어렵다는 느낌으로 한 제안이리라.

원래라면 대화를 끝내고 이만 몸을 피해도 됐겠지만, 가면을 쓴 쿠시다에게는 그것이 허락되지 않았다.

"아야노코지, 잠깐 아마사와랑 얘기라도 나누고 있을래?"

"에~? 저를 따돌리려고 하다니 선배 너무 차가운 거 아니에요?"

"그러니까 아야노코지를 빌려주겠다잖아."

혼자 쫓아내지 않는 것만으로도 감사해야 한다고 호리키타가 팔짱을 끼며 말했다.

"지금은 아야노코지 선배만이 아니라 쿠시다 선배랑 호리키타 선배랑도 같이 있고 싶은데요."

단순히 재미있어서라는 이유뿐인 건 틀림없으리라.

"그리고 억지로 쫓겨나면 이런저런 안 좋은 비밀들, 확 다 말해버릴지도?"

진짜인지 거짓인지 모를 협박을 섞는 바람에, 강제로 돌려보내긴 어렵게 되었다.

"……어쩔 수 없네. 그럼 쿠시다가 원하는 대로 장소만이라도 바꿀까."

많은 사람을 무기로 에워싸려고 했던 호리키타지만, 인정사정 봐주지 않고 막 나오는 아마사와 때문에 상황이 점점 나빠져만 갔다.

이대로는 긍정적인 대답을 얻기 어렵다고 판단하고 장
소를 바꾸기로 한 듯하다.

1

호리키타는 쿠시다를 데리고 계단을 올라가, 이 시간에
는 아무도 없을 특별동으로 이동했다.

"일단 이 부근이면 아무도 우릴 못 볼 거야."

여기면 되겠지? 하고 쿠시다에게 양해를 구했다.

"뭐, 그렇겠네."

사실은 따라오는 것조차 싫었을 쿠시다가 깊고 무거운
한숨을 토했다.

"무난한 장소네요. 누가 가까이 올 것 같으면 바로 알아
차릴 수 있고, 응응."

"넌 정말 어디든 다 따라오는구나, 아마사와."

"그야 다음이 궁금하잖아요. 쿠시다 선배가 학생회에 들
어갈지 안 갈지."

결과를 알기 전까지는 돌아갈 생각이 없겠지.

"아~ 짜증 나. 호리키타도 짜증 나지만, 넌 세 배로 더
짜증 나."

보는 눈이 없어지자 가면 쓸 필요가 사라진 쿠시다가 더

는 못 참겠는지 예고도 없이 진짜 얼굴을 드러냈다.

"너도 많이 미움받고 있네, 아마사와."

제일 싫어하는 줄 알았던 호리키타의 세 배라면 상당한 수준이다.

차가운 눈동자가 가차 없이 자신을 향하자, 아마사와는 오늘 본 것 중에 가장 환한 미소를 지었다.

"아핫, 그 얼굴 보는 게 참을 수 없이 좋다니까요."

겁먹기는커녕 이제야 겨우 즐거운 시간이 찾아왔다는 듯 손을 모으며 기뻐했다.

"다행이네요. 진짜 자기 모습을 드러낼 수 있는 사람이 늘어나서. 아야노코지 선배랑 호리키타 선배가 자기 편이 되니까 이제 저는 안 무서운 거예요?"

"내 정신 상태를 갖고 놀 생각인지 뭔지는 모르겠지만 쓸데없는 짓은 그만두는 게 어때?"

"안 그만둘 건데요. 뭣하면 또 쿠시다 선배를 곤란하게 해볼까나."

아마사와는 학교에 남기로 했는데, 쿠시다를 갖고 놀면서 기쁨과 즐거움을 느끼려는 걸까. 2학년이 있는 곳으로 찾아온 것도 역시 사실은 쿠시다가 목적이었나?

"넌 절대 퇴학 안 당할 거라고 굳게 믿는 타입이야?"

"네에? 저를 퇴학시킬 수 있는 사람이 있나요? 있으면 보고 싶네."

"이제 그만하는 게 어때. 특히 아마사와, 장난이 지나쳐."

호리키타가 아마사와를 말렸다. 하긴 오늘 아마사와는 유독 삐딱한 구석을 전면에 내세우며 쿠시다에게 시비를 걸고 있다.

나 또한 학생회 멤버를 고르는 일에 오래 엮이는 것은 피하고 싶다.

"더 하면 호리키타에게도 지장이 생겨. 그만해라."

묻어가듯 아마사와에게 가벼운 주의를 주자…….

"──아, 네에. 아야노코지 선배가 그렇게 말씀하신다면 야 착한 아이가 되어야죠."

그렇게, 정말로 더는 쿠시다를 놀리지 않겠다며 두 팔을 들고 선언했다.

"쿠시다. 이 애는 내버려 두고…… 다시 말하지만, 학생회에 들어와 줄 수 없겠니?"

"싫어."

"도저히 안 되겠어?"

"응, 싫어. 이만 돌아가도 될까?"

자리를 뜨려는 쿠시다를 본 나는 조금만 나서기로 했다.

"호리키타. 쿠시다에게 좀 더 알기 쉽게 제시하는 편이 좋지 않을까?"

"……알기 쉽게 제시라니?"

"학생회에 들어오면 쿠시다에게 이익인 건 분명하잖아. 그런데 동시에 같은 혜택을 호리키타도 받게 돼. 그러니까 제안받는 쪽에서는 불만이 좀 나와도 어쩔 수 없어. 쿠시다도 그렇게 생각하지?"

"뭐, 그렇지……."

쿠시다가 나를 노려보다가 어딘지 모호하게 시선을 피했다.

"공짜로 부탁하려는 게 너무 안이하다는 말이야."

내 유도에 넘어오듯 쿠시다가 호리키타에게 그런 말을 던졌다.

"그럼 조건에 따라서는 생각해보겠다는 거니? 저번처럼 퇴학을 요구한다면 거절할게."

쿠시다로서는 그 선도 있겠지만, 물론 현실적이라고 말할 수는 없다.

대체 어떤 조건이면 쿠시다가 학생회에 들어오겠다고 할까.

"네가 꼭 내 도움을 받고 싶다면 나한테 무릎 꿇고 사정해."

"……무릎을 꿇으라고?"

"그래. 부탁드립니다, 쿠시다 씨 하고 머리 조아리면서 애원하면 검토해 줄, 아니, 학생회에 들어가 줄게."

모호한 대답으로 달아나는 것이 아니라 학생회에 들어가겠다고 확실하게 약속하는 쿠시다.

물론 이런 데서 호리키타가 무릎 꿇을 리 없다는 확신으로 한 발언이다.

호리키타도 쿠시다만큼은 아니지만, 자존심이 강하다.

아무리 반을 위해서라지만 이 상황에서 무릎을 꿇지는 않겠지.

"그렇구나. 무릎, 그게 네 조건이구나. 잘 이해했어."

그렇게 중얼거리더니, 호리키타가 차가운 복도 바닥에 바른 자세로 무릎을 꿇고 앉았다.

"앗? 지금 이거 거짓말이지?"

"무릎 꿇고 머리를 조아리면 학생회에 들어오겠다. 그렇게 방금 약속했지? 아야노코지도 아마사와도 증인으로 똑똑히 들었어. 취소할 거면 지금밖에 없어."

정말 무릎 꿇고 머리를 조아려서라도 끌어들일 생각이다.

호리키타에게서 그런 분위기가 나오자, 분명 우위에 서 있을 쿠시다가 말을 더듬었다.

"……뻥이지? 네가 나한테 무릎 꿇을 리가 없잖아."

"그렇게 생각하는 것도 이해는 하지만, 난 의외로 너를 싫어하지 않아. 무릎 한 번 꿇어서 반에 플러스가 된다면 충분히 그럴 만한 가치가 있어."

낮은 위치에서 날카로운 눈으로 올려다보며 호리키타가 진지하게 대답했다.

방해하지 않겠다고 선언했던 아마사와는 조용히 그 상황을 지켜보면서 즐거워하는 눈치였다.

"아니, 넌 못 해. 못 한다고."

서로를 탐색하는 가운데, 쿠시다가 긴가민가하면서도 내린 결론은 『못 한다』였다.

"그래…… 그럼 엎드려 간청해서 학생회에 들어오게 하면 그만이야."

그렇게 말한 호리키타가 두 손을 바닥에 천천히 뻗기 시작했다.

하지만 바닥에 닿기 직전, 움직임을 멈추었다.

그리고 몇 초가 지나도 그다음으로 넘어가지 않았다.

"어머, 갑자기 왜 그러실까, 호리키타. 나한테 엎드려 빌려는 거 아니었어?"

모욕을 참지 못해 그만두었다고 여긴 쿠시다가 기쁜 투로 물었다.

"그 전에 하나만 물어봐도 될까. 내가 이렇게 시시하게 납작 엎드리면 넌 만족하니?"

"뭐?"

"여기서 내가 바닥에 이마만 대면 넌 내 밑에서 일하게 돼. 아무리 생각해도 이익인 사람은 나지, 네가 아니야."

지금 이 자리에서는 납작 엎드린 호리키타의 모습을 순간 눈에 새길 수 있다.

하지만 그건 동시에 쿠시다보다 위에서 지휘봉을 잡고 학생회를 이끌어가는 호리키타를 떠받쳐줘야 하는 대가를 치르게 되는 일이다. 그건 결코 값싼 교환이라고 말할 수 없으리라.

"네가 나를 싫어한다는 건 알아. 내 무릎을 꿇리고 싶은 마음도 이해해. 하지만 그렇다면 억지로 무릎 꿇리는 전개가 아니라 나 스스로 머리 숙이게 되는 상황을 만들었을 때 진정한 희열과 쾌락이 느껴지지 않을까? 내 말이 틀려?"

이건 호리키타가 시도하는 흥정이다.

호리키타는 틀림없이 쿠시다에게 무릎 꿇고 싶지 않을 것이다.

다시 말해 쿠시다가 잘 읽었다는 뜻. 하지만 호리키타는 절묘한 분위기를 연출해 이 자리에서 무릎 꿇는 것에 아무 저항감이 없는 척 꾸몄다.

"모르겠네. 무릎 꿇는 게 아무렇지 않으면 그냥 하면 되잖아. 희열이고 쾌락이고 다 됐으니까, 얼른 납작 엎드려서 나를 영입하면 될 일 아닌가?"

반면 쿠시다도 쉽게 받아들이지는 않았다. 애초에 교환 조건 없이는 학생회에 들어가지 않을 테니 그 부분을 물고 늘어지는 것도 당연하다.

"만약에 내가 무릎 꿇는 것에 저항감을 느낀다면 그건 쿠시다가 후회할 게 분명해서야. 여기서 내가 머리를 숙이면 넌 싫어도 학생회에 들어와야 해. 그런 낮은 동기를 가지고 학생회 멤버가 되어도 곤란해."

학생회에 들어오는 이상에는 쿠시다 키쿄의 능력을 최대한 활용하고 싶다고 생각하고 있다.

요컨대 자진해서 들어오고 싶은 학생회가 아니면 실현 불가능하다는 뜻인가.

"개인적으로 나와 거리를 둔다면 내 무릎을 꿇리긴 어려울 거야. 하지만 학생회에 들어오면 싫어도 나와 있는 시간이 늘어날 거고, 너의 유능함을 발휘할 순간도 많겠지. 그러다 보면 내가 너에게 의지하고 싶은 마음이 드는 기회가 생길 거야. 내가 스스로 머리 숙이고 부탁할 일이 한두 번이 아니게 될지도 모르지."

쿠시다가 억지로 머리 숙이게 만드는 것이 아니라 호리키타가 스스로 머리를 숙이고 부탁하는 상황을 만들어 보라고.

그런 도발 같기도 한 말이 의외로 쿠시다를 자극한 듯했다.

"어차피 내가 네 밑에서 일하는 건 다르지 않잖아."

"넌 학생회장과 그 밑에 있는 사람들이라고 생각하나 본데. 틀렸어. 맡은 역할이 다를 뿐이지 진짜 자기 위치를 결정하는 건 사람과 사람이야. 부회장이 학생회장보다 강한 실권과 발언력을 갖도록 관계를 구축하면 그만 아니니?"

호리키타는 주변에 깔린 장애물부터 제거하고 낮은 위치에서부터 점점 쿠시다를 포위했다.

"새로 들어오자마자 갑자기 부회장. 게다가 학생회장인 나를 쥐락펴락하는 실력자. 너의 승인 욕구를 충족하기에 이보다 더 좋은 브랜드는 또 없지 않을까."

이미 쿠시다를 완전히 해부한 만큼 무엇을 바라고 어떤 욕구가 있는지 잘 알고 있다.

그런 관점에서도 쿠시다가 학생회에 적합한 인물이라는

것을 새삼 실감할 수 있었다.

"뭔가 마음에 안 들어."

"지금은 마음에 안 들어도 괜찮아. 그건 사사로운 문제에 불과해."

쿠시다는 여전히 험악한 표정으로, 언제든 이마를 땅에 댈 수 있게 준비한 호리키타에게서 시선을 떼고 그만 몸을 돌렸다.

"학생회에 들어가면 내 입지가 강해져. 그건 나쁘지 않아."

"그래, 맞아. 교환 조건을 들이대는 건 바람직하지 않다고 봐."

"감언이설에 넘어가려니 열 받지만, 네가 나를 이용하려고 하듯이 나도 널 이용할 거니까."

"그래——."

피식 웃은 호리키타가 뻗었던 손을 도로 거두려는데——.

"하지만 말이지, 호리키타. 역시 난 여기서도 납작 엎드리는 네 모습을 보고 싶은데."

그렇게 말하며 뒤돌아본 쿠시다가 혼신의 미소를 지으며 말했다.

"……그건 진정한 의미로 엎드리는 게 아닌데?"

"괜찮아. 그건 다음 기회에 달성하면 돼. 오늘은 오늘대로 엎드려."

지금까지 호리키타의 페이스대로 잘 흘러갔는데, 마지막 순간 계산에서 벗어나고 말았다.

긍정적으로 받아들인 쿠시다가 고약한 심보를 드러내며 갑자기 강하게 나왔다.

"어떻게 할래? 그만둘래? 그럼 학생회 안 들어가고."

자기가 우세라는 것을 알자마자 몰아붙이기 시작했다.

원래부터 상극이던 쿠시다를 거저 학생회에 넣으려고 하는 만큼 호리키타가 불리한 상황이다.

여기서 납작 엎드리지 않는다면 쿠시다는 자기가 얻을 이익을 포기할지도 모른다.

그런 생각이 든 시점에서 승부가 갈렸는지도 모르겠군.

"……아야노코지. 그리고 아마사와."

"네에?"

"미안한데 자리 좀 피해줄래?"

누가 봐도 기분이 상한 호리키타가 그렇게 말하며 우리 보고 시야에서 사라지라고 명령했다.

엎드려 머리를 조아리는 모욕적인 모습을 여러 사람에게 보일 수는 없다는 것이다.

나는 구경하고 싶어 하는 아마사와의 팔을 억지로 잡아 끌고 이 자리에서 벗어났다.

쿠시다가 자기 의지로 학생회에 들어오게 하는 걸 멋지게 달성한 호리키타.

하지만 결국 대가는 치르는군.

2

"아~ 나도 보고 싶었는데, 호리키타 선배가 쿠시다 선배한테 머리 조아리는 모습."

"소리 내서 말하지 마. 내 치명적인 실패야."

머리를 움켜쥔 호리키타가 몇 분 전에 있었던 일을 회상하고 분노에 몸을 떨었다.

"자기 입으로 한 말이라지만, 결국 쿠시다한테 이용당했군."

"만만하게 봤어, 그 애의 승인 욕구를."

돌아갈 때 쿠시다가 굉장히 행복한 표정을 짓고 있었던 것을 나와 아마사와는 목격했다.

"무릎까지 꿇어가며 무리해서 이룬 제안이 됐네."

"……그래도 어쨌든 쿠시다는 학생회에 들어오기로 했어. 그건 그 애가 스스로 한 결정이야. 정말 하기 싫으면 싫다고 말할 사람인데도. 그건 너도 잘 알잖아?"

"뭐, 거기까지 내다본 건 훌륭했어."

쿠시다가 누구에게나 똑같이 웃어주는 가면을 썼을 때는 그렇지 않지만, 진짜 얼굴을 드러냈을 때는 호리키타가 말한 대로 심지가 굳다.

조금 전의 상황은 쿠시다에게 자기 진짜 모습을 내보일 수 있는 순간이었고, 배려할 필요가 전혀 없었다. 호리키타가 자신에게 엎드리는 모습을 보고 나서 거절할 수도 있었는데 결국 고개를 끄덕인 것은 실제로 학생회에 들어가서 얻는 이익이 있었기 때문이다.

"내 밑에서 일하는 게 진심으로 싫겠지만, 중요한 건 그게 아니야. 학생회에 들어오면 그 애의 구심력은 틀림없이 커질 거야. 한번 반에서 구석까지 밀려났었는데, 다시 복권하기 위한 커다란 디딤돌이 될 게 틀림없어."

"끝까지 쿠시다를 최대한 써먹을 계획이구나."

"당연하잖아? 그 애를 남기는 선택을 한 사람은 바로 나야. 그러니 우리 반 모두가 납득할 만한 성과를 쌓아야 해. 무릎까지 꿇기도 했고."

역시 무릎을 꿇은 게 계속 마음에 남아 있는 모양이다. 하지만 이것만은 자기가 짠 전략에 자기가 말려 들어간 꼴이니 어쩔 수 없다.

그때 역시 못 엎드리겠다고 나왔다면 쿠시다는 호리키타를 따르지 않았을 테고.

"그게 싫었으면 머리 조아리는 것 말고 다른 걸로 싸웠어야지."

"더는 그 얘기 꺼내지 마. 다음엔 잘해볼게……."

타격은 입었지만, 일단은 첫걸음을 내디뎠다. 아무나 할 수 없는 학생회 간부.

그 자리에 쿠시다를 앉히면 반에 필요한 인재라는 인식이 생기고, 나아가 탈락 대상에서 멀어질 수 있다. 그건 원래 쿠시다도 잘 알고 있을 터.

다만 호리키타에게 제안받았다는 것이 마음에 들지 않는 어린애 같은 감정이 방해했을 뿐이다.

"이제 2학년은 우리 반이 학생회를 독점했군. 확실한 어드밴티지야."

"나구모 학생회장이 인정할 때의 얘기지만."

"본인이 말했잖아. 자기 반에서 데려와도 상관없다고."

"그건 그렇지만, 『그럴 배짱이 있으면 어디 한번 해봐』라는 뉘앙스도 포함되어 있었잖아."

"그럼 그 배짱을 보여주면 되지."

"말 참 쉽게 하는구나."

어렵다는 표정을 짓는 호리키타였지만, 말과 행동이 정반대다.

조금이라도 A반에 가까워지기 위해 망설임 없이, 무릎까지 꿇어가면서 쿠시다를 자기편으로 끌어들여 놓고. 이게 배짱이 아니면 뭐란 말인가.

"쿠시다한테도 거의 최고의 권유 방법이었다고 생각해."

"저도 그렇게 생각해요. 과연 새 학생회장님이시라니까요."

오버 리액션으로 관심을 드러내며 뒤에서 고개를 끄덕이는 아마사와.

"……너 아직도 따라오니? 이제 구경할 거 더는 없는데."

"괜찮잖아요. 호리키타 선배가 1학년 중 누구한테 제안할지 궁금하기도 하고. 우리 사이에 뭐 어때요."

"너랑 난 적어도 속 터놓고 얘기 나눌 수 있는 사이는 아니지 않니?"

"그런가요? 잠깐 대립할 때는 있지만 특별시험 기간에만 그런 거고. 평소에는 선후배끼리 친하게 지내는 게 좋지 않나요?"

호리키타가 슬쩍 인상을 찌푸렸지만, 억지로 보낼 수도 없으니 단념했다.

"차라리 아마사와를 학생회에 넣는 건 어때? OAA 성적도 과분할 정도인데."

"OAA를 떠나서, 아마사와는 학생회에 안 맞아."

"엥~? 권유 정도는 해도 되는 거 아니에요? 의외로 오케이 할 수도 있는데."

"사양할게."

호리키타가 구상 중인 학생회에 아마사와의 자리는 없는 모양이다.

뭐, 하긴 진지하게 임해야 하는 학생회와 좀 안 맞는 것 같긴 하다.

"단칼에 거절한다는 건 무슨 생각이 있다는 건가?"

"몇 명 정도 후보를 정했는데…… 그가 아직 교내에 남아 있으려나."

그라는 단어가 튀어나온 것을 보아 점찍은 1학년이 남학생인 모양이다.

1학년 교정을 둘러보는 호리키타였는데, 찾는 인물이 눈에 들어오지 않는 듯했다.

A반에서 D반까지 다 살핀 다음 한숨을 내쉬었다.

"아무래도 벌써 돌아갔나 봐."

쿠시다와 아마사와를 상대하는 데 시간을 너무 소비했다며 살짝 푸념하는 호리키타.

그렇다고 바로 단념할 수는 없었는지 우리에게 말했다.

"같은 반 애한테 물어보고 올게. 여기서 기다려줘."

그렇게 말하고 1학년 A반 교실 안으로 들어갔다.

나와 아마사와는 서로 얼굴을 마주 본 후, 호리키타가 돌아오기를 기다렸다.

"그래서, 네 목적은 나인가?"

"네? 아아, 제가 2학년 쪽에 온 이유 말인가요? 신경 쓰여요오?"

"안 가고 계속 따라다니는데 신경이 안 쓰일 수 있나."

"솔직히 말하면 쿠시다 선배를 살피러 온 거였어요. 그왜, 문화제 때 좀 억지로 만났던 것도 있고, 어떻게 됐나 궁금해서. 게다가 타쿠야도 민폐 끼쳤으니까."

"그런 것치고는 쿠시다를 꽤 놀려댄 것 같은데."

아마사와가 혀를 쏙 내밀고 웃었다.

"뭐랄까, 저만 할 수 있는 일이잖아요, 대놓고 쿠시다 선배 놀리는 거. 정신적으로 얼마나 강해졌는지 확인도 해보고 싶었고."

그렇군. 오늘따라 시비를 걸고 강도 높은 발언을 한다고 생각했는데, 다 계산했던 것인가.

"화이트 룸생의 관여는 쿠시다 입장에서 계산 못 한 일이겠지만, 결과적으로 본인이 껍데기를 깨는 데 큰 도움이 됐지. 결과가 좋았으니 됐어."

그렇게 말하자 아마사와가 살짝 귀엽게 웃었다.

"저도 조금은 도움이 되어야죠."

"아마사와가 쿠시다를 만나러 온 건 이유가 납득이 가지만, 지금도 계속 안 가고 있는 이유의 답은 되지 않는데?"

"그건 단순한 호기심. 아야노코지 선배는 호리키타 선배를 신경 쓰고 있잖아요. 학생회장이 된다고도 하니, 가까이에서 그 매력이 뭔지 견학해보고 싶어서요. 성실해 보이는데 살짝 허당기도 있고, 흥미로운 사람이긴 하네요. 학생회에 들어가도 괜찮겠다는 생각이 잠깐 들고 말았어요."

"그럼 좀 더 진지한 모습을 보여주지 그랬어. 네가 능력 있는 사람이라는 건 호리키타도 느끼고 있고, 절대 채용하지 않겠다는 생각까지는 아니었을 텐데."

"아, 됐어요, 됐어. 이제 와서 학생회에 들어가 봐야 아무 의미도 없고."

이제 와서 들어가 봐야 아무 의미 없다? 2학기도 막바지라고는 하지만 아마사와는 아직 1학년이다. 야가미가 빠진 대신 학생회에 들어가 끝까지 활동할 기간이 충분하다.

그 순간, 수학여행을 떠나기 전 아마사와와 만나서 나눈 이야기가 떠올랐다.

"뭔가를 할 생각이었나. 아니, 아직 그 생각을 버리지 않은 건가?"

내가 의미심장하게 돌려서 말하자 아마사와의 눈빛이 날카로워졌다.

"역시 아야노코지 선배라니까요. 사소했던 말을 놓치지 않으시니."

"민폐 끼치지 않고 특별 대우하는 사람은 나뿐이라고 말했었으니까."

야가미의 퇴학 경위와 학생회를 연관 짓는 것은 그리 어렵지 않다.

"그걸 말려달라고 신호를 보낸 건 아닐 테고. 아마사와는 그런 캐릭터가 아니니."

"정답이에요. 굳이 말하자면 아야노코지 선배가 긍정파인지 부정파인지 알고 싶었다는 느낌?"

"뭘 어떻게 하든 네 자유야. 더 말하자면 전에 했던 말을 취소하고 나에게 복수심을 불태우는 것도 자유야."

"마음이 넓다기보다 압도적인 여유에서 나오는 말씀이네요."

1학년과 잠시 대화를 나눈 호리키타가 이제 알겠다는 얼굴로 마무리하고 돌아왔다.

"많이 기다렸지. 이만 가자."

그렇게 말하고 걷는 호리키타의 발걸음은 평소보다 살짝 빨랐다.

"사실은 여기서 누굴 만날 생각이었어?"

"넌 모를 것 같은데. 이시가미라는 학생이야."

"이시가미?"

내가 떠올린 그 이시가미가 틀림없겠지.

1학년 중에 또 같은 성을 가진 학생은 없다.

"호오, 이시가미를 눈여겨봤다니, 호리키타 선배 좀 하네요?"

같은 1학년, 그것도 같은 반인 아마사와는 당연히 아는 사람인 만큼 잘 파악하고 있기에 바로 그런 반응을 보였다.

"우수해? 반의 리더 같은 존재인가?"

지금은 아무것도 모르는 척 호리키타와 아마사와에게 이시가미에 대해 물어보았다.

"리더는 아니고 A반의 참모 같은 느낌일지도."

다른 평범한 학생과 달리, 아마사와는 태도에서 위화감을 내보이는 실수는 하지 않는다.

이번에도 내 정체를 아는 이시가미에 대해 사전에 알고 있었는지 어떤지, 그 부분을 눈치챌 힌트는 주지 않았다.

이제 와서 새삼 숨길 일도 아니니 정말 아무것도 모르는 걸 수도 있지만, 단정 짓는 건 위험하다.

"호리키타와의 접점은?"

호리키타의 입에서 이시가미의 이름이 나온 것도 뜻밖이어서 이유를 물었다.

"어떤 일 때문에 알게 됐어. OAA만 봐서는 학력도 좋고, 반 아이들한테도 꽤 신뢰받는 듯했어. 적임자 중 한 명이라고 생각해. 조금 전까지 교실에 있었던 모양이니까 아직 따라잡을 수 있을지도 몰라."

그래서 걸음이 빨랐군. 이대로 호리키타를 따라가서 이시가미를 만나도 될지 순간 고민하지 않은 건 아니지만, 너무 신경 써봐야 어쩌겠는가.

서로 기묘한 접점을 가지고 있지만 둘 중 하나가 갑자기 접촉을 시도하거나 어떠한 특별시험 등에서 우연히 같은 그룹에 속할 수도 있다.

무리해서 피하려고 하는 게 오히려 자연의 섭리를 거스르는 행동이다. 현관까지 이어지는 복도로 접어들었을 때, 작은 원을 이루며 잡담을 나누는 남학생 무리를 발견했다.

호리키타는 그 속에 이시가미가 섞여 있다는 것을 바로 알아차리고 거리를 좁혔다.

"이시가미."

이름을 불리자 뒤돌아본 이시가미가 호리키타와 나를 조용히 응시했다.

생각하지 못한 형태의 첫 만남인데도 이시가미에게서 동요는 조금도 찾아볼 수 없었다.

아니, 아예 내가 눈에 들어오지 않는 것 같기도 했다.

좁은 학교 안인 만큼 어딘가에서 필연적으로 마주칠 수 있다는 걸 이해한다면 그리 놀랄 일도 아니겠지만, 아마사와야 알아도 다른 1학년들은 2학년인 나와 호리키타를 보고 살짝 긴장한 얼굴이었다.

"무슨 일이시죠?"

"너한테 부탁이 있어서 왔어. 혹시 괜찮다면 학생회에 들어오지 않을래?"

"…………."

그 부탁에 입을 다문 이시가미는 친구들을 한 번 돌아보았다.

"미안한데 먼저 가, 바로 뒤따라갈게."

이후에 같이 놀기로 한 걸까.

"미안해. 그리 많이 시간을 뺏진 않을 거니까."

"괜찮습니다. 그런데 왜 저를?"

상급생에게 높임말을 사용하는 이시가미. 나를 대했을 때처럼 반말을 쓰지 않았다.

"난 1학년들과 교류가 거의 없거든. 넌 그중에서 말해본 적 있는 몇 안 되는 사람이야.

게다가 넌 A반 소속이고 OAA 상의 학력도 뛰어나니까. 그러니 이렇게 제안해도 이상하지 않잖아?"

과연 드러난 능력 면에서 문제는 전혀 보이지 않는다. 호리키타의 말처럼 학생회에서 제안하기 쉬운 인재임은 틀림없으리라.

"지금 활동하는 동아리도 없는 것 같던데, 어때?"

"죄송하지만 학생회에는 관심 없어서요."

이시가미는 곧바로 망설이지도 않고 거절했다.

"검토도 어렵다는 거니?"

"동아리 할 생각도 없고 학생회에 들어갈 생각도 없어요. 다른 사람 찾으세요."

그렇게 말한 이시가미는 뒤돌아 가버렸다.

호리키타는 순간 불러 세울까 고민하는 눈치였지만, 학생회에 분명히 관심 없어 보이는 점을 봐서도 무리한 요구는 할 수 없다고 판단한 듯했다.

"더 말도 못 붙이겠네."

"좋은 인재라고 생각했는데, 단념할 수밖에 없겠어."

"A반에 쟤 말고도 우수한 학생이 많으니까 적당히 말 걸어보면 가능성이 있지 않을까?"

"그렇게 생각하고 싶지만…… 어떨까. 의욕 있는 학생이 있었으면 작년의 이치노세나 올해의 야가미같이 이른 단계에 학생회에 들어오길 희망하지 않았을까? 지금 이 시기까지 가만히 있었다는 건 기본적으로 발을 넣고 싶지 않다는 거야."

하긴. 관심 있었으면 나구모 정권이었을 때 이미 문을 두드렸겠지.

"그럼—— 앞으로는 어떻게?"

"남은 후보는 1학년 D반에 있어."

"D반? 그것 또 의외인 곳을 골랐네."

학생회로서는 유능하고 성실한 학생 비율이 높은 A반이나 B반에서 선출하는 것이 안전한 방법이다. 그런데 굳이

D반에서 찾다니.

"C반과의 차이는 200포인트 정도로 아직 기회가 있어. D반에서 학생회 간부가 나오면 순풍에 돛단 격이 되겠지. 그렇게 긍정적으로 받아들일 학생이 있어도 이상하지 않아. 그 이점에 눈뜨게 해주면 돼."

"호우센 군을 권해보는 건 어때요? 일이 재미있어질지도 모르는데!"

학생회에 파란을 일으키고 싶은지 아마사와가 말도 안 되는 인물을 추천했다.

"그 애가 하고 싶어 하지 않을걸? 그리고 만약 하고 싶어 한대도 난폭한 지금의 그 애를 받아들일 리 없어. 앞으로 반년이나 일 년은 차곡차곡 성과를 쌓아야 할 거야."

최소 조건이 충족되지 않는다고 판단하고 그 장난 같은 제안을 거절했다.

D반으로 돌아온 호리키타는 교실에 남아 있는 학생을 둘러보았다.

그때 한 학생이 바로 알아보고 자리에서 일어나 다가왔다.

"수고 많으시네요, 호리키타 선배, 아야노코지 선배. 그리고 아마사와 씨도."

행실이 불량한 학생이 많은 1학년 D반에 어울리지 않는 나나세 츠바사였다.

"얏호."

"아마사와 씨도 함께라니 좀 의외의 조합이군요."

경계심까지는 아니지만, 나나세가 그렇게 말하며 나와 아마사와를 번갈아 쳐다보았다.

"역시 학생 대부분은 귀가한 것 같네."

"오늘 특히 적은 것 같기도 해요. 평소에는 좀 더 남아 있는데."

"그래?"

"네. 반에 오늘 생일인 애가 있어서 케야키 몰에서 축하하기로 했거든요. 저도 불러서 이제 곧…… 아, 그런데 1학년 교실에는 무슨 일로?"

그 의문을 던지는 게 당연하겠지.

"야가미 타쿠야가 퇴학당하면서 학생회에 빈자리가 생겼어. 그래서 결원 보충하러."

"학생회 멤버 모집이란 말인가요?"

"이번에 내가 학생회장에 취임하게 됐는데 그 첫 일이야."

감탄하듯 고개를 끄덕인 나나세가 D반을 둘러보았다.

"D반에서도 입후보가 가능한가요?"

"물론이지. 제일 처음으로 거슬러 올라가면 나 역시 D반 출신인걸, 거부할 이유가 못 돼."

"그럼 제가―― 도와드리면 안 될까요!"

"……나나세가?"

"네. 저 같은 사람이라도 괜찮다면…… 말씀이지만. 꼭, 학생회 일을 돕고 싶습니다."

"퇴임할 나구모 학생회장이 어떤 판단을 내릴지는 모르

겠지만 말이야."

호리키타는 그 부분을 굳이 짚어 대답했다.

호리키타가 나나세의 OAA를 자세히 기억 못 하고 있을 가능성도 있어 내가 옆에서 거들었다.

"괜찮지 않을까? 나나세는 OAA 상의 성적도 우수하고 성실하니까 학생회에 어울릴 것 같은데."

"그래. 인재라는 점에서는 전혀 문제없어 보여."

이시가미에게 거절당한 것도 있고, 제일 손쉬운 해결책이기도 하니까 말이지.

"그래, 그럼 너한테 부탁해도 될까, 나나세?"

"물론입니다!"

나나세라는 존재에는 생각해야 할 부분도 있지만, 그건 그거고 이건 이거니까.

학생회의 성립에 일조해준다면 거부할 이유가 하나도 없으리라.

"나나세 짱이면 문제없을 것 같네요."

"응. 너랑은 달리 말이지."

"지금 저 무시하시는 거예요?"

"네 능력은 높이 평가해. 단지 누구에게나 스스럼없는 그 태도와 생각, 성격이 학생회에 어울리지 않을 뿐이야."

더할 나위 없는 참가자가 굴러들어 와 호리키타는 만족스럽게 고개를 끄덕였다.

"음, 그럼 저는 내일부터 어떻게 하면 되나요?!"

"아마 문제없겠지만 일단 내일 나구모 학생회장에게 말해볼게. 그래서 무사히 학생회 가입이 받아들여지면 다시 연락할게."

호리키타가 나나세와 연락처를 주고받았다.

잠시 후 그 작업도 끝나고 나나세가 환하게 웃었다.

"어떤 식이 됐든 연락처가 늘어나는 건 기쁘네요."

"그럼 내일 봐."

"네, 연락 기다리고 있겠습니다!"

미소 짓는 나나세의 배웅을 받으며, 우리는 D반을 빠져나왔다.

"일단 멤버는 다 모았네. 남은 건 나구모 학생회장의 답을 기다리는 것뿐."

"그럼 나도 이만 돌아가 볼까. 두 분, 그럼 다음에 또 만나요."

폭풍처럼 왔다가 폭풍처럼 가버리는 아마사와를 둘이서 지켜보았다.

"무슨 생각을 하는지 여전히 알 것 같으면서 모를 아이야."

"그러게."

"너도 오늘 고생 많았어."

"뭐, 동행하긴 했어도 결국 난 아무것도 안 했는데. 편해서 좋았다."

"그렇지 않아. 적어도 쿠시다는 네 말에 영향을 받은 것도 있어 보였고. 네 역할을 충분히 잘했다고 말 전할게."

내가 쿠시다로부터 제시를 끌어낸 걸 말하는 거겠지.

"나구모한테 칭찬받진 않겠지만 눈물 날 정도로 기쁜 애기네."

"그게 뭐야. 아, 참고로 이제 스터디하러 케야키 몰 카페에 가야 해. 같이 보러 갈래? 네 여자친구도 할 예정인데."

"스터디? 그렇군, 그럼 잠시만 얼굴 내밀어 볼까."

"뭐?"

호리키타는 자기가 제안해놓고 깜짝 놀란 표정을 지었다.

"왜 그런 반응인데."

"아니, 단칼에 거절할 줄 알았거든. 역시 카루이자와가 있어서 그런가?"

그건 아니지만, 그렇게 받아들여도 어쩔 수 없는 상황인가.

"그렇지. 공부를 제대로 하는지 걱정되기도 하고."

그렇게 대답한 나는 호리키타와 함께 그 길로 카페에 가기로 했다.

3

방과 후 카페에 모여 하는 스터디, 그 현장에 둘이 함께 도착했다.

"다들 많이 기다렸지?"

그렇게 말한 호리키타가 자연스럽게 아이들과 합류했다.

이런 면도 어느새 많이 발전했구나 하는 생각에 감탄하게 된다.

"앗, 키요타카도 와줬네?!"

어렵다는 표정으로 노트를 들여다보고 있던 케이가 나를 알아보고 환하게 웃었다.

"미안하지만 난 그냥 견학하러 온 것뿐이야."

"엥~?"

노골적으로 불만스러운 표정을 짓는 케이였지만, 불평은 더 이어지지 않았다.

스터디에 적극적으로 참여하기, 나는 공부 쪽으로 돕지 않는다는 것 등을 전날까지 단단히 일러뒀던 게 컸다.

"우오오, 미안해, 늦었다!"

우리가 도착한 지 얼마 지나지 않아 거칠게 소리치며 스도가 재빨리 카페에 모습을 드러냈다.

"동아리랑 병행하기 힘들지, 스도."

"꼭 그렇진 않아. 늘 하는 거니까."

스도는 순간 호리키타에게 시선을 빼앗겼다가 이내 근처 빈자리에 가서 앉았다.

그리고 가방을 무릎 위에 올리고 필기구와 책을 꺼냈다.

또 직사각형 케이스를 꺼냈는데, 거기서 안경이 나왔다.

"앗? 스도, 안경 써?"

"어어, 요즘에 좀. 공부할 때 쓰려고. 아, 그래도 도수는 거의 없어."

시력이 좋으면 보통은 안경 등 교정 기구를 잘 사용하지 않는다.

하지만 꼭 시력이 좋다고 해서 안경을 쓰면 안 되는 것도 아니고, 안 쓰는 게 더 좋은 것도 아니다. 농구처럼 시야가 넓어야 하는 활동과 달리 공부는 근거리 싸움이다.

어떤 것을 볼 때 초점 조절은 눈에 큰 부담이 되니까.

지금까지 많은 사람이 모이는 스터디에는 많이 참여한 적이 없었을 테니, 공부 모드에 들어간 스도를 보고 케이를 비롯한 많은 학생이 여전히 동요했다.

"뭘 그렇게 빤히 쳐다봐?"

"안경만 썼을 뿐인데 왠지 인상이 확 달라진 것 같아서. 그리고 이제 공부가 완전히 몸에 뱄구나?"

시노하라가 감탄하면서 옆에 앉은 남자친구 이케의 옆구리를 쿡 찔렀다.

"나, 나도 지금 열심히 하려고 하는데!"

"그건 알지만. 그래도 스도한테 엄청나게 뒤지고 있잖아."

"그건, 그러니까, 뭐, 그렇지만……."

반론하려던 이케였지만 여자친구의 따끔한 말에 고개를 푹 숙였다.

"아아, 미안, 미안. 나도 남 말할 처지가 아닌데. 그런데 뭔가 오래 유지하는 비결 같은 게 있어? 옛날엔 비슷한 레벨이었으니까 참고할 게 있다면 알고 싶어. 농구도 하고 공부도 하고, 두 가지를 병행하는 건 제법 힘들 텐데?"

시노하라가 그렇게 묻자 일부 학생들도 동조하듯 고개를 끄덕였다.

하긴 학력이 낮은 학생들 눈에 요스케와 미짱, 호리키타 등의 학생은 원래 머리가 타고난 수재, 천재의 영역에 있는 것처럼 보이겠지.

그런 높은 레벨의 학생들에게 비결을 물어봐야 실천할 수 있다는 생각조차 들지 않으리라.

원래 똑똑하니까, 자신들은 아무리 노력해도 불가능할 것처럼 느껴지고 만다.

그런 점에서 스도는 초반에 반에서 성적이 꼴찌였었다.

그런 스도의 성장 비결을 알고 싶은 것은 당연하다.

"비결…… 말이지."

살짝 곤란하다는 듯 팔짱을 끼는 스도.

원래 스도가 공부를 시작하게 된 계기는 호리키타의 존재가 컸다.

똑똑해져서, 호리키타에게 어울리는 남자가 되고 싶었던 동기.

하지만 이 자리에서 그 말을 하는 것은 스도도 거부감이 크겠지.

"아, 으응…… 그게 말이지."

잠시 말을 하지 못하는 스도였는데, 생각 정리가 좀 되었을까.

어설픈 느낌에서 완전히 벗어나지는 못했지만 입을 열었다.

"신기하게도 공부가 점점 재미있어졌어. 그랬더니 농구도 더 재미있어졌고. ……뭐랄까, 그러니까, 그런 느낌?"

스도는 공부와 농구를 양립할 수 있게 된 이유를 설명하며 그 이외에도 장점이 있다고 했다.

"물론 처음에는 공부하기 싫었지. 바로 잠이 오고, 답도 바로 못 풀겠고. 하지만 말이야, 몸에 익을수록 학교에서 도움이 된다는 실감이 나기 시작하더라고."

"하지만 켄. 공부가 꼭 장래에 도움 되는 건 아니지 않아? 직업에 따라서는 아예 도움이 안 될 수도 있는 거 아닌가?"

누구나 한 번쯤은 품어보았을 의문을 이케가 스도에게 던졌다.

"나도 프로농구선수가 될 거니까 공부 따위는 거추장스럽기만 할 뿐이라고 생각했었어. 그런데 말이야, 만약 프로선수가 못 되면? 공부도 못하는 내가 무슨 일을 할 수 있을까? 분명 누구든지 할 수 있는 그저 그런 일밖에 없지 않을까?"

굳이 고유한 어떤 직업을 예로 들 필요는 없지만, 선택지는 다른 사람들보다 좁아지겠지.

"혹시라도 프로선수라는 꿈을 이루지 못하더라도, 공부해두면 선택지가 그만큼 늘어나잖아? 대학에 가서 더 전문적으로 공부할 수도 있고. 뭐, 아직 구체적인 건 모르겠지만."

꿈이 꼭 하나여야만 하는 것은 아니다.

"공부는 미래의 나에게 하는 투자. 그렇게 생각하기로 했다."

스도가 만약 오랜 시간 꿈꿔왔던 프로농구선수가 된다고 해도.

또 하나의 커다란 꿈을 발견해 가슴속에 품고 있다면 인생을 살면서 좌절할 일은 없을 것이다.

공부를 통해서 사고가 몰라보게 성장한 스도의 훌륭한 이야기였다.

예전 같으면 비웃었을지도 모르는 주변 사람들이 지금은 아무도 놀리지 않고 진지하게 경청했다. 그만큼 말에 무게가 생겼고, 또 진정성이 담기게 되었다는 증거다. 쑥스러워하며 자세를 고쳐 앉은 스도가 얼른 노트를 펼쳤다.

"이, 이제 됐잖아? 빨리 공부 시작하자고."

누구보다도 힘들게 동아리 활동을 하고 와서 많이 피곤할 스도가 조금도 내색하지 않고 말했다. 연설을 잘하는 타입은 아니지만, 오히려 그렇기에 거짓 없는 말과 진실한 태도가 마음에 와닿는다.

시노하라와 이케 등 성적이 낮은 학생들일수록 분명 울림이 큰 순간이었으리라.

4

　새로운 학생회 멤버도 정해지고, 특별시험에 대비한 스터디가 시작된 것까지 확인하고 난 다음 날 방과 후. 호리키타는 바로 나구모의 호출을 받아 학생회실로 향하려고 했다. 더는 내게 말 걸 일이 없다고 생각했는데——.

　"너도 같이 오라는데."

　나구모의 메시지가 뜬 화면을 내게 내밀며 전달했다.

　"어제처럼 배가 아파서 그런데, 패스하게 해주라."

　"그럼 어쩔 수 없네. 하지만 오늘 못 오면 다른 날 다시 부를 모양이던데?"

　"빨리 만나고 치워야겠군."

　괜히 기간을 띄우고 만났다가는 또 성가신 요구를 들이밀 가능성이 충분하니.

　바로 자리에서 일어나 학생회실에 갈 의지를 보여주었는데, 그런 나를 말렸다.

　"쿠시다도 데리고 갈 거야. 잠깐 기다리자."

　새로운 멤버 인사까지 몰아서 할 생각 같다.

　같은 반 쿠시다는…… 하고 주위를 두리번거렸는데 벌써 어디에도 보이지 않았다.

　"먼저 가서 기다리나 보네."

　황당해하는 호리키타와 나란히 교실을 빠져나왔다.

　"호리키타랑 같이 가기 싫다는 뜻인가."

"학생회 일이 시작되면 싫어도 같이 있는 시간이 늘어날 텐데."

뭐, 그러니까 더욱 아무 상관 없을 때는 1초라도 같이 있는 시간을 줄이고 싶다는 거다.

"본의 아니게 원한을 샀다가 본의 아니게 인연이 이어지는 것도 참 성가시다니까."

"네가 좀 더 말과 행동이 부드러운 애였으면 어땠을지 모르겠군."

"나쁜 방향으로 가지 않았을까? 그 애가 주도권을 쥐게 하는 것만은 위험해."

어느 정도 손에 쥐고 통제할 필요가 있다는 건 과연 틀린 말은 아니다.

학생회실에 도착하니 멀리서 쿠시다와 나나세가 나란히 대기하고 있는 게 보였다.

이 두 사람이 이미 아는 사이였든 어쨌든, 자연스럽게 대화하는 능력이 있어서인지 한창 이야기꽃을 피우고 있었다.

"분위기 좋네."

"분위기 좋구나."

잠시 가만히 두 사람을 지켜보았는데 대화가 끊길 기색이 없었다.

온화한 분위기에 미소가 끊이질 않아서 그냥 내버려 두면 언제까지고 말이 끝나지 않을 것 같았다.

"호리키타가 없어도 학생회, 잘 돌아가는 거 아니야? 저 두 사람 다 사람들이 잘 받아들일 텐데."

"시끄러워. 빨리 가기나 해."

더 분위기가 무르익는 것을 막기 위해서(?) 호리키타가 재빨리 다가갔다.

"고생 많으십니다, 호리키타 선배."

고개 숙여 정중히 인사한 나나세를 곁눈질하면서 쿠시다도 미소를 숨기지 않았다.

"나나세도 오늘 처음 학생회에 들어왔다고 해서 좀 안심했어. 정말, 계속 심장이 쿵쾅대고 진정되지 않았거든."

그런 마음에도 없는 소리를 늘어놓으며 가슴을 쓸어내리는 쿠시다.

학생회 멤버 세 사람이 먼저 학생회실에 들어갔다.

여기서 나도 따라 들어가는 것은 위화감밖에 들지 않지만, 불렀으니 어쩌겠는가.

"나구모 학생회장. 2학년 B반 쿠시다 키쿄, 1학년 D반 나나세 츠바사, 이상 두 사람을 새로 학생회 멤버로 영입해서 데리고 왔습니다."

대표로 설명한 호리키타를 나구모와 키리야마 두 사람이 맞이했다.

"진짜로 자기 반 아이를 골랐네. 너도 참 얼굴 두껍다, 스즈네."

반쯤 농담으로 한 말이었는데, 하는 느낌으로 웃는 나

구모.

"공평한 관점으로 고른 거예요. 혹시 저의 인선이 마음에 안 드시나요?"

형식적인 이야기일 뿐이지만, 자기 반을 위해서라고 대답하지 않고 당당하게 거짓말을 했다.

쿠시다를 끌어들인 시점에서 그럴 리 없겠지만 나구모 역시 표면상으로는 받아들였다.

"네 선택에 문제는 없어. 불만 없다."

학생회의 새 멤버를 모두 보았는데, 이번에 나구모와 키리야마, 이치노세가 빠지고 야가미가 퇴학하면서 눈에 익숙하지 않은 구성이 완성되었다.

"학생회 멤버 성비에서 남녀가 역전된 건 처음 아닌가?"

부회장이었던 키리야마도 멤버들을 보고 그 사실을 알아차렸다.

"문제없지. 지금은 남녀가 평등한 시대야. 다음 세대의 뛰어난 인재가 여자 쪽이 더 많았을 뿐인 거지. 안 그래? 아야노코지."

"반론의 여지도 없군요."

여자가 치고 나오는 건 나쁜 일이 아니다. 다만 원래 1:1이 이상적인 모습이라면 이번 결과는 남자의 한심한 모습이 반영된 것이라고도 할 수 있다.

"공평한 관점으로 학생회장 일을 해라."

"알겠습니다."

"자, 그럼 나도 이만 학생회장 자리에서 물러나야겠군."

아쉽다는 듯 한차례 학생회장 의자를 어루만지고는 자리에서 일어났다.

"길었던 것 같기도 하고 짧았던 것 같기도 해. 뭐라고 표현하기 힘든 기분이야."

"미련이 있으신가요?"

나구모의 쓸쓸한 표정을 보고 호리키타가 물었다.

"반을 초월해서 실력 있는 학생이 A반으로 졸업하는 환경을 만드는 것. 그런 내 이상에는 결국 도달하지 못했어."

나구모가 학생회장에 올랐을 때는 그 부분을 강하게 밀어붙이겠다고 강조했었지.

결과적으로 지금의 3학년은 그에 가까운 상태가 되었지만, 그건 학생회장이 이룬 결과라기보다는 나구모 개인이 만든 규칙으로 성립하는 것이다.

"일반 고등학교보다 학생회의 권한은 강하지만, 그래도 학교의 결정을 뒤집는 건 도저히 무리였어. 좀 더 어떻게든 해볼 수 있다고 생각했었는데 말이야."

"그래도 나구모 선배의 영향은 틀림없이 있지 않았을까요? 지금까지는 이 학교에 반 이동 티켓, 프로텍트 포인트 같은 규칙이 없었잖아요."

"뭐, 그건 그렇지."

그게 좋은 결과를 낳을지 어떨지는 앞으로의 세대가 찾아가야 한다.

호리키타 마나부는 고도 육성 고등학교의 전통을 지키면서 훌륭하게 학생회장 일을 해냈다.

그리고 나구모 미야비는 OAA 시스템을 만들어 실력을 더욱 중시하는 개혁을 일으켜 새로운 바람을 불게 했다.

그 뒤를 계승할 호리키타 스즈네는 과연 어떤 학생회장으로 1년을 새겨나갈까.

가장 알기 쉬우면서도 난해한 목표는——.

역시 D반으로 시작해 A반으로 졸업하는 것이겠지.

만약 그것을 이룬다면 틀림없이 학생회장으로 역사에 그 이름을 남길 것이다.

"지금부터 잠시 서면상 수속을 해야 하니 아야노코지 빼고 다 남아."

키리야마가 그렇게 통보하면서 동시에 나는 방해된다고 알렸다.

"그럼 전 이만 가보겠습니다."

"다음에 보자, 아야노코지. 너랑은 아직 대결이 남아 있으니까."

아무래도 그걸 한 번 더 못 박으려고 일부러 불렀나 보네.

"압니다."

나는 꾸벅 머리 숙여 인사하고 학생회실에서 나가기로 했다.

호리키타 일행을 남기고 밖으로 나온 나는 스마트폰을 꺼냈다.

주머니 안에서 몇 번인가 진동했었는데, 메시지가 온 모양이었다.

여자친구 케이가 보낸 줄 알았는데 그건 아니었다.

예상치 못한 인물의 휴일 약속이었다.

토요일이나 일요일에 시간 있으면 만나서 이야기를 나누고 싶다고.

일요일에는 케이와의 데이트가 잡혀 있으니 토요일에 괜찮다고 답장을 보냈다.

현관에 도착했을 무렵 다시 메시지가 왔는데 토요일 오후 2시에 케야키 몰에서 만나고 싶다며 구체적인 시간과 장소를 제시했다.

그렇게 하면 문제가 생기지 않을 듯해서 알겠다고 답장을 보냈다.

할 이야기가 뭔지는 전혀 언급하지 않았지만, 동행할 사람의 이름을 보았을 때 방향성을 추측하기란 어렵지 않다.

현관에서 벗어났을 때 한 여학생과 마주쳤다.

"또 학생회실에 불려간 거야?"

"키류인 선배야말로 오늘도 학생회실에 용건이 있나 보군요. 저번에 그 일인가요?"

"그래. 그 후에 이야기가 결국 평행선만 달리는 바람에 여전히 해결되지 못한 상태거든."

"그것참 재난이네요."

그때의 분위기상 나구모는 예스라고도 노라고도 대답하

지 않고 끝냈겠지.

"오늘은 좀 더 강제적인 수법이라도 써볼 참이야."

"그건 마음대로 하셔도 되겠지만, 지금 분위기가 좀 어수선할 거예요. 호리키타가 학생회장이 되는 수속이랑 새 학생회 멤버 등록 수속을 한창 하는 중일 거라."

그런 건 알 바 아니라면서 다짜고짜 쳐들어갈지도 모르지만, 일단은 그렇게 전해두었다.

의외로 효과가 있었는지, 키류인이 걸음을 멈추고 고민하기 시작했다.

"그럼 저는 이만."

어쨌든 빨리 자리를 뜨는 편이 좋겠다고 직감했는데 그때는 이미 늦었다.

"그럼 네 시간을 좀 빌려줄래, 아야노코지."

"……혹시 그 미해결 사건 때문인가요?"

"지금 다시 나구모를 강하게 몰아세워도 쉽게 털어놓진 않을 테니까."

"강제적 수법인지 뭔지를 쓰면 되는 것 아닌지?"

"새 학생회장이랑 신입들한테 트라우마를 심어줄 수는 없잖아?"

그건 내 알 바 아니다. 그리고 그걸 피할 의사가 있으면 호리키타 일행이 돌아갈 때까지 기다리면 그만 아닌가.

"그냥 단순히 강행 돌파하기보다 저를 이용하는 게 더 잘 해결될 것 같아서 그런 거죠?"

"흠, 역시 아야노코지라니까. 머리 정말 잘 돌아가."

손가락을 탁 튕기며 칭찬했지만, 그런 건 누구나 떠올릴 수 있다.

"어차피 돌아가는 일만 남은 거 아니었어? 나 좀 보자고."

"여자친구랑 방에서 데이트할 예정이라."

"기다리라고 하면 되지. 가장의 귀가를 얌전히 기다리는 것 또한 여자친구의 역할이라고."

절대 얌전히 기다리지 않을 것 같은 키류인이 그렇게 말해봐야 설득력이 없다.

"걸으면서 얘기해도 됩니까?"

"흠. 뭐, 그래도 괜찮겠지."

되돌아온 키류인이 내 보폭에 맞춰서 걷기 시작했다.

"야마나카 선배랑은 다시 대화할 기회를 만드셨나요?"

"나구모와 키리야마가 격하게 말리더라고. 주범이 나구모라고 토한 시점에서 그 이상의 성과는 기대하지 말라면서."

"이상한 얘기네요. 범인으로 의심받는 사람이 도리어 말렸다는 게."

명령한 사람이 나구모든 아니든 나구모를 지목한 이상 아무리 겁박해도 그 이상의 거물이 나올 가능성은 희박하다고 판단한 듯하다.

"물론 네 말이 맞지만, 나도 공감이 갔거든. 야마나카를 말로 협박해봐야 제삼자의 이름이 나올 것 같지도 않고. 내가 처음에 추궁할 때 폭력, 고문만 빼고 최대한의 방법을 다 써서 협박한 것도 있으니."

요컨대 토해낼 건 다 토해내게 한 결과라는 듯하다.

"순리대로 생각하면 나구모 학생회장이 확정적이지 않습니까?"

"물론 의심하고 있어. 그러니까 이렇게 쳐들어가려는 거야. 하지만 증거가 없으면 더 몰아세울 수가 없잖아?"

그리고 고민 끝에 나구모를 진짜로 위협할 작정이었다는 말인가.

"일단 나구모가 범인이 아닐 가능성도 남아 있어. 그게 뭔지 넌 알겠어?"

"키류인 선배가 자기도 모르는 사이에 야마나카 선배의 원한을 샀을 가능성 말이죠. 그렇다면 절도범으로 몰려고 했던 복수심이 이해 안 되는 것도 아니죠. 3학년의 자세한 사정은 모르지만, 키류인 선배를 싫어하는 사람은 있을 것 같으니까요."

"꽤 따끔한 말이네."

화내지 않고, 오히려 웃으면서 부정하지 않고 고개를 끄덕였다.

"나구모일까 아니면 야마나카일까. 그것도 아니면 완전히 다른 제삼자가 뒤에 숨어 있을까."

"그냥 내버려 두는 건 어때요? 이번 일로 범인이 데였으면 정체를 들키기 전에 몰래 손을 뗐을 수도 있잖아요."

"안 돼. 나에게 죄를 덮어씌우려고 했는데 그냥 눈감아주는 건 내 자존심이 용납 못 하지."

　이 상태를 봐서는 범인을 잡을 때까지 계속 추궁할 것 같군.

　"난 어떻게 해도 눈에 띄어. 그래서 네가 대신 찾아주면 좋겠다고 생각했지."

　"협력할 의리가 있는 것 같진 않은데요. 그리고 저는 3학년과 교류가 거의 없어요. 있다고 해봐야 키류인 선배나 나구모 선배 같은 학생회 멤버 정도인데."

　탐정 흉내를 내면서 정보를 수집하기에 어울리는 사람이라고는 빈말이라도 할 수 없다.

　"그러니까 오히려 더 좋은 거야. 평면적인 시각을 가지고 있잖아?"

　"어느 정도 소통 능력이 있는 사람한테 부탁하는 게 더 말이 되는데……."

　"물론 너한테 그런 부분은 기대할 수 없겠지. 하지만 그이외의 능력은 과분할 정도야. 특히 격투 감각은 타의 추종을 불허한다고 말할 수 있겠지. 내가 직접 상대하지 않고도 완봉패를 확신하게 했던 사람은 너뿐이야."

　칭찬 같지만, 하나도 기쁘지 않다.

　"3학년에도 성격 난폭한 사람은 있어. 완력은 세면 셀수록 좋지."

　"승패 이전에 3학년과 다투고 싶지 않은데요."

　"그런 말 말고 좀 도와줘. 나한텐 친구라고 할 만한 사람이 없단 말이야. 도저히 탐정처럼 움직이기 힘들다고."

정말이지 제멋대로인 이야기다. 키류인 선배가 함정에 빠진 것은 동정하지만, 지금은 거절하는 게 낫겠지.

"무인도 때 나한테 진 빚이 있을 텐데. 물론 내가 그때 나타나지 않았어도 알아서 잘 대처했겠지만, 시시비비를 가리기 위해 학생회에 의제를 올릴지도 몰라. 아야노코지 키요타카와 전 이사장 대행의 싸움, 그 처음부터 끝까지 본 걸 알리는 건 너도 썩 반기지 않을 것 같은데?"

거절 따위 용납하지 않는다며 강제적 수법으로 퇴로를 차단했다.

"협박할 거면 처음부터 협박하는 게 이야기도 빠르고 좋았을 텐데요."

"오해하진 말았으면 좋겠어. 너랑은 늘 우호적으로 지내고 싶은 마음이어서 웬만하면 이 방법은 쓰고 싶지 않다는 걸."

당당하게 팔짱을 낀 채 나를 응시하는 키류인.

"……알겠습니다. 일단 찾아볼게요, 그럼 되겠죠?"

"너라면 그렇게 말해줄 줄 알았어."

키류인 선배가 기뻐하며 고개를 끄덕인 후 만족스럽다는 표정을 지었다.

적당히 대충, 그렇게 할 수도 없겠지.

예리한 키류인이니 내 성과에 따라서는 집요하게 달라붙을 것이다.

○이치노세의 반 아이들과 지내는 방법

12월 상순. 주말을 맞이한 토요일 오후 2시 전.

이틀 전에 칸자키에게서 연락받은 나는 약속한 대로 케야키 몰로 향했다. 구체적인 약속 장소는 정하지 않았는데, 몰에 들어가자마자 칸자키 무리를 바로 찾아냈다.

입구를 지켜보던 칸자키도 곧바로 나를 알아보고 손을 들며 다가왔다.

"휴일에 불러내서 미안하다."

"휴일엔 대체로 할 일 없이 보내서. 이런 약속은 환영이야."

미안해할 필요 없다고 부드럽게 말해두었다.

그렇게 나를 불러낸 칸자키의 옆에는 히메노와 와타나베 그리고 아미쿠라도 있었다.

"히메노만 온다더니 더 있네."

"미안, 여기에는 좀 사정이 있어."

칸자키가 사전 연락과 다른 상황을 설명하려는데, 와타나베 무리가 먼저 나섰다.

"안녕, 아야노코지. 오늘도 춥다."

"안녕, 아야노코지."

와타나베와 아미쿠라가 수학여행 때와 똑같이 웃으면서 내게 말을 걸었다.

나도 고개를 끄덕여 동의하며 거기에 응했다.

칸자키한테 당일에 같이 만난다고 미리 들은 사람은 히메노뿐.

그래서 그쪽으로 할 이야기가 있는 줄로만 알았는데, 이 네 명의 조합은 좀 의외라고 할까, 목적과 의도가 명확하게 보이지 않는다.

아니면 이 두 사람이 칸자키와 히메노에게 첫 열쇠가 될 존재들인가?

하지만 수학여행 때 같은 그룹이었던 멤버들인데 이런 우연이?

"당황하는 것도 무리는 아니야. 나도 이 두 사람이 여기 있을 거라고는 처음에 상상도 못 했으니까."

히메노도 어딘지 불안한 모습으로 살짝 고개를 끄덕이며 동의했다.

"그게 무슨 말이야?"

의문은 점점 더 깊어져만 갔는데, 칸자키가 사람들의 시선을 의식했다.

처음에는 사람이 별로 없다고 생각했는데 점점 학생들이 쇼핑하러 들어오고 있었다.

"크리스마스 세일을 시작했으니까."

갈수록 사람이 많아지는 몰을 보면서 아미쿠라가 가게들을 손가락으로 가리켰다.

정말 크리스마스 일색이라고 해도 과언이 아닐 만큼 장

식되어 있었고 상품 진열대 여기저기에 크리스마스 세일이라는 글자가 붙어 있었다.

"일단은 최대한 사람 없는 곳으로 이동했으면 좋겠어. 우리 그룹을 아무 상관도 없는 사람…… 특히 사카야나기나 류엔 반 애들이 보는 일은 없었으면 해서."

자세히 묻지 않아도 그런 쪽 사정은 감이 오므로 거절할 이유는 없다.

이 네 명만 있으면 괜찮겠지만, 거기에 내가 끼어 있으면 이상한 모임처럼 보이는 것을 피할 수 없으니.

그리고 나 역시 사람들이 많이 드나드는 곳보다는 차분하고 조용한 장소에서 대화를 나누는 게 좋다.

"그럼 제일 무난한 노래방은 어때?"

학교 부지 내에서 몇 안 되는 밀실.

공부나 작전 회의 등을 할 때도 가끔 이용하는 노래방을 아미쿠라가 제안했다.

게다가 걸어서 3분 정도면 도착할 수 있는 거리에 있다.

"괜찮네. 바로 이동하자."

앞장서서 걷기 시작한 칸자키보다 조금 늦게 나도 따라갔다.

"진지한 의논을 하려는 거였어? 미안해, 난 그런 줄 몰랐는데."

옆에 나란히 선 아미쿠라가 작은 목소리로 사과했다.

말투로 봤을 때 갑작스러운 합류였을까.

그런 아미쿠라 옆에 선 와타나베가 자초지종을 들려주었다.

"나랑 아미쿠라는 어쩌다가 왔달까, 아까 칸자키랑 히메노 이야기를 우연히 들었거든. 아야노코지를 만나는 것 같아서 같이 가도 되냐고 부탁했지."

"맞아, 맞아. 오늘은 원래 와타나베가 부탁해서 같이 쇼핑할 계획이었거든."

아미쿠라가 그렇게 대답하자 와타나베가 살짝 멋쩍은 것 같기도 하고 기쁜 것 같기도 한, 그러면서도 어딘지 슬픈 얼굴로 시선을 피했다.

"쇼핑은 안 해도 괜찮아?"

둘 다 빈손으로 뭘 산 것 같지 않았다.

"그건 그렇게 중요하지 않달까. 나중에 사면 돼."

앞에서 걷는 칸자키에게도 이야기가 들렸는지 뒤돌아보고 추가로 설명했다.

"원래는 나랑 히메노만 너를 만나려고 했었어. 그런데 아야노코지가 수학여행 때 이 두 사람에게 잘 대해줬다는 소리를 듣고 생각을 바꿨어."

잘 대해줬다니? 그건 내가 할 말인데.

와타나베와 아미쿠라에게 여러 가지 면에서 도움을 많이 받은 수학여행이었다.

고마워해야 할 사람은 나지, 그런 말을 들을 행동은 하나도 하지 않았다.

"좀 더 깊이 파고 들어가야 한다고 판단했구나?"

내가 칸자키에게 그렇게 묻자 신묘한 표정을 지으면서도 고개를 끄덕였다.

"뭐야? 깊이 파고 들어가야 하는 일이?"

"자세한 건 나중에 설명할게."

칸자키의 조급한 마음은 빠른 걸음 속도에서도 약간이나마 엿볼 수 있었다.

1

노래방에서 접수를 마치고 네 사람과 함께 정해진 방으로 들어갔다.

손님으로 초대받은 나는 안쪽에 앉고 남자인 와타나베와 칸자키가 옆에 붙어 앉았다.

아무것도 주문하지 않을 수는 없었기에 모두 마실 음료만 대충 시켰다.

"그럼 바로, 노래라도 부를…… 건 아니지?"

테이블 위에 있던 마이크를 잡은 와타나베가 농담을 던진 후 인터뷰하듯 마이크를 칸자키 쪽으로 돌렸다.

그런 가벼운 장난에 맞춰주는 것을 나처럼 잘하지 못하는 칸자키가 당황한 것 같기도 하고 화난 것 같기도 한 표정을 지으면서 손으로 마이크를 슬쩍 밀어냈다.

"미안하지만 그건 나중에 하자."

"……그렇지?"

멋쩍어하면서 마이크를 거두고 움츠러드는 와타나베.

"먼저. 히메노에게는 오늘 할 이야기를 미리 들려줬지만, 두 사람은 처음 들을 거야. 이건 아야노코지가 오기 전에도 말했는데 여기서 하는 이야기는 절대 아무한테도 말하지 않겠다고 약속할 수 있지?"

동행을 허락하면서 칸자키가 비밀 이야기를 할 거라고 미리 전했던 모양이다.

"어떤 이야기든 반드시 비밀에 부치겠다니까. 그렇지?"

"응. 걱정하지 마."

아미쿠라까지 포함해서 무거운 입은 자부하는 모양이었다.

하지만 칸자키는 그런 두 사람을 여전히 믿지 못하는 것처럼 보였다.

"미안하지만 아직 의심스러워."

그것을 증명하기라도 하듯 칸자키가 솔직한 생각을 드러냈다.

"야…… 그럼 어떻게 하면 되는데?"

말하지 않겠다고 약속했는데도 계속 의심하니, 와타나베 역시 느끼는 바가 있는 듯했다.

하지만 앞으로 말할 내용을 예상했을 때, 이런 칸자키의 행동은 옳다.

만약 안전하게 갈 생각이었다면 호기심에 따라오려는 와타나베와 아미쿠라에게 다음에 보자며 거절할 수도 있었다.

하지만 그렇게 하지 않고 이런 식으로 거듭 확인하는 것은 어쩌면 하나의 도박이겠지.

이 두 사람을 믿고 의지하고 싶기에 더 하게 되는 의심.

"종이 같은 데 사인이라도 하면 될까? 아무에게도 말하지 않겠다고."

"그렇군, 종이라, 그것도 나쁘지 않네. 이 자리에서 스마트폰으로 찍어도 되고."

발설하지 않겠다고 카메라 앞에서 맹세하게 하고 어기면 벌칙을 주는 것이다.

그런 수순을 밟으면 충분히 두 사람의 입을 단단히 틀어막는 수단이 될 수 있겠지.

칸자키는 망설임 없이 스마트폰을 꺼내 보란 듯이 테이블 위에 올렸다.

"진심으로 하는 말이야? 뭔가, 그건 좀 기분 나쁠 것 같은데."

같은 반 친구의 제안이라는 게 믿기지 않아, 아미쿠라가 살짝 언짢아했다.

"내가 말했지. 오늘 아야노코지에게 중요한 이야기를 할 거라고. 여기서 나온 이야기가 만에 하나라도 밖으로 새어나간다면 나중에 미칠 영향은 차마 다 헤아릴 수 없어."

"과장……은 아닌가."

와타나베를 보는 사람은 칸자키만이 아니다. 히메노도 동시에 강렬한 시선을 보내고 있었다.

"마지막으로 딱 한 번만 더 물을게. 아무에게도 말하지 않겠다고 약속할 수 있겠지?"

개인적으로 미움을 살 각오까지 하고서, 칸자키는 스마트폰 위에 손을 얹고 재차 확인을 구했다.

만약 책임지고 싶지 않다면 지금 당장 돌아가는 게 맞겠지.

그런 칸자키의 각오와 기백이 두 사람에게도 깊이 스며들지 않았을까.

"약속할게, 절대 아무한테도 말하지 않을게."

"……나도. 못 지킬 수도 있다면서 지금 돌아가는 게 더 꼴사나우니까. 필요하다면 스마트폰으로 찍어도 좋아."

충고를 어기고 비밀을 폭로한다면 적어도 칸자키와 히메노의 실망을 사는 것만은 확실하다.

친한 사이로는 보이지 않지만, 인간적으로 지켜야 할 선을 두 사람은 알고 있다.

납득한 칸자키는 스마트폰을 넣고 내게로 시선을 옮겼다.

"이렇게 됐어. 이제 와타나베와 아미쿠라도 함께할 거야."

"난 원래부터 이의 없었어. 이건 어디까지나 이치노세 반의 문제니까."

이물질이 섞이고 만 것이라면 판단을 잘못한 칸자키의

책임이다.

"그렇지, 본론으로 들어가기 전에 한 가지 묻고 싶은 게 있어. 와타나베와 아미쿠라까지 포함해서 반 애들 대부분은 언뜻 들었을 것 같은데, 이치노세가 학생회에서 빠졌다는 소문을 들었어."

그 이야기가 진짜야? 그냥 하는 확인이 아니라 작심하고 물어본 말.

아직 대체 멤버가 정식으로 발표되지 않은 만큼 이치노세에게서 『그만뒀다』라는 말은 끌어내지 못했으리라.

하지만 멤버 영입 과정에서 소문이 퍼졌고 칸자키 무리의 귀에도 들어가고 만 모양이다.

"왜 내가 알 거라고 생각해?"

"소문 속에 아야노코지 네 이름도 있었으니까."

약간 의미심장한 말이 마음에 걸렸지만, 그 직후 와타나베의 발언에 비밀이 풀렸다.

"아야노코지가 새로 학생회에 들어간다는 소문도 있었거든."

소문이란 참 재미있다. 학생회장에 취임한 호리키타와 같이 다니는 나를 본 누군가가 그렇게 생각한 건지, 사실과 다른 이야기가 퍼져버렸다.

"조만간 알게 되겠지만 이치노세가 학생회를 그만둔 건 사실이야."

"……역시 그런가."

직접 물어보면 이치노세도 부인하지 않을 텐데 칸자키 일행에게는 확인할 배짱이 없었을까.

그만뒀다는 이야기를 들었다가는 왜? 이유가 뭐야? 하는 추궁만 괜히 시작될지 모른다.

그러면 반에 불협화음이 일어날 염려도 있으니.

"이치노세도 빨리 알리고 싶겠지만, 대신할 인재를 결정지을 때까지 말하지 말라고 나구모 학생회장이 지시했거든. 그래서 말하고 싶어도 할 수 없는 상태인 거야."

그 점만은 오해하지 않도록 단단히 일러두었다.

"학생회를 계속하고 말고는 이치노세의 자유야. 거기에 내가, 반 애들이 이러쿵저러쿵 말할 자격이 없다는 건 잘 알고 있어. 그렇지만 부정적인 인상만은 도저히 지울 수가 없네."

"역시 이치노세는 A반이 되는 걸 포기한 걸까."

완곡하게 말한 칸자키와 달리 히메노가 그렇게 발언했다.

A반을 뒤쫓아 절차탁마하고 있는 단계에서 학생회를 그만두었다면. 말을 어떻게 하느냐에 따라 오히려 플러스로 작용할 수도 있다. 학생회에 할애했던 부담을 줄여서 반 경합에만 쏟기 위해서라고 말하기만 해도 아이들은 진심으로 받아들이겠지.

하지만 반 경합에서 탈락 직전에 있는 지금 학생회를 그만두는 것은 보는 시각이 다르다.

추격에 필요한 무기를 버리고 항복하는 것으로도 받아

들여질 수 있기 때문이다.

실제로 칸자키와 히메노는 그렇게 생각하고 있다고 봐도 무방하다.

한편——.

"그건 지나친 비약이야, 히메노."

"그래, 그렇지. 호나미 짱이 A반을 쉽게 포기할 거라고는 생각하지 않아."

대조적으로 조금의 의심도 없이 계속 믿는 아미쿠라가 반론을 펼쳤다.

"그럼 왜 학생회를 그만둔 건데?"

"A반으로 올라가는 데 집중하고 싶겠지. 그래서 학생회라는 부담을 줄였다거나?"

아미쿠라는 이치노세가 좌절했다고 생각하지 않고 그렇게 발언했다.

와타나베 역시 아미쿠라의 생각에 동의하는지 몇 번이나 고개를 끄덕이며 호응했다.

"그럼 왜 우리한테 말해주지 않는 건데? 그렇다고 말하면 마음이 놓일 텐데."

"학생회장이 말하지 말라고 입단속 시켰다며? 그럼 호나미 짱이 조심성 없이 약속을 깰 리 없지."

히메노의 반론에 지지 않고 아미쿠라가 입바른 소리를 했다. 이치노세의 성격상 말하지 말라고 지시하면 그 기간이 끝날 때까지 입을 다물고 있는 건 당연한 일이기는 하다.

"이치노세는 A반을 포기하지 않았다. 이게 지금 우리 반 전체의 생각이고 현재 상태지."

"그럼 칸자키는 이치노세가 A반을 포기했기 때문에 학생회를 그만뒀다고 말하고 싶은 거야?"

"그렇지 않아. 당사자의 입으로 직접 듣지 않으면 진실은 모르는 거지. 다만 내가 하고 싶은 말은 우리가 지나치게 맹신하고 있다는 거야. 학생회 이탈이 A반을 포기해서 한 결단일 가능성을 왜 아무도 고려하지 않는 거지?"

여기 있는 아미쿠라와 아이들은 대변인. 이치노세 반의 다른 학생들의 생각과 일치한다.

"그야 당연한 거 아냐? 호나미 짱은 그럴 애가 아니니까."

"나도 같은 생각이야. 그리고 칸자키, 너야말로 이치노세가 A반을 포기했다고 지나치게 단정 짓는 거 아니야? 그게 아니면 그런 말투로 나오지 않을 것 같은데."

그야말로 맹신을 구현한 듯한 아미쿠라와 와타나베의 발언을 듣고 칸자키가 망설임 없이 입을 열었다.

"물론 난 그런 생각이 강하게 들어. 하지만 그래봐야 7대3 정도의 비율이야."

의심이 7할. 절대 적지 않고, 오히려 크다고 할 수 있겠지.

"넌 늘 의심하네."

발언 자체에는 놀라지 않고, 오히려 와타나베는 굉장히 황당해했다.

"칸자키만큼은 아니지만 말이야, 적어도 반반이라고 난

생각해."

"히메노, 진심으로 하는 말이야?"

"물론 진심이지. 조금쯤은 의심하는 게 좋지 않아?"

"이상해. 호나미 짱을 의심할 일이 뭐가 있어?"

히메노와 칸자키의 시선이 교차했다. 반의 다른 아이 중에도 자신들처럼 의심하는 학생이 있다고 믿겠지.

하지만 실체는 아미쿠라와 와타나베 같은 학생이 다수를 점하고 있으리라는 것.

이치노세가 좌절했을 가능성을 조금도 고려하지 않는 현실.

"그냥 학생회를 그만둔 건데 말이 너무 심하다고 생각해…… 호나미 짱이 불쌍해."

"하지만 학생회를 그만둬서 우리 반이 입는 혜택이 틀림없이 줄어들게 됐어."

"학생회에 들어가지도 못하는 우리가 그렇게 불평할 자격이 있나?"

와타나베의 반론도 타당하다. 아무도 이치노세의 행동을 비난할 수 없다. 아니, 비난할 권리가 없다.

비난하는 사람이 나오면 바로 질책당하겠지.

학생회 혜택을 받을 수 없게 되는 것이 싫으면 자기가 입후보해서 뭐라도 하라고.

정반대 의견이 충돌한 결과, 정적이 찾아온 노래방.

아직 본론으로 들어가지도 않았는데, 이치노세 반의 내

부 사정이 구체적으로 보였다.

이야기의 구조, 흐름, 논리성. 칸자키는 절대 무능하지 않지만 치고 들어올 수 있는 빈틈을 주는 발언을 많이 해서 쉽게 반론을 허용하고 있다.

칸자키가 생각을 언어로 바꾸는 과정에서 이미 의식과 어긋나버리는 것이 그 원인이다.

말이 서툴, 발언에 익숙하지 않은 자신의 약점이 고개를 내밀고 있다.

"……이야기를 좀 넘어가 볼게. 아야노코지는 이치노세가 그만둔 이유를 정말 모르는 거야?"

고민하던 칸자키가 이야기를 끊듯 내게 재차 확인을 구했다.

지금은 조금 도와주는 게 좋겠지.

왜 그만뒀을까. 그 이유를 확인하고 싶은 건 모두의 공통된 인식이다.

"기대하는데 미안하지만, 분명히 말해서 난 지금 이치노세가 무슨 생각인지 몰라. 학생회를 그만둘 거라고는 상상조차 못 했어."

그렇게 말한 후, 누군가의 반응이 돌아오기 전에 계속 말을 잇기로 했다.

이대로 칸자키에게 주도권을 넘기면 이야기가 우왕좌왕할 위험이 있다.

제삼자의 입장이기는 하지만 지금은 리스크 관리를 해

돼야 한다.

그리고 하나의 테스트 케이스로도 언젠가 이용할 수 있을지 모른다.

"애초에 나 따위보다 매일 같은 교실에서 함께 생활하는 반 아이들이 모든 사정을 더 자세히 알지 않을까?"

"윽, 그건 그렇지……. 아야노코지는 정곡을 참 잘 찌른다."

와타나베도 아미쿠라도 이치노세를 신뢰하는 건 상관없는데, 본질을 보지 못하고 있다.

그건 칸자키와 히메노 역시 마찬가지로 잘못하고 있지만.

의심하는 시각을 가진 사람이 반에 여러 명 생긴 것은 다행이지만, 시각이 달라졌을 뿐이지 반을 이상적인 형태로 바꾸는 역할을 맡은 사람은 아직 나타나지 않았다.

"하긴 같은 반인 우리가 이렇게 아무것도 모르는 건 문제인지도……."

아미쿠라도 느끼는 바가 있었는지 그 점을 반성했다.

네 사람의 답을 기다리고 있는 사이에 직원이 주문한 음료를 가지고 들어왔다.

오늘은 아침부터 계속 바쁜지 평소보다 시간이 걸린 듯하다. 뭐 더 시킬 게 있으면 빨리 주문하라는 부탁을 남기고 직원은 이만 돌아갔다.

"칸자키. 와타나베와 아미쿠라의 생각을 뭐라고 하기 전에 일단 학생회 일 정도는 스스로 확인할 수 있는 상황을 만들어야 한다고 생각해. 내 말이 틀려?"

"하지만 지금 내가 공개적으로 움직여도——."

"공개적? 이치노세의 진짜 의도를 확인하는 데 공개 비공개가 어디 있어? 이른 아침이든 한밤중이든, 전화든 채팅이든, 연락할 수단이 있다면 뭐든 써야지."

칸자키뿐 아니라 새침한 얼굴인 히메노에게도 같은 말을 적용할 수 있다.

"자기는 행동하지 않으면서 동조하는 사람 좀 나타났다고 그걸로 만족하는 건가?"

"그런 게……. 하지만 난 이치노세랑 특별히 친하지도 않고, 물어봐도 진실을 말해줄 것 같지 않은걸, 도저히."

이치노세 반의 문제. 그것은 숭배로 인한 일방적 맹신에서 그치지 않는다.

"그럼 누구보다도 가까워지고 친해지면 되지. 히메노가 이치노세랑 비밀 없는 단짝이 된다면 이번처럼 의문과 의심이 생길 일도 없어."

정보를 얻은 히메노가 바로 칸자키와 공유하면 그만이다.

표정이 굳은 히메노는 뭐라고 받아쳐야 좋을지 모르는 눈치였다.

"자, 잠깐만. 아야노코지가 하고 싶은 말이 뭔지는 알겠는데 말이 너무 지나쳐……."

지금까지 칸자키 무리에게 비난받는 처지이던 와타나베가 감싸고 나섰다.

"그건…… 이치노세에게 진실을 듣는 건 쉬운 일이 아니잖아. 어떤 수단을 쓰든, 마음을 쉽게 알 수 있으면 누가 고생하겠냐고."

분위기가 무거워지는 것을 느꼈는지 그렇게 대답했다.

친구를 서로 감싸는 높은 의식 수준은 나쁜 게 아니다.

많은 악재료 속에서도 이렇게 의논하면서 점점 눈에 보이는 것이 있었다.

"난 반의 리더 이치노세가 평소 친구들에게 보내는 시선, 말이 어떤지 잘 몰라. 그래서 몇 가지 의문이 생겨."

"이, 이를테면?"

"직접 물어볼 수는 없어도 관찰하면 저절로 알게 되는 것도 있어. 누가 봐도 몸이 안 좋은 아이가 있으면 눈치채고 『괜찮아?』하고 말 거는 것 정도는 누구나 하잖아. 이치노세가 언제나 포커페이스인 것도 아닐 테니 그 변화를 잘 살펴보는 것도 좋은 수단이겠지."

감정을 파악할 때 빼놓을 수 없는 것이 바로 상대방의 표정을 살피는 일이다.

학생회를 그만두기 전과 그만둔 후, 일상생활 속에서 변화가 있었는지.

자세한 사정은 몰랐더라도 위화감을 느꼈는지 알고 싶었다.

지금 이 네 사람은 제일 최근에 이치노세와 보낸 시간을 필사적으로 떠올려보고 있겠지.

수학여행 전후로 뭔가 짐작할 만한 행동과 표정이라거나 일이 있었는지.

　SOS 같은 것을 보내지는 않았는지.

　하지만──.

　"뭐랄까, 평소와 다르지 않았……지?"

　잠시 침묵이 이어진 끝에 나온 말은 이상한 점이 없었다는 것.

　동의를 구하듯 와타나베가 자기 반 아이들에게 시선을 던졌다.

　아미쿠라도 와타나베의 말을 듣고 자기가 느낀 점을 밝혔다.

　"응. 학생회를 그만둔 게 사실이라면 그만두기 전과 그만둔 후의 변화다운 변화는 없었던 것 같아. 오늘만 해도 다음 특별시험에 관한 의논 같은 걸 평소처럼 했었고."

　"……같은 의견이야."

　남들보다 배로 이치노세를 관찰하고 있을 칸자키마저 부정하지 않았다. 이 반 아이들 대부분이 생각을 스스로 완결짓고 있다. 정보 공유를 하지 않는다.

　하지만 네 사람이 모여서 이야기를 나누다 보면 닫혀 있던 문이 열리게 되는 법.

　"다만…… 그러니까, 최근은 아니지만, 무인도 시험이 끝난 이후부터 쭉 기운이 없긴 했어. 이유는…… A반 때문은 아닌 듯하지만."

머뭇거리며 말한 아미쿠라가 나를 슬쩍 쳐다보았다.

"뭐? 그랬어? 난 전혀 몰랐는데…… 엥, 진짜야?"

와타나베뿐 아니라 칸자키도 몰랐던 눈치였다.

"듣고 보니 이상했던 것 같긴 해."

아미쿠라의 말에 히메노가 어느 정도 동의했다. 지금까지는 느끼지 못했는데, 곰곰이 생각해보니 그런 것 같기도 하다는 심리 상태일까.

남자 둘은 짐작 가는 바가 없는 반면 여자 둘은 짐작 가는 바가 있는 듯하다.

"호나미 짱이 이상해지는 것도 무리는 아니랄까……."

"아미쿠라는 그 원인을 알 것 같나 보네. 말해 봐."

"아~. 음, 그러니까, 기운이 없긴 했는데, 전혀 다른 일 때문이라고 할까. 학생회를 그만둔 것과는 상관없지 않을지……?"

"왜 그렇게 단정 짓는데? 만약 그렇다고 해도 기운이 없다면 빨리 그 원인을 파악하고 싶어. 지휘계통에도 영향이 있다는 소리야."

"무슨 말을 하고 싶은지는 알겠지만―― 아, 아야노코지. 내가 어떻게 하는 게 좋겠어?"

괜한 소리를 해버렸는지도 모르겠다며 허둥지둥 도움을 요청했다.

이치노세와 친해서 여러 가지를 알고 있는 아미쿠라와 달리 나머지 멤버는 잘 모를 테니까. 그런데 이상하게 뜸

들이고 나에게 도움을 청하는 모습을 보고 히메노가 눈치를 챘다.

"앗, 혹시 그 원인이라는 게, 그거야?"

"그거, 그거!"

괜히 여자가 아니랄까, 아무것도 모르는 세 사람 중에서 가장 빨리 눈치챘다.

"난 자세한 건 모르지만…… 응, 왠지 느낌이 오네."

"말해주라, 히메노. 이치노세가 기운이 없어진 원인이 대체 뭔데?"

혼자 따돌림당한 칸자키가 따지듯이 물었다.

"본인 앞에서 말하기도 그런데, 이치노세가 기운이 없는 건 아야노코지랑 상관있지 않아?"

그렇게 파고드는 히메노의 말에 아미쿠라가 당황하면서도 고개를 끄덕였다.

"뭐라고……?"

칸자키 입장에서는 아닌 밤중에 홍두깨. 이치노세의 상태가 이상한 원인이 나에게 있다는 소리를 듣고 깜짝 놀랐다.

계속 어중간하게 이야기를 이어가 봐야 칸자키와 와타나베는 혼란스럽기만 하겠지.

"이치노세의 개인적인 문제도 얽혀 있겠지만, 지금 상황에 정보를 공개하지 않으면 좋을 게 없어서 말하는데——. 무인도 시험 때 나, 이치노세한테 고백받았어."

"······지당한 말씀이십니다."

연애와 반의 대결은 간접적으로 영향을 미치더라도 따로 떼어놓아야 한다.

"정보로는 공유했지만, 지금은 다른 방향으로 접근해야 하겠지."

"넌 어떻게 그리 냉정할 수 있냐, 아야노코지. 아니, 그리고 이치노세가 좋아해 주다니 완전 행운 아니냐! 그걸 자각하란 말이야!"

그렇게 열변을 토해도 곤란한데.

어쨌든 지금은 들썩이는 네 사람의 생각을 바꾸는 게 우선이다.

이치노세가 학생회를 그만둔 이유를 알아내기 위해서 더욱 이야기를 좁혀나갔다.

"류엔 반이랑 대결하게 됐는데 소극적이거나 하는 기미는 없어?"

아직은 생각을 전환하기 힘든지 당장 대답이 돌아오지는 않았다.

음료를 마시거나 하면서 잠시 뜸을 들였다가 아미쿠라가 손을 살짝 들었다.

"지금은 정말 평소랑 다르지 않달까. 긍정적인 자세로 이기려고 하는 느낌?"

"나도 동의해. 여태까지 그래왔듯 다 함께 으샤으샤 힘내자는 느낌인데."

"응. 구체적인 대결 방법도 몇 가지 들었고."

유일하게 칸자키만은 입을 다물고 있었는데, 세 사람의 의견과 일치해서 그럴까.

그렇게 생각했는데, 아마도 앞으로의 일에 대해 생각하고 있어서인 듯했다.

"그러니까 더 무리하고 있다는 의미로 볼 수도 있지. 학생회를 그만둘 만큼 궁지에 내몰려 있으면서도 반 애들한테 부담 주지 않으려고 아무렇지 않은 척하고 있다…… 그렇게."

한번 그쪽으로 생각하기 시작하면 연쇄를 끊어내지 않는 이상 한없는 생각의 늪에 빠지고 말겠지.

하지만 칸자키 일행은 정말 잘 생각해야 한다.

좀 더 깊게 또 넓게 파악해야 한다.

한 사람 한 사람 생각하는 힘을 키우면 반이 활성화될 수 있다.

"이치노세가 학생회를 그만둔 진짜 이유를 알고 싶다는 건 알겠어. 너희가 좋은 방향으로든 나쁜 방향으로든 고민하게 된다는 것도 이해했고. 그런데 그 본의는 뭐야? 이치노세가 무리하지 않길 바라서인지, 아니면 학생회를 그만뒀으니까 앞으로는 더욱 반을 위해서 일하길 바라서인지. 그 부분을 자세히 말해줬으면 좋겠다."

내가 알고 싶은 것을 네 사람에게 들려준 다음 우롱차를 한 모금 마셨다.

모두 행동을 멈추고 눈빛만으로 소통하면서 뭐라고 대답할지 고민하는 눈치였다.

그것만 봐도 예측할 수 있었다.

이 자리에 없는 이치노세 반의 다른 아이들이 무슨 생각을 하고 있는지.

이치노세의 정신 상태를 불안하게 여기는 사람이 좌우지간 많다는 것.

리더가 쓰러지고 말고라는 문제 이전에, 이치노세를 그저 순수하게 걱정하고 있다는 것.

다만, 칸자키와 히메노만은 그게 전부가 아니다.

"일단 나부터 말할게. 이치노세한테는 당연히 리더의 능력을 기대하고 있어. 학생회 사건은 사실 아무래도 상관없고, 학생회가 부담스럽게 느껴진다면 망설임 없이 그만둬야 한다고 생각해. 중요한 것은 지금의 반을 바로잡고 A반을 목표로 할 의지가 있느냐에 있어. 만약 그 의지를 잃었다면 문제지."

"난 처음부터 변함없이 의지를 갖고 있다고 생각해. 하지만 말이야, 설령 이치노세가 A반을 단념했다고 하더라도 그걸 다른 사람이 가타부타 간섭할 일은 아니지 않아? 극단적으로 말해서, 꿈을 꾸든 말든 그건 개인의 자유라고 할까."

친구를 생각하는 마음이 엿보이는 와타나베로서는 강요할 수 없는 것도 무리가 아니다.

"그래. ……강제할 순 없겠지?"

그건 아미쿠라도 마찬가지로, 그때는 어쩔 수 없다며 포기 의사를 밝혔다.

누군가가 포기했는데 억지로 끌어내서라도 A반을 노리게 하는 것은 과연 잔혹한 이야기다.

"하지만 리더로서 용납되는 행동은 아니야. 반 애들한테 빨리 알려야지."

적어도 바라는 것은 발목 잡지 않는 일. 그런 부분에 있어서는 반 아이들에게 민폐 끼치는 것을 싫어하는 이치노세인 만큼 걱정할 필요 없다. 친구를 위해서 최소한의 능력으로 공헌할 거라고 상상하기란 어렵지 않기 때문이다.

"만약 포기할 거면 빨리 밝혀줬으면 좋겠어. A반을 꿈꿀 의지가 없는데 계속 억지로 리더 자리에 앉아 있어 봐야 좋은 결과를 얻을 수 없으니까."

"그건 괜찮다니까 그러네. 실제로 이치노세도 아무 말 안 했잖아?"

"내가 염려하는 건 이치노세의 착한 인간성이야. 아까도 비슷한 말을 했지만, 포기해버렸다는 진실을 숨기고 강한 척하고 있는 것뿐이면? 반에는 그것만큼 가혹한 일이 또 없다고."

친구를 생각하는 마음 때문에, 친구들을 위해서, 단념했다는 사실을 밝힐 수 없다.

만약 이치노세가 정말로 좌절해버린 거라면 그럴 가능

성도 부정할 수는 없겠지.

"하고 싶은 말은 대충 알겠는데······. 그걸 막는 데 필요한 게 히메노와의 협력이란 소리야?"

"그게 전부가 아니야. 이치노세에게 의견을 말할 수 있는 사람들을 모으면 반은 또 하나의 두뇌를 가지게 되는 거야. 리더에게만 모든 것을 맡기지 않는 제2의 선택지를 준비하는 거지."

"뭔가, 그거 좀 배신하는 것 같은 느낌인데."

이치노세가 이끄는 반은 하나로 똘똘 뭉쳐야만 한다. 아니, 뭉쳐 있을 터다. 그런 생각을 가진 아미쿠라로서는 칸자키 무리의 이런 행동이 배신으로 보여도 어쩔 수 없다.

"지금 움직이지 않으면 늦다고 생각해. 그래서 그 밑 작업을 우리가 하고 있어."

"맞아. 아야노코지가 지적했듯이 아직 부족한 부분도 있지만······."

처음에는 깊게 생각하지 않았던 와타나베와 아미쿠라에게도 사건의 전말이 전해졌겠지.

하지만 이 논의로 모든 것이 깔끔하게 정리되었다고는 말하기 어렵다.

그건 칸자키도 뼈저리게 느끼는 모양이라, 어색한 분위기가 사라지지 않았다.

그래도 이치노세가 학생회를 그만둔 이유는 더 물어보지 않겠지.

더 달라붙어 봐야 지금 가진 정보량으로는 아마 진실에 가까워질 수 없을 것이다.

답이 나오지 않는 논의에 계속 시간만 할애하는 것은 무의미하니까.

"칸자키. 나한테 하려던 말, 이제 슬슬 해줄래?"

"어? 아, 으응."

칸자키가 생각났다는 듯 스마트폰으로 시간을 확인했다.

"오늘 아야노코지를 부른 이유는 새로운 우리 편을 소개하기 위해서였어. 아침에 빠질 수 없는 다른 일이 생긴 모양인지 좀 늦게 도착할 것 같다고 했는데, 이제 슬슬 올 때가 됐어."

그리고 20분 정도, 무거운 이야기는 빼고 잡담에 들어간 우리.

수학여행에서 있었던 일 등을 얘기하면서 그 인물이 오기를 기다렸다.

"실례할게."

"와줬구나, 하마구치."

하마구치? 고개를 돌리니 이치노세 반의 하마구치가 얼굴을 내밀었다.

"하마구치라니……? 말도 안 돼, 정말 의외네……."

와타나베와 얼굴을 마주 본 아미쿠라가 예상하지 못한 인물임을 표정으로 드러냈다.

"여어, 아야노코지, 이렇게 보는 거 무인도 시험 이후로 처음인가?"

"그럴지도. 그땐 이래저래 신세 많이 졌다."

식량을 아껴야 하는 상황 속에서도 다른 반인 나를 진심으로 환영해주었던 기억이 여전히 생생하다.

"별로 그렇지도 않은데. 그런데 난 어디 앉으면 돼?"

"일단…… 하마구치는 여기 앉아."

칸자키가 자리에서 일어나 간격을 살짝 좁히면서 하마구치를 옆에 앉혔다.

"나중에 합류할 예정이었던 게 하마구치였어?"

"그래. 지금은 하마구치만, 이라고 말할 수 있지만."

그러니까 예기치 못한 형태로 뛰어든 와타나베와 아미쿠라를 제외하면 세 사람.

"이미 하마구치는 그 일을 돕기로 이야기가 다 됐어."

"그러니까 세 번째 정식 멤버라는 얘기네."

칸자키와 히메노가 판단한, 이치노세를 바꿀 수 있는 존재.

물론 와타나베 일행은 아직 상황 판단이 안 되겠지.

하지만 아무리 우연이라지만 이 두 사람의 동석을 인정한 것 역시 칸자키의 의지로 한 일.

방해된다고 여겼다면 다른 날을 기약하며 거절할 수도 있었다.

"앞으로 나아가기 위해서 우리가 나서야 하는 순간이 왔어."

칸자키의, 기어가 한 단 올라간 열량에 히메노도 조용히 고개를 끄덕였다.

"잠깐만, 하마구치. 칸자키랑 얘기가 됐다고 했는데, 뭘 할 건지 알고 있는 거야?"

"지금 이치노세는 정신 상태가 위태로워. 이대로 내버려두는 건 좋은 선택이 아니야. 이건 칸자키가 말해서가 아니라 2학년이 된 이후로 줄곧 느꼈던 거야."

아무래도 하마구치는 이치노세가 불안한 상태라는 것을 이미 간파한 모양이었다.

"진짜냐고. 그런 기색을 지금까지 한 번도 안 보여줬잖아."

"그야 그럴 수밖에. 반이 그런 분위기를 싫어하니까. 나 혼자 움직이려고 해도 아무도 안 따라주잖아. 칸자키가 지금까지 그 문제 때문에 계속 고민했다는 건 다 함께 봐왔으니까."

자세한 건 다른 반인 나야 모르지만, 진실과 그 심각성은 이곳에 있는 그 반 아이들의 행동과 표정이 말해주고 있었다.

"난 이치노세를 리더 자리에서 끌어내리고 싶은 게 아니야. 하지만 힘들 때 뒤에서 든든히 받쳐주고 싶은 마음은 늘 있어. 이번에 칸자키의 제안은 딱 좋은 타이밍이었지."

"만장일치 특별시험에서 내가 고립됐을 때도 하마구치가 남들이 안 보는 데서 계속 신경 써 주었어. 그런 모습,

하는 말투를 봐도 충분히 이해해줄 거라고 판단했지."

주변을 살펴보면 잘 알 수 있다.

하마구치는 의지가 되고 믿음이 가는 존재라는 것을.

호리키타의 반으로 비유하자면 요스케의 역할과 소질에 가까울지도 모른다.

"……괜찮냐, 그런 비밀을 나와 아미쿠라한테도 들려줘서."

"도박을 걸어보는 거야. 물밑에서 천천히 진행하는 것도 중요하겠지만, 이치노세의 학생회 탈퇴 건도 있어서 지금은 시간 끌 때가 아니라고 판단했어. 와타나베와 아미쿠라를 끌어들이지 않으면 앞길이 바로 막힐 테니까."

우연한 만남으로 칸자키는 광명을 찾고 손을 뻗는 쪽을 선택한 듯했다.

아미쿠라는 이치노세 쪽으로 치우치는 발언이 눈에 띄지만, 자기 소신도 분명히 가지고 있다.

"믿어주는 건 기분이 나쁘지 않지만……."

"뭐, 비밀을 지키겠다고 약속했고, 말이지."

둘 다 당혹감을 감출 수 없어 보였지만, 칸자키 무리를 배신하려고도 하지 않았다.

"당장 이쪽에 붙으라고 말하는 건 아니야. 다만 지금까지처럼 이치노세에게 무조건 판단을 맡기는 쪽으로 쏠렸던 생각을 바꾸었으면 해. 앞으로 조금씩 말이야."

"네가 나쁜 짓을 하자고 말하는 거면 이야기가 다르겠지만, 반을 생각해서 이렇게 한다는 걸 통감하니까. 바로 대답해줄 수는 없지만 생각해볼게."

어느 정도 이해를 표시한 와타나베가 표정을 살짝 풀며 대답했다.

"난 아직…… 뭐라고 말 못 하겠어. 하지만 와타나베도 말했듯이 이번 일을 호나미 쨩에게 알리지는 않을게. 지금은 그것밖에 말해줄 수 없지만……."

"그거면 충분해."

지금 여기서 그 이상을 억지로 원해도 기대에 부응해주지 않겠지.

"참고로 물어보는데, 너희는 지금부터 구체적으로 뭘 어떻게 할 생각이야?"

"구체적으로? 우선은 반을 구하기 위한 첫걸음인데——."

그렇게 말하려던 칸자키가 순간 쳐다본 문이 갑자기 활짝 열렸다.

"오우오우! 우리 좀 들어갈게!"

허락도 구하지 않고 방으로 쳐들어온 이시자키와 코미야.

여기 있는 누군가가 이 두 사람을 불렀나? 그렇게 생각했는데, 그건 아닌 듯했다.

지금까지 깔렸던 분위기가 확 바뀌었다.

"휴일에 이렇게 모여서 뭐 하냐? 나도 끼워주라."

내가 있다는 것을 알 리 없던 이시자키의 시선이 이때 처음 내 쪽을 향했다.

"앗…… 왜 이 모임에 아야노코지가 끼어 있지?"

"너희야말로 왜 여기에?"

"왜냐니, 그야, 뭐 이런저런 일로. 안 그러냐?"

어딘지 찔리는 듯한 느낌으로 시선을 피해 코미야 쪽을 쳐다보는 이시자키.

"으, 으응. 우리 둘이 노래방에 왔는데 너희가 보여서. 남자 둘이 쓸쓸하게 노래 부르는 것보다 많이 있는 편이 더 즐거울 것 같아서."

그렇게 대답하며 노래방 문의 유리 부분을 똑똑 두드렸다.

"우리 사이 안 좋잖아?"

아미쿠라가 이시자키에게 대놓고 말했다.

"그, 그건, 야. 그러니까 어? 노래로 친목을 다지자는 거지."

누가 봐도 어설픈 변명이었다.

더 이상 수작 부리게 둘 생각이 없는지 칸자키가 두 사람이 등장한 목적을 밝혔다.

"특별시험이 발표된 날부터 계속 류엔 반에서 이렇게 다 짜고짜 들이닥치고 있어."

"또야~ 하는 느낌?"

화난 모습은 아니었지만 아미쿠라가 어이없어하면서 팔짱을 꼈다.

"뭐가 다짜고짜야, 그건 너무 과장이다."

"다른 사람 방에 허락도 없이 쳐들어왔잖아. 그런데 아니라고?"

"우린 그저 같은 학년 친구들이 뭐 하는지 보러왔을 뿐이라고. 무슨 노래를 부르나, 재미있어 보이면 낄까, 그냥 그런 거지."

코미야에게 맞추듯 구차한 변명을 늘어놓는 이시자키였는데 아무도 믿지 않았다.

"미안하지만 오늘은 스터디 때문에 모인 거 아닌데."

"……그런 것 같네."

이시자키는 테이블 위에 필기도구가 하나도 없는 것을 보고 머리를 긁적였다.

류엔 반은 이치노세 반과 대결한다. 학년에서 학력이 압도적으로 불리한 이시자키 무리는 정당한 방법으로 공부하기보다 상대방을 방해하는 데 중점을 두고 있다는 것일까. 아미쿠라의 『또』라는 발언을 봐도 대결이 성사된 이후부터 이런 일이 비일비재했던 모양이다.

"그러니까 이만 돌아가 줄래?"

공부하는 중이면 모르겠지만 이 상황에서는 단순히 노래방을 즐길 뿐인 그룹으로밖에 보이지 않으므로 이시자키 무리가 계속 이 자리에 있어 봐야 아무 이익도 없다.

"쳇. 다음에 보자고, 다음에."

끝에 가서 이시자키 무리는 대놓고 인정하듯이 혀를 차면서 방을 나갔다.

"시답잖은 애들이네. 아니, 그것도 다 지시한 류엔 때문이지만."

"정말. 진지하게 공부하면 될 걸, 상대편 발목을 잡을 생각밖에 못 하나."

"작년 학년말 시험과 똑같은 흐름이네."

그때는 류엔도 아무리 이기기 위해서라지만 무척 위험한 짓을 저질렀었다. 과연 이번에는 그렇게까지 선을 넘진 않겠지만, 또 어떤 수단을 쓸지는 모를 일이다.

"터무니없는 계약을 들이밀지는 않을까?"

"걱정할 것 없어. 우리도 이미 단단히 대책을 세워뒀으니까. 물론 앞으로 절대 문제가 일어나지 않을 거라고는 단언할 수 없으니 경계를 게을리하지 않을 거야."

칸자키가 일어나서 이시자키 무리가 정말 돌아갔는지 확인한 후 다시 자리로 돌아왔다.

"잠깐 방해가 있었지만, 본론으로 돌아갈게. 반을 구하기 위한 첫걸음, 우선은 이치노세가 어떤 정신 상태에 있는지 빨리 확인할 필요가 있어. 원래대로 돌아오지 않으면 앞으로도 뒤로도 움직일 수 없으니까."

하긴. 지금은 아무도 이치노세의 진짜 상태를 모르는 시간이 이어지고 있다.

"뭔가 현재 상황을 완벽하게 파악할 방법이 있으면 좋겠는데……."

"역시 우리가 호나미 짱한테 가까이 다가가 보는 길밖에 없지 않을까?"

"그게 지금까지랑 뭐가 달라?"

"뭐? 뭐, 뭐가 다르냐고 물어도 대답할⋯⋯."

"그런 식으로 계속 가만히 지켜보기만 하다가 이 지경이 된 거잖아."

"야, 칸자키, 그렇게 시비조로 나오지 마. 여기는 자유롭게 말해도 되는 자리잖아."

살짝 화난 목소리로 칸자키의 핀잔을 끊은 와타나베가 말을 계속했다.

"용기 내서 제안했는데, 억누르듯이 나오면 다음 의견을 내고 싶겠어?"

"⋯⋯하지만⋯⋯."

"아니, 나도 와타나베의 의견에 찬성해. 지금까지는 나도 말 안 하고 있었는데, 이치노세만 문제인 게 아니야. 칸자키의 그 강압적인 말투도 큰 요인 중 하나라고 생각해."

와타나베에게 동조하듯이 하마구치가 차분하게 칸자키에게 충고했다.

"칸자키가 반을 위해 애써주는 건 고맙게 생각해. 하지만 헛돌기만 해서는 아무 의미도 없지 않을까?"

아직 소수 모임이라고는 하지만 생각보다 멤버 개개인이 자기 의견을 가지고 있었다.

많은 사람이 이치노세를 맹신하지만, 그 속에는 의문을 느끼는 학생도 섞여 있다는 얘기다.

다만, 하마구치도 와타나베도 부담스러운 자리에서는

절대 나서지 않는다.

솔선해서 나서 주는 칸자키가 있어서 마음껏 발언할 수 있는 것이다.

"가까이 다가가는 방향성은 나쁘지 않다고 봐. 억지로 캐물어도 이치노세가 쉽게 대답해줄 것 같지 않으니, 자연스럽게 관찰하고 확인하는 게 중요하지 않을까?"

"시간을 들이라고? 더는 물러설 데가 없는 상황인데? 느긋한 소리 하네."

"아니, 그건 어떻게 접근하느냐에 따라 다르지. 우린 기본적으로 리더일 때의 이치노세밖에 모르잖아. 하지만 아미쿠라는 달라. 휴일에 그 애랑 놀 때도 꽤 있잖아? 그만큼 기회가 많을 거야."

아미쿠라가 긍정하며 힘차게 고개를 끄덕였다.

"기회가 늘어나면 이익이지. 다만…… 동시에 불리한 점도 있을지 몰라. 아미쿠라랑 친구들은 늘 이치노세랑 같이 있으니까 오히려 더 경계하기 쉽고, 속을 터놓지 않으려고 하는 부분이 있을 것 같아."

친한 사이에도 예의는 지켜야 하는 법. 아미쿠라라고 해서 뭐든 다 물어볼 수는 없다.

"아, 그렇지. 그 부분에 관해서 좋은 아이디어가 있는데."

제일 나서지 않을 줄 알았던 히메노가 누구보다 빠르게 손을 들었다.

"말해봐."

"이치노세가 휴일에 뭐 하는지 아야노코지가 확인해보는 건 어때? 같이 있으면서 자연스럽게 이것저것 물어보면 되잖아. 다른 반 학생은 보통 신뢰할 수 없지만 좋아하는 사람이면 마음도 좀 느슨해지지 않을까?"

"그거, 괜찮을 것 같은데? 이치노세도 좋아하는 사람이 만나자고 하면 싫지 않을 거고, 히메노 말처럼 경계심도——."

하마구치도 이치노세가 나를 좋아한다는 것을 당연하다는 듯이 알고 있었다.

"하지만 방금 말한 것처럼 아야노코지는 다른 반 애야. 그게 제일 큰 걸림돌인데."

"하지만 신뢰하잖아? 이렇게 중요한 의논을 할 때도 부를 정도로."

히메노가 날카롭게 지적하자 칸자키도 입을 다물었다.

"우리 반 애들 눈에는 보이지 않는 부분을 찾아달라고 하는 거야."

"아, 잠깐만. 히메노가 하고 싶은 말이 뭔지는 알겠는데 말이지, 아야노코지는 여자친구가 있어. 야, 카루이자와라고, 카루이자와. 문제가 생기지 않겠어?"

"호나미 짱은 눈에 띄는 애니까 말이지. 남자랑 단둘이 만난다고 하면 바로 소문이 날지도. 최소한 카루이자와한테 허락을 구해야 해. 데이트가 아니라는 걸 증명…… 아아, 하지만 호나미 짱이 아야노코지를 좋아한다는 사실이 있으니 허락할 문제가 아닌가……."

멋대로 내 이름을 언급하고 멋대로 열을 올리기 시작하는 학생들.

"애당초 호나미도 없이 이렇게 진행해도 되는 거야? 반을 위해서라는 건 알겠지만, 뭐랄까…… 마음을 이용하는 것 같아서 안 내켜."

특히 친한 사이 같은 아미쿠라가 그렇게 볼멘소리하는 것도 무리는 아니다.

지금까지 이치노세의 반은 좋을 때나 나쁠 때나 이치노세를 중심으로 움직여왔다.

"특별시험 대책을 마음대로 세우자는 게 아니야. 이건 이치노세에 대한 행동 중 하나지. 이치노세 생각으로 고민하고 있다는 걸 당사자한테 전하는 것도 웃기잖아."

칸자키가 아미쿠라를 설득하려고 시도했지만 바로 받아들일 것 같지는 않았다.

"만장일치 특별시험 때 칸자키가 반을 바꾸고 싶다고 생각한다는 건 잘 알았어. 그게 나쁘다고 말하는 건 아니야. 하지만 뒤에서 몰래 아야노코지한테 상담하고, 히메노를 포섭하고, 그런 행동은 칭찬받을 수 없다고 생각해."

투명성을 중시하는 이치노세 반의 일원으로서는 그것도 자연스러운 발상일까.

"드러내놓고 움직이면 반대의 싹이 틀 게 분명하잖아. 그래서 더, 나 혼자가 아니라 히메노 그리고 하마구치가 도와줘서 반론에 힘이 실리는 거지."

여기서도 과반이 칸자키 쪽에 서 있는 게 사실이다.

만약 칸자키 혼자였다면 1대4로 싸울 수밖에 없지만, 지금은 실질적으로 3대2.

아군이 있으면 원군의 도움도 기대할 수 있다.

"그럼 아야노코지랑 데이트하는 걸로 결정된 거지?"

그렇게 결론을 내리려는 히메노였는데, 아미쿠라의 표정이 여전히 딱딱하게 굳어 있었다.

"히메노는 망설임이 없는데, 호나미 짱의 방식이 그렇게 불만이었어?"

"난……."

"칸자키라면 이해하겠어. 호나미 짱 옆에서 줄곧 의견을 냈었고, 어떨 때는 자기 의견을 강하게 주장하기도 했잖아. 하지만 히메노는 그런 거 본 적이 없는데."

"히메노는——."

당사자 대신 반론하려는 칸자키였는데 하마구치가 손을 들어 말렸다.

"이렇게 중요한 사항은 본인 입으로 듣지 않으면 의미 없지 않을까?"

전체를 보면서 객관적으로 올바르게 상황을 판단할 줄 아는 하마구치가 들어온 건 역시 크군.

"불만이랄까…… 난 '모두 손잡고 사이 좋게' 같은 태도를 썩 선호하지 않아. 요새 와서 그런 게 아니라 이 학교에 들어오기 전부터 원래 그랬어. 친구를 사귀는 것도 별로 좋아하지 않고, 말하자면 혼자 있는 게 더 편해."

지금까지 그런 생각을 하고 있다고는 꿈에도 몰랐을 아미쿠라.

"하지만 난 말을 잘하는 편도 아니고 그냥 조용히 넘어가는 게 편하다고 생각했어. 그래서 놀자고 하면 잠자코 따라갔고, 모두가 이치노세를 따르면 나도 가만히 따르는 게 편할 것 같아서 그렇게 했어. 단지 그것뿐이야."

자기 의견을 드러내지 않고 주위 분위기에 묻어가는 게 좋다고 여겨온 히메노.

"하지만 속으로는 계속 생각했었어. 이치노세의 방식만으로는 A반으로 올라갈 수 없지 않나 하고. 그렇지만 어쩔 수 없었어. 모두가 입 다물고 따른다면 나도 따를 수밖에 없다는 식으로 묻어갔으니."

지금도 다른 사람과 시선을 맞추고 얘기하는 게 어려운지, 히메노는 영상이 끊임없이 흘러나오는 노래방 화면을 응시하며 말을 이어 나갔다.

"그런데 칸자키가 정말 진심으로 반을 바꾸려고 한다는 걸 알았어. A반으로 졸업하는 걸 포기하고 싶지 않다는 걸 알았어. 그래서—— 거기에 걸어보기로 한 거야."

"편하게 묻어가서 B반 이하로 끝낼지, 무리해서라도 A반으로 졸업할지, 그 두 가지 선택지 중에 골랐다는 말이군."

지금까지 들어본 적 없었던 히메노의 생각을 듣고 와타나베가 중얼거렸다.

"……그랬구나. 히메노의 마음 잘 알았어. 그동안 나는 아무것도 몰랐네."

"무리도 아니라니까. 진심을 말한 적이 없었으니."

하지만 그건 바꿔 말하면 이치노세에게도 적용된다. 어디까지가 진심인지는 당사자의 입을 통하지 않으면 알 수 없는 법.

방식에 다소 불만은 있는 듯했지만, 아미쿠라도 한풀 꺾였는지 어느 정도 받아들였다.

"반을 대표해서 내가 부탁할게. 이치노세에게서 학생회를 그만둔 심정, 그리고 앞으로 어떤 방침으로 나갈 생각인지. 아직 이길 수 있다고 생각하는지. 진심을 듣고 와줬으면 좋겠어."

결론이 정리되자 칸자키가 그렇게 말하며 나를 향해 머리를 숙였다.

"이미 시작된 거, 딱히 거절할 이유는 없지만……."

그렇게 대답하니, 평소에 별로 웃는 법이 없는 칸자키가 기뻐하며 고맙다고 말했다.

"하지만 말이야, 카루이자와 문제는 어떻게 하고?"

"어떻게 하긴, 그냥 사정을 설명하고 이해를 구할 수밖에."

"사정을 말한다지만 다른 반 일이잖아? 우리를 도와주는 행동을 카루이자와가 순순히 받아들여 줄까? 의심하지는 않을까?"

"그 부분은 걱정 안 해도 돼."

갑작스럽게 부탁받은 것이긴 하지만 시험해보고 싶던 것을 시도할 좋은 기회다.

2

아미쿠라의 제안으로 잠시 노래방을 즐기기로 해서, 나는 그전에 일단 화장실에 다녀오겠다며 몸을 일으켰다. 생각하지 못한 방향으로 나가버린 면도 있지만, 칸자키 일행이 서로 의논하는 과정에서 성장의 조짐을 보여준 것은 큰 수확이었다.

이제 조만간 내가 이치노세를 불러내 학생회를 그만둔 이유를 확인하면 된다.

원래는 이것도 칸자키 무리가 알아서 해결하는 편이 좋지만, 지금 칸자키 무리가 괜히 움직였다간 반에 혼란만 불러올 위험이 있으므로 추천할 수 없었다.

어디까지나 이치노세를 따르려고 하는 동료, 라는 입장을 끝까지 잘 고수해줬으면 좋겠으니까.

부탁을 떠맡은 것 자체는 후회하지 않지만, 문제는 이치노세의 상태를 잘 확인하면 된다는 게 어려운 부분이다. 특별시험에 학생회 탈퇴까지. 이치노세에게 큰 사건이 연달아서 두 개나 일어난 상황에서 불러내면 이래저래 의심하고 억측하는 것을 피할 수 없으니까.

차라리 대놓고 물어서 확인하는 것도 방법이려나?

아니, 이치노세의 정신 상태부터 확인한 다음에 어떻게 할지 정하는 게 좋겠지.

괜히 물었다가 마이너스로 이어지면 아무런 의미가 없으니까.

"저, 저기, 아야노코지."

남자 화장실로 허둥지둥 뒤쫓아온 와타나베.

급하게 더 부탁할 것이 있나 싶었는데, 그건 아닌 모양이었다.

"저기 말이야…… 다음에 이치노세를 만날 거잖아? 좀, 다른 일로 부탁할 게 있는데……."

"부탁? 간단한 거면 상관없는데."

볼일을 다 보고 손을 씻은 후 복도로 나갔다.

"아마 간단할 것 같은데, 아닌가, 어려운 건가……? 으음."

원래 와타나베는 똑 부러지게 말하는 인상인데, 지금은 굉장히 말을 머뭇거렸다.

하지만 너무 오래 자리를 비우면 좋지 않다고 생각했는지 이내 이야기를 시작했다.

"그게, 말이야. 으음…… 아미쿠라, 일이야."

"아미쿠라? 뭐 걱정되는 일이라도 있어?"

조금 전에 의논할 때도 제일 동요한 사람은 아미쿠라였을 테니.

앞으로 케어가 필요한 상태로 보이지는 않았는데, 와타

나베는 느끼는 바가 있었는지도.

"그런 게 아니라. 아니, 뭐, 걱정되는 일이라면 걱정되는 일이지만 어쨌든 그런 게 아니고."

대답이 지리멸렬했지만, 일단은 그냥 흘려들었다.

"그 녀석이 말이야, 그러니까…… 지금 좋아하는 남자가 있는지, 뭐 그런 거? 이치노세라면 알지 않을까 싶어서. ……괜찮다면 물어봐 줄 수 있어?"

"그렇구만."

나도 조금씩 연애 사정, 감정 그리고 행동을 이해하기 시작했다.

이렇게 와타나베가 머뭇거리면서 말하는 게 어떤 의미인지 이제는 안다.

"네가 좋아하는 애가 아미쿠라구나."

"으앗, 야야! 이, 이런 데서 그렇게 대놓고 말하다니!"

"괜찮아. 지금 아무도 없잖아."

복도에 들리는 것은 가게에 깔린 BGM과 룸 안에서 들리는 노랫소리뿐.

오히려 와타나베가 크게 소리치면서 허둥대는 게 더 문제겠지.

"그, 그래도!"

그나저나 참 모를 일이네. 와타나베가 아미쿠라를 좋아하는 줄은 꿈에도 몰랐다.

"좋아하는 여자가 같은 그룹에 있는데도 참 이성적으로

굴었네. 특히 수학여행 때."

"초등학생도 아닌데 그렇게 태도에 다 드러낼 순 없지."

그러고 보니 오늘 와타나베와 아미쿠라가 둘이 쇼핑하러 왔다고 하지 않았던가.

그 사실이 드러나자 흥미로웠고 앞뒤가 이어지는 느낌이었다.

"혹시 그럼 오늘은 데이트하러?"

그렇다면 와타나베는 와타나베 나름대로 고단수라는 얘기가 되는데.

"뭐? 아~…… 뭐, 그거랑 비슷하게 노리긴 했지만. 단단히 마음먹고 아침 일찍 일어나서 준비하고. 그렇게 기숙사 로비에서 만났는데 말이지. 속으로는 심장 터지는 줄 알았다고."

외출하던 순간을 떠올렸는지 와타나베가 씁쓸한 표정을 지으며 말했다.

"그런데 막상 둘이 걷기 시작하니까 무슨 말을 해야 할지 모르겠더라. 평소에 여러 명이랑 있을 때는 서로 말도 잘했는데, 갑자기 말이 안 나와서. 케야키 몰에 도착할 때까지 진짜 지옥이 따로 없었다고."

불러내는 것까지는 좋았지만 그 후부터는 역시 생각대로 되지 않은 모양이었다.

"단둘이 있어서 싫었어?"

"난 싫지 않았지. 하지만 말이 마음대로 안 나오는 내가 짜증 나고, 그런 나랑 있는 아미쿠라가 즐겁지 않을 것 같고, 안 좋은 쪽으로만 자꾸 생각이 드니까. 그런데 딱 칸자키와 히메노가 걸어가면서 아야노코지를 만나러 간다는 소리가 귀에 들어온 거지."

고난에 빠진 와타나베에게는 구원의 동아줄이었겠군.

"수학여행 때 같은 그룹이기도 했으니, 잠깐 만나고 올까? 하고 제안했어."

한발 물러섰지만 완전한 후퇴는 아니라는 판단이었던 걸까.

"그렇군, 그렇게 된 거였구나."

둘만 있지 않게 된 건 아쉬웠겠지만, 흥이 나지 않는 데이트만큼 괴로운 것도 또 없을 테니까. 아니, 아미쿠라 입장에서는 데이트라는 인식조차 없었겠지만.

"설마 그렇게 중요한 이야기가 나올 줄은 몰라서 좀 움츠러들었는데…… 결과적으로는 알아서 다행이라고 생각해. 칸자키와 히메노의 생각을 조금 안 듯한 느낌이 드니까."

지금까지 봐온 와타나베의 성격상 좀 더 일찍 칸자키 무리가 나섰더라면 하마구치처럼 같은 편이 되어주지 않았을까.

아마도 그런 학생이 이치노세 반에 더 잠재되어 있을 것 같다.

"그래서…… 아미쿠라 말인데, 좀 파악……해줄 수 없을까?"

"내가?"

"이번에 이치노세를 만나잖아? 대수롭지 않은 느낌으로 슬쩍 물어봐 줬으면 좋겠어."

"이치노세에게 들을 수 있을지도 잘 모르겠지만, 애초에 이치노세가 아미쿠라의 연애 사정을 안다는 보장도 전혀 없잖아."

"아니, 알 거야. 만약 누군가를 좋아하거나 사귄다면 반드시 알 거야."

어디서 나오는 건지는 몰라도 상당한 자신감을 가지고 그렇게 대답하는 와타나베.

"흔히 말하는 여자의 정보망 같은?"

"바로 그거야. 아미쿠라가 누구한테 연애 상담도 안 하고 남자랑 사귈 타입은 아닐 테니까. 그러면 친한 이치노세한테 분명히 말했겠지. 그리고 만약 이치노세가 전혀 모른다면 그건 그것대로 나한테도 기회가 있다고 생각해."

"그렇군. 아직 아미쿠라가 명확하게 좋아하는 남자가 없다는 게 판명 나는 거니까?"

히죽 웃은 와타나베가 고개를 끄덕였다.

"뭐…… 사실은, 말이지. 내 이름이 딱 나와주는 게 최상이지만. 아직 그런 느낌은 전혀 못 받았으니까 그건 어쩔 수 없다고 생각하고. 라이벌이 없다면 밀고 나가야지."

자신은 조금도 받은 느낌이 없으므로 리드하고 있을 가능성은 없다고 분석했다.

뭐, 연애에 관해서는 그런 자기분석도 어디까지가 맞을지 잘 모르겠지만, 어쨌든 수학여행 때 도움받은 것도 있으니.

무엇보다 와타나베의 긍정적인 자세에는 호감이 간다.

"슬쩍 물어볼 수 있을 것 같은 분위기가 되면 한번 물어볼게. 하지만 과도한 기대는 하지 마. 괜히 팠다가 오히려 더 경계하게 되면 와타나베한테도 안 좋을 테니까."

"그래, 난 그것만으로 만족해."

와타나베는 민망해하면서 기쁜 표정도 동시에 지었다.

3

오후 4시가 지난 시각. 노래방에서 잠시 노래를 들은 나는 조용히 분위기 맞추는 역할을 마치고, 혼자 케야키 몰 2층 벤치에 앉았다.

해산이 늦든 빠르든 오늘은 끝까지 남아주기로 정했기 때문이다.

딱히 할 일도 없어서 일단은 스마트폰으로 웹서핑이나 하려고 했는데, 어느새 케이에게서 메시지와 사진이 도착했다.

사토와 퍼즐을 맞추며 즐겁게 놀고 있다는 걸 한눈에 알 수 있었다.

오늘은 저녁 무렵까지 기숙사 여자 방에 모여 이야기꽃을 피울 모양이다.

케이 이외에도 사토와 모리, 이시쿠라, 마에조노 등 멤버가 모인다고 했다.

나와 시간을 보내지 않아도 이렇게 친한 친구들과 가볍게 모일 수 있는 것이 케이의 장점이기도 하다.

언제 돌아오는지 물어서 잠시 고민했다가 오후 8시 좀 지나서라고 대답해두었다.

빨리 돌아간다고 하면 케이가 친구를 두고 먼저 나올 가능성도 있으니까.

따로 시간을 보내는 날에는 딴생각 말고 마음껏 즐기는 게 좋다.

"자, 그럼······."

주위에 다른 사람도 보이지 않아서, 전화하는 말소리를 들을 염려는 없어 보였다.

종종 멀리 보이는 학생들을 관찰하면서 스마트폰으로 이치노세에게 전화를 걸었다.

오래 끌어서 좋을 건 없으니 웬만하면 내일 약속을 잡고 싶다.

통화연결음이 계속 이어졌지만, 이치노세는 전화를 받지 않았다.

누구랑 시간을 보내는 중이어서 모르는 걸까, 아니면 낮잠이라도 자나.

혹은 알면서 의도적으로 받지 않을 가능성도 있다.

수학여행이 끝나기 전날 밤, 이치노세를 만났던 것이 결과적으로 부정적인 여파를 만들고 말았나. 이런저런 생각을 하면서 통화 기록을 훑어보는데, 전화가 걸려 왔다.

『여, 여보세요? 미안해, 전화를 못 받아서.』

긴장한 듯한 상대의 첫 음성.

목소리만 들어서는 특별히 꺼리는 것 같지 않았다.

"지금 바빠?"

『아, 아니. 마침 저녁 준비하느라…… 그, 그런데 웬일로 전화를 다 했어?』

그 말을 듣고서야 깨달았는데, 정말 그럴지도 모르겠다.

이렇게 사적으로 이치노세에게 전화한 기억이 거의 없네.

전화 너머로 희미하게 말소리가 들려왔다. 누군가와 함께 있나 싶었는데, 자세히 들어보니 텔레비전에서 나오는 소리였다.

"너무 갑작스럽긴 한데, 혹시 내일 시간 되면 만나지 않을래?"

지금은 정면으로 당당하게 밀어붙여서, 단도직입적으로 용건을 말했다.

『앗……, 나를?』

"이치노세 말고 다른 사람한테 말하는 것처럼 들려?"

『그그, 그건 아닌데…… 하지만…… 으, 으음, 둘……만?』

"가능하면 둘만."

나까지 빙 돌려 말하면 안 되는 상황이기에 그렇게 전했다.

그러자 이치노세에게서 답이 돌아오지 않고, 조금 무거운 침묵이 몇 초간 이어졌다.

『일정이 있는 건, 아니지만……. 무슨 일인데?』

무슨 일이라. 하긴 그 종류에 따라서는 이치노세도 흔쾌히 만나주겠지.

쉽게 예를 들면 상담이 있다. 어떤 문제가 생겼다고 말이다.

그런 이야기라면 이치노세도 쉽게 만나줄 테니까.

하지만 칸자키 무리에게 부탁받았다고 말할 수는 없다.

일단 그들은 이치노세 모르게 파악해달라고 부탁받았으니까.

"딱히 용건이 없으면 둘이서는 못 만나?"

『그런 건…… 하, 하지만, 둘만 보는 건 좀…….』

"난 만나고 싶은데."

『……?!』

"하지만 정신적으로 좀 힘들다면 꼭 무리할 필요는 없어."

리스크를 알고도, 지금은 일단 한 발짝 뒤로 물러나 보았다.

그 느낌으로 이치노세의 감정이 어디에 있는지 알아보기 위해서다.

『……자, 잠깐만. 아니…… 괜찮아.』

경계심이 없는 것은 아니지만, 피하고 싶은 감정이 앞서는 것도 아닌 듯했다.

"정말로 괜찮아? 무리하게 만들고 싶지는 않은데."

『무리하는 거 아니야. ……나도 아야노코지를 만나고 싶어…….』

"그래? 그럼 내일 10시에 케야키 몰 앞에서 만날래?"

시간이 얼마나 걸릴지 모르기 때문에 최대한 넉넉하게 확보해 두는 게 좋다.

『아, 알았어. 10시, 라고 했지.』

"그럼 내일 보자. 혹시 상황이 안 좋아지면 언제든 연락해줘."

오래 통화하려고 하면 할 수 있는 상황이지만 그건 피했다.

『응…… 내일, 봐.』

그렇게 어딘지 어색한 대화를 마친 우리는 전화를 끊었다.

이렇게 해서 일단 이치노세와 약속을 잡는 데 성공했다.

이제 내일 이치노세의 정신 상태를 자세히 파악하는 일만 남았다.

동시에 지금 무슨 생각을 하고 있는지, 거기까지 알아낼 수 있으면 이상적이겠다.

이제 서점에 가서 책이나 좀 볼까.

아직 혼자 보낼 수 있는 시간이 많이 남아 있다.

친구가 없었을 때 혼자 보내던 시간과는 또 다른, 일부러 혼자 있는 시간.

또 다른 시점으로 볼 수 있음을 깨닫는 몹시 행복한 시간이다.

4

밤까지 혼자만의 시간을 만끽한 나는 마트에 들러 늦은 저녁거리를 사고 케이에게 지금 돌아간다고 알린 후 케야키 몰을 빠져나왔다. 기온도 많이 내려갔고, 지금까지 난방이 잘 되던 곳에 오래 머물러 있던 것도 있어서 온도 차가 확 느껴졌다.

주머니 속 스마트폰이 진동했다. 바로 확인하니, 케이가 친구와 저녁까지 먹었는지 이제 헤어졌다고 했다. 하루를 충분히 즐긴 것 같아 다행이라는 답장을 보내고 인기척이 끊긴 길을 혼자 걸어 기숙사로 향했다.

도중에, 혼자 우두커니 서 있는 한 여학생의 뒷모습을 발견했다.

걷지 않고 가만히 하늘을 올려다보고 있었다.

어두워서 누구인지 잘 보이지는 않았지만, 왠지 낯이 익다고 생각하면서 가까이 다가가니, 그 정체가 바로 드러났다. 주위에 다른 학생은 보이지 않고 혼자였다.

"깜짝이야. 돌아간 줄 알았는데."

내 목소리를 듣고 뒤돌아본 것은 히메노였다.

"앗? 아야노코지야말로 돌아간 게 아니었어?"

"쇼핑 좀 하고 가겠다고 말했던 것 같은데."

"그랬나, 그런 말을 들은 것 같기도 하고…… 그래도 너무 늦지 않아?"

아무래도 말을 절반은 한 귀로 흘려들은 모양이다.

그래도 헤어진 지 4시간 가까이 지났으니 이상하게 여겨도 어쩔 수 없다.

"그래서 지금 돌아가는 길?"

마트 비닐봉지를 본 히메노가 그렇게 물어서 고개를 끄덕였다.

"그러는 넌 이 시간까지 뭐 했어?"

"음…… 그냥 멍 좀 때렸어. 잡화점도 가고 아무 생각 없이 영화관 앞까지도 가보고?"

나와 비슷한 느낌인 듯하다. 혼자만의 시간을 즐긴 건지도 모르겠다.

"이왕 만났으니 괜찮으면 기숙사까지 같이 안 갈래?"

히메노답지 않은 제안에 살짝 놀랐지만 거절할 이유는 떠오르지 않았다.

"으으, 역시 밤이 되니까 춥네."

꼭 지금까지 못 느꼈다는 듯이 몸을 떨었다.

"실은 모두랑 헤어지고 난 뒤에 칸자키가 좀 더 얘기했으면 좋겠다고 말했어."

"그랬구나."

"같은 반인 만큼 대화할 기회가 있으면 소중하지 않냐고. 하지만 거절했어."

"왜?"

"솔직히 말하면 그 환경이 좀 싫어서 그만 자리를 피하고 싶었거든. 아, 딱히 그 무리에서 빠지고 싶다거나 그런 말은 아니고. 여럿이 다니는 게 싫었던 것뿐이야."

스스럼없이 어울리는 방법도 조금씩 배우고 있는 히메노이긴 했지만, 아직은 여러 사람과 함께 있는 것이 힘들게 느껴지는지도 모르겠다.

"역시 혼자가 편하다~ 하고 있었는데 어느새 밤이 되어 있었어."

"그랬군."

"그런데 혼자 있는 시간이 길어지는 만큼 생각도 많아지는 거야. 특히 아야노코지한테 들은 말이 꽤 꽂혔달까. 아픈 데를 찔렸다고 생각했어."

아무래도 노래방에서 보여준 고충이 마음에 걸리는 듯했다.

"내 생각과 달리 정말 아무것도 못 했구나 싶어서. 이치노세가 위태위태한 상태라는 걸 모르는 주변 애들과 달리 눈치챈 내가 좀 대단하다거나, 칸자키와 손잡고 특별한 일을 한다는 근거 없는 자신감만 있었는데. 콧대가 꺾인 기분이 들었어."

"그거 왠지 미안한데."

"사과할 일 아니야. 오히려 아야노코지의 말이 다 맞아."

하얀 숨을 토하면서 히메노가 나를 향해 쓴웃음을 지었다.

"좀 더 쉽게 굉장한 일을 해낼 수 있다고 생각했었는데…… 행동으로 옮기는 건 참 어려운 일이구나."

"누구나 그래. 이치노세도, 나도. 실천하는 건 힘들지."

위로하려는 건 아니지만, 너무 깊이 고민해도 곤란하므로 그렇게 부드럽게 말해주었다.

"나아가야 할 길을 찾는 도중이지만 이대로 칸자키, 하마구치랑 같이 움직여서 정말 상황을 개선할 수 있을지 자신이 없어졌어."

"고민하는 건 나쁘지 않아. 다만 걸음을 멈춘다고 해결될 문제는 아니야."

"그렇지만 말이지. 반을 구하려고 움직이는 건데 보이지 않는 톱니바퀴가 조금씩 어긋나기 시작한 듯한. 그런 느낌을 지울 수가 없어."

보이지 않는 톱니바퀴가 어긋나기 시작했다…….

지금까지 하지 않았던 일을 하려고 하면 불안해지는 법이다.

"이해가 안 되는 건 아니야. 그런데 지금까지는 톱니바퀴가 잘 돌아갔는지 묻는다면 솔직하게 예스라고 대답하기 어렵지 않아?"

"뭐…… 그것도 그렇지만."

반을 건전하게 운영해왔지만, 결과가 따라오지 않았다.

요컨대 톱니바퀴가 처음부터 정상적으로 기능하지 않았다는 뜻이다.

"지금 너희 반에 개혁의 바람이 불려는 건 틀림없는 사실이야."

그게 좋은 일일지 나쁜 일일지, 종착지에 다다른 순간에 어떤 답이 기다리고 있을지 아직 나는 모른다.

칸자키 무리의 존재뿐 아니라 학생회를 그만둔 이치노세도 그렇다.

여러 가지 일들을 생각대로 움직이고 있다고 생각하는 나조차 앞날이 불확실하고 불투명하다.

하지만 결말은 둘. 죽느냐 사느냐. 요컨대 이치노세 반이 구원받을지 구원받지 못할지 둘 중 하나다.

그런데 그 과정의 길에—— 아무도 꿰뚫어 볼 수 없는 짙은 안개가 깔리기 시작했다.

3월. 이윽고 찾아올 2학년의 끝.

그 무렵에는 히메노의 눈에도 결과가 보이겠지.

"아야노코지. 우리 반이 변하면 A반이 될 가능성이 남아 있다고 생각해?"

"객관적인 의견이 듣고 싶어?"

"응. 가능하다면."

"그 질문에 대한 답은…… 조건에 따라서는 예스라고 할 수 있어."

"오오…… 완전히 무리라고 할 줄 알았는데. 그런데, 조건에 따라서?"

"이대로 의식만 개혁한다고 해서 A반이 될 수 있을 만큼 2학년 대결이 만만하지는 않아. 실제로 이치노세 반과 A반의 차이는 점점 심각하게 벌어지고 있으니까. 그 차이를 메우려면 그에 상응하는 고통과 각오를 반의 모든 학생이 가져야만 도달할 수 있겠지."

"고통과 각오……? 구체적으로 어떤?"

"미안한데 그건 지금은 나도 대답할 수가 없어."

"대답할 수가 없다, 라니. 그렇게 말할 줄은 몰랐어. 전혀 생각 안 해봤다거나 그냥 대충 해본 말이라거나, 그런 식으로 대답할 줄 알았는데."

"보통은 그렇게 생각하겠지."

"그도 그럴 게 다른 반의 고민거리랄까, 고충 이야기고. 우리가 괴로워하면 괴로워할수록 아야노코지네 반은 상대적으로 이득이라고 할까. 안 그래?"

"그렇지."

"그런데도 기꺼이 도와주잖아. 왜 그러는 거야?"

"적과 아군 이전에, 이치노세 반의 앞날을 지켜 보고 싶은 마음이 강하기 때문이야."

"앞날을……? 뭔가, 아야노코지는 미래가 보이는 것처럼 말하네."

아무도 미래를 미리 볼 수 없지만 예측하고 미리 대비할 수는 있다.

"그러니까 당분간은 너희가 힘들 때 도움을 줄 생각이야. 이런 나라도 괜찮다면."

"칸자키가 분명 기뻐할 거야. 나도 정말 마음 든든해."

호의적으로 받아들인 히메노가 양손으로 살짝 브이를 만들어 보였다.

"이런 네 모습을 남들 앞에서도 당당하게 보일 수 있게 되면 좋겠다."

"뭐? 아, 왠지 갑자기 창피해졌어……."

그렇게 말하더니 두 손을 주머니에 숨기고 시선도 같이 돌려버렸다.

5

히메노와 기숙사까지 걸어왔는데, 벤치에 앉아 스마트폰을 만지작거리는 케이가 보였다.

"그럼 다음에 봐."

바로 분위기 파악한 히메노가 내 옆에서 떨어져 재빨리 걸어갔다.

벤치에 앉은 케이에게 가볍게 인사를 건네고는 곧장 기숙사로 향했다.

"여기서 뭐 해? 방에 있던 거 아니었어?"

"뭐 하냐니? 뭐 하는 것처럼 보여?"

"누굴 기다리는 것처럼."

"정답. 그럼 그 기다리는 사람은 누구일까요? 1번 이케. 2번 미나미. 3번 키요타카."

그렇게 손가락을 하나씩 세우면서 퀴즈를 냈다.

"문제가 너무 어려운데. 일 번일 가능성이 커 보이기도 하고……."

"틀리면 벌칙이 기다리고 있답니다~."

"대답하기 전에 벌칙이 뭔지부터 들어볼까."

"음. 이마에다가 케이 짱 러브 라고 매직으로 써버릴까. 그렇게 하고 등교하는 거지."

"정답은 3번입니다."

"속도 뭐야! 벌칙이 그렇게 싫었어?!"

살짝 화내면서도 벤치에서 일어나 내 옆에 섰다.

"그런데? 아까 그 여자애, 히메노 맞지? 왜 키요타카랑 같이 온 건데?"

얼굴은 웃고 있었지만, 이유를 말하라는 강한 압박이 담겨 있었다.

"칸자키랑 만난다고는 말했었지. 히메노도 그 자리에 있었어."

"흐음? 하지만 칸자키랑 다른 애들은 같이 안 왔잖아."

"한 번 해산했었거든. 그런데 돌아오는 길에 어쩌다 히메노를 마주쳐서 가볍게 잡담 좀 나눴을 뿐이야."

"흐음? 흐음? 뭐, 여자친구니까 남자친구가 하는 말은 일단 믿겠습니다만~?"

말은 그렇게 해도 의심스러운 마음이 전혀 없는 것은 아닌 듯했다.

"어쩐지 친해 보이던데."

"거짓말. 이렇게 어두운데 그런 것까지 알 수는 없지."

"윽…… 그, 그건 그렇지만. 그냥 느낌이란 게 있다고! 이제 됐어!"

내 옆은 자기 자리라는 듯 팔을 감았다.

"즐거운 얘기 하자."

"같은 생각이야."

"그럼 내일 같이 케야키 몰에 가자. 곧 크리스마스잖아."

그렇게 말하면서 생긋 웃었다. 내가 무슨 말 하고 싶은 건지 알지? 그런 표정이었다.

"스도의 고백이 실패로 끝났으니 약속대로 크리스마스 선물을 달라는 거잖아?"

"정답. 서프라이즈 선물도 나쁘지 않지만, 갖고 싶은 걸 남자친구랑 같이 사러 가는 것도 좋아."

혼자 생각하고 고민하는 것보다 더 기뻐할 게 틀림없으니 나도 그편이 더 낫다.

"나도 그러고 싶은데 내일은 좀 힘들어. 다음 주에 가자."

"뭐? 혹시 또 다른 일정이 잡힌 거야?"

오늘 칸자키 일행을 만난다는 것은 미리 케이에게 알렸

었다. 케이는 칸자키 일행과 연결고리가 없어 나와 어떤 사이인지 잘 모르기 때문에 이상하게 생각하긴 했지만, 그리 크게 마음에 담지는 않았었는데…….

"그렇게 됐어."

"조금이라도 시간 낼 수 없어? 내일은 또 무슨 일인데?"

이치노세와 시간을 보낼 것이다. 그걸 알리지 않고 넘길 수는 있다. 하지만 칸자키 일행 때도 그랬듯 그냥 숨겼다가 생길 불이익이 아주 크니까.

이치노세는 가뜩이나 눈에 띄지 않는가. 내가 옆에 있으면 이상한 소문도 나겠지.

게다가 케이는 친구가 많아서, 그 친구들이 눈이 되고 귀가 된다.

"이치노세를 만날 거야."

"……이치노세를?"

칸자키를 만난다고 했을 때와 확연히 다른 반응이었다. 케이가 걸음을 멈췄다.

"또 누구 같이 만나? 칸자키라든지 히메노라든지?"

"아직은 아무도 없어. 이치노세만."

"그게 뭐야. 좀 이해가 안 되는데. 휴일에 여자랑 단둘이 만난다고?"

노골적으로 기분이 상한 게 보였다. 무리도 아니겠지.

이게 반대 상황이라 해도 평범한 남자라면 똑같은 반응을 보였을 것이다.

"그렇지."

케이의 안색을 살피자 내 시선을 뒤덮듯이 똑바로 노려보았다.

"그래서?"

"그래서라니, 뭐가?"

"보통은 말이지, 이유 같은 걸 자세히 얘기해준다고. 단둘이 만나지만 오해하지 마라, 이러이러한 사정이 있어서 그렇다~ 하는 식으로 말이야. 절대 여자친구를 불안하게 만들면 안 되는 거라고."

"그건 그렇지. 이치노세를 만나는 이유는 몇 가지가 있는데, 그중 하나는 칸자키 쪽 애들한테 부탁받아서야."

"……칸자키 쪽 애들한테 부탁받았다고? 어?"

여기서 칸자키의 이름이 나오자 살짝 안도하는 케이.

"아직 공식적인 건 아니지만 이치노세가 학생회를 그만뒀거든. 지금 그 일로 좀 혼란스러워졌어."

"자, 잠깐만. 그래? 뭔가, 이해가 잘 안 되는데, 어째서?"

"이상하지? 그래서 칸자키랑 애들도 진실을 알고 싶어해. 학생회에 있으면 반에도 나름대로 플러스로 작용하니까. D반까지 떨어진 마당에 조금이라도 더 점수를 벌어야 하는데 갑자기 학생회를 그만뒀다는 이야기를 들으면, 그반 애들이 동요하는 것도 무리는 아니지."

이 정도의 설명으로도 칸자키 무리가 느끼는 불안은 케이에게도 대충 전해졌으리라.

"하지만 그 애들은 이치노세한테 직접 이유를 물어보는 걸 두려워해. A반이 되는 걸 포기했다, 그런 말이라도 리더의 입에서 나오기라도 한다면 못 견딜 테니까."

"그래서 대신—— 키요타카가 이유를 물어보게 됐다는 거야?"

"그런 거지."

"사정은 이제 알겠는데…… 왜 키요타카가 이치노세 반 일에 관여해? 그냥 내버려 둬도 되잖아. 괜히 도왔다가 또 라이벌이 될지도 모르는데."

그런 의문이 생기는 것도 당연하다. 이건 호리키타와 다른 반 아이들에게는 절대 할 수 있는 이야기가 아니다.

"적을 돕는 이유가 있어. 하지만 너한테도 아직은 말 못 해."

"나한테 말 못 한다고……? 누구한테 말할까 봐 그래?"

"그게 아니야. 네 입이 무겁다는 건 잘 알지. 다만 내가 하려는 일을 지금 단계에서는 아무에게도 말할 생각이 없을 뿐이야."

일부러 냉정하게 떨쳐내는 느낌으로 말하자 케이의 표정이 살짝 굳었다.

케이도 순순히 받아들일 수는 없겠지.

말을 참아보려고 노력하는 듯했지만, 결국 바로 솔직한 마음을 털어놓았다.

"키요타카가 이것저것 생각하고 있다는 건 나도 알아.

분명 내가 모르는 곳에서 반을 위해 움직인다는 것도, 칸자키의 부탁으로 이치노세한테 사정을 물어보려는 게 다 의미 있는 행동이라는 것도, 잘 안다고. 하지만, 하지만…… 싫단 말이야, 다른 여자랑 단둘이 휴일에 만나다니…… 그냥, 싫어. 적어도 학교에서 보든지, 점심때 잠깐 보든지, 꼭 그게 아니라도 방법은 얼마든지 있지 않아?"

케이가 삐친 투로 입술을 삐죽거리며 다른 쪽을 쳐다보았다.

여기서 미안하다고, 소중한 사람은 오직 케이뿐이라고 말하면 이야기는 쉽겠지.

걱정하지 말라는 말 한마디 해주는 것이 연애에 중요하다는 건 이미 학습했다.

그런데 그 반대면 어떻게 될까. 대답을 예상할 수는 있지만, 실제로 끌어내 보지 않으면 이해했다고 절대 말할 수 없겠지.

"그럼 나를 방해할래? 휴일에 이치노세를 만나고 있을 때 갑자기 끼어들면 돼."

"그, 그게 무슨……."

"하지만 그렇게 안 할 거잖아? 그렇게 해서 얻을 이익이 없으니까. 그럼 이 이야기는 이걸로 끝이야. 크리스마스 선물은 다음 주에 같이 사러 가자. 그럼 문제없겠지."

다정한 말을 해주지 않는 것만으로도 분위기가 이 정도로 순식간에 얼어붙어 버린다.

추운 날씨에도 나를 기다리며 즐거워하던 케이의 모습은 온데간데없었다.

"됐어. 키요타카한테는 키요타카의 생각이 있으니까. 내가 뭐라고 할 자격도 없고."

표정뿐 아니라 감정까지도 어딘가 멀리 놓아버렸다.

"나, 편의점 좀 들렀다가 갈게. 먼저 가."

그렇게 말하고는 나를 쳐다보지도 않고 편의점 쪽으로 뛰었다.

하지만 멀어지는 케이의 속도가 빠른 것 같으면서 느려서, 내가 쫓아오기를 기대하고 있다는 걸 등만 봐도 알 수 있었다.

당장 뒤쫓아가서 미안했다, 이치노세를 만날 방법을 좀 더 고민해보겠다, 그렇게 말하기만 하면 끝난다.

그러면 조금 전의 기분으로 다시 돌아오겠지.

하지만 나는 그녀의 등에서 시선을 떼고 기숙사로 돌아가기로 했다.

이렇게 하면 골이 깊어지겠지.

케이가 어떻게 반응하고 어떤 태도를 보일까.

그것을 경험할 좋은 기회가 되리라.

○휴일을 보내는 방법

칸자키 쪽 애들과의 논의, 케이와의 마찰을 경험한 그다음 날인 일요일.

전날 약속한 이치노세를 만날 시간이 찾아왔다.

조금 일찍 로비에 내려와 봤는데 이치노세의 모습은 보이지 않았다.

우연히 마주칠 수도 있다고 생각했는데, 그건 아닌 듯하다.

뒤돌아 엘리베이터를 쳐다봤지만 움직일 기색도 없었다.

"뒤를 밟진 않을 건가."

이치노세와 만나는 것을 걱정하던 케이라면 그렇게 나올 수도 있는데.

아니, 아직 아무것도 하지 않는다고 단정 짓는 건 시기상조인가. 시차를 두고 따라붙을 가능성도 있고, 이미 먼저 나가 있을 수도 있다.

아니면 이치노세를 만나고 있는 중간에 대담하게 등장할 가능성도 없지는 않다. 지금까지의 행동 패턴을 분석해 보면 확률이 0은 아니다.

그럼 그때 가서 또 대처하면 그만이지만……

어제 그 모습을 봐서는 함부로 행동하진 않으려나.

보기 싫은 광경을 계속 지켜보려면 그 나름대로 용기가

필요한 법.

기숙사 밖으로 나갔다. 하늘은 현재 맑지만 공교롭게도 오후부터는 비가 온다는 예보가 있었기 때문에 일단 우산도 챙겼다.

이치노세는 어떤 기분으로 오늘 아침을 맞이했을까.

그녀가 바라는 것, 원하는 것. 그게 하나가 아니라는 건 분명하다. 리더로서의 탁월한 능력, 연애가 잘되는 것, 강한 정신력을 갖는 것. 소망을 헤아리자면 다섯 손가락, 아니 열 손가락으로도 모자랄 터다.

수학여행 날 밤만으로 나와의 관계에 구체적인 변화가 찾아오진 않았다.

아직 불안정한 이치노세가 무슨 생각인지는 직접 만나서 확인하는 수밖에 없다.

앞날을 생각하면서 약속 시각보다 조금 전에 정한 장소에 도착하니, 이치노세가 뒷짐 진 손에 우산을 들고 이미 나와 기다리고 있었다.

내가 말 걸기 전에 먼저 알아보고 천천히 손을 들었다.

"조, 좋은 아침이야, 아야노코지."

무거운 분위기는 아니었다. 말하자면 풋풋하고 청초하면서도 긴장한 듯한 모습.

갑작스러웠던 그때와 달리, 이치노세도 마음을 단단히 무장하고 왔을까.

처음에는 나와 시선을 맞추었지만, 계속 진심을 파악하

려고 들자 이내 눈을 돌리고 말았다. 들키기 싫다는 듯 내 입과 코, 목덜미로 시선을 떨어트리는 것을 알 수 있었다.

"무리하게 약속 잡아서 미안."

"아니야. 어차피 별 계획도 없었어. 정말이야, 응."

겉으로라도 그렇게 말해주니, 만나자고 한 입장에서는 고마웠다. 아직 케야키 몰이 열기 몇 분 전이라서 안에 들어가지 못하기 때문에 둘이서 입구 앞에 섰다.

나란히 있지만 거리는 가깝지도, 멀지도 않았다. 아무것도 모르는 제삼자가 본다면 따로 와서 개점을 기다리는 건지 같이 온 건지 판단하기 어려운 미묘한 모습일까.

"개점 전에 올 일은 별로 없었는데, 아직 아무도 안 보이네."

"오늘은 특히 추우니까. 다들 아직 방에서 빈둥거리고 있지 않을까?"

하긴. 특별세일 기간도 아닌 이상 아침 일찍부터 줄 서서 개점을 기다릴 필요는 없나.

정말 춥네. 그렇게 또 한 번 조용히 중얼거린 이치노세.

이야기는 건물에 들어간 후 시작할 생각이기도 해서 대화가 끊겼다.

연인인 케이와 보내는 시간이 늘어난 일상. 그때마다 늘 대화로 꽉 차는 것은 아니다.

때로는 같은 시간을 공유하면서도 10분 20분 침묵이 이어질 때도 많다. 처음에는 지금처럼 어색한 느낌도 있었지만, 어느새 그런 분위기는 어딘가로 날아가 버리고 어떨 때는 침묵의 시간이 편하게 느껴지기도 했다.

익숙하고 익숙하지 않고의 문제라기보다는 역시 거리감 때문에, 친하다고 보기 힘든 사람과 있을 때는 침묵이 괜히 더 숨 막히게 느껴지겠지.

계속되는 침묵을 견디기 힘든 것은 아니었지만, 먼저 만나자고 한 사람이 화제를 꺼내는 게 좋지 않을까.

어쩌면 이치노세도 같은 생각을 하고 있는지도 모른다.

하지만 서로 입이 잘 떨어지지 않아, 첫발을 내디딜 수 없었다.

공통 화제. 한 번 던지고 나면 두 번 세 번 대화를 계속 이어 나갈 수 있는 것.

그게 뭘까 고민하고 있는데, 머릿속에 한 남학생이 떠올랐다.

"그러고 보니 저번 수학여행 때 와타나베랑 같은 그룹이었어."

"응, 그런 것 같더라."

"지금까지 접점이 없어서 몰랐는데, 와타나베는 성격이 소탈하고 말하기 편한 좋은 애더라."

느낀 점을 있는 그대로 말하자 이치노세가 자기 일처럼 기뻐했다.

"응. 남녀 불문하고 반 애들이 좋아해."

이케만큼 너무 촐싹거리지도 않고, 요스케만큼은 아니

라도 나름대로 분위기 파악을 잘한다.

내가 본 와타나베의 모습은 극히 일부분이지만, 반에서도 다르지 않게 행동하겠지.

"반만 다르지 2년 가까이 같은 학교에서 공부했는데, 모르는 게 너무 많네."

"그건 나도 마찬가지야. 다른 반에 대해서는 아는 것 같으면서도 잘 모르니까. 초등학교, 중학교 때랑은 완전히 다르다고 할까…… 진짜 서로 경쟁하면 그렇게 되는구나 하고 생각했어."

평범한 교우관계가 전부라면 약점을 내보이고 서로 돕겠지.

하지만 이 학교에서는 그런 보통의 개념이 통하지 않는 점이 있다.

이는 이치노세를 포함해 일반적인 학생들이 공통으로 느끼는 부분이리라.

"사람 사귀는 건 참 어려워. 같은 반 애조차 아직 서로 허물없는 사이라고 말할 수가 없어. 그에 비하면 빨리 누구나와 친해질 수 있는 이치노세는 대단한 것 같아."

"뭐라고? 나 그렇게 대단하지 않아."

겸손이라기보다 자기 능력이 얼마나 뛰어난지 모르는 듯했다.

"그럼 비결이라도 있는 거야? 모두와 친해지는 방법 같은 거."

친구 사귀는 방법을 아무리 공부해도 일류가 되기에는 아직 한참 멀었다.

이치노세, 쿠시다 같은 능력은 도저히 익힐 수가 없다.

물론 어떻게 하면 되는지는 이미 알고 있다. 무슨 말을 하면 되는지, 어떤 단어를 써야 하는지 파악했다.

그래도 나는 그들처럼 될 수 없다. 지금까지 차곡차곡 쌓아온 것, 그곳의 분위기, 몸짓에서 나오는 사소한 차이 때문에 결과가 크게 달라진다.

"으음…… 그런 게 있을까? 있다고 해도 난 잘 모르겠어."

천부적인 능력이기에 이론적으로 분석해서 말해줄 수 없다.

그래서 아무리 보고 배워도 쉽게 이해하고 흡수, 써먹을 수 없다.

어떻게든 이어가는 대화.

잠시 후 오전 10시가 되어 닫혀 있던 자동문이 열렸다.

"들어갈까."

"그래."

일등으로 케야키 몰에 들어가니 난방 때문에 따뜻한 공기에 휩싸였다.

"오늘 몇 시까지 시간 낼 수 있어?"

"몇 시든 괜찮아. 아무 일정 없으니까."

오늘 이치노세에게 몇 가지 질문을 하고 싶었는데 마침 잘됐다. 괜히 시간제한이 있으면 그 안에서 잘 교섭해서

한 불만이라든지 반발하려는 움직임이 나날이 활발해지고 있다는 말씀이시죠?"

"그래. 구체적으로 몇 명인지는 나도 몰라. 기본적으로 A반에는 그런 정보가 돌지 않으니까. 난 모에카랑 친했기 때문에 그 내용을 조금만 들은 거야. 아야노코지는 미야비가 3학년들과 맺은 계약에 대해 모르지?"

"3학년을 손아귀에 넣기 위해서 어떤 방법을 썼다고는 생각했지만, 구체적으로는 아무것도."

"그럼 일단 그것부터 알려줄게."

그렇게 말한 아사히나가 주변 시선을 살짝 의식하면서 근처에 아무도 없다는 것을 확인하고 나서야 자세한 계약 내용을 들려주었다.

나구모 미야비가 많은 3학년과 맺은 계약 내용이 처음으로 드러났다.

＊매달 받는 프라이빗 포인트의 75%를 나구모 개인에게 양도할 것

＊나구모 미야비의 지시를 무조건 따르고 적대 행동을 하지 않을 것

＊독자적으로 정한 점수를 모아 인정받은 사람이 티켓 획득 권리를 얻는다

*자금 양도는 반 확정 전날에 할 것

*티켓 획득 이후에도 나구모를 배신하면 권리는 박탈된다

*이상 다섯 가지 조건을 지킨 학생이 2,000만 티켓 쟁탈전의 권리를 얻는다

그리고 또 하나.

"미야비는 수천만 포인트를 남겼다가 마지막에 제비뽑기를 시킬 생각 같아. 두 장 또는 세 장 정도 될 거랬는데, 계약을 맺은 학생들한테 뽑게 할 거라고."

즉, 공헌하지 못했어도 마지막까지 A반행의 기회는 남아 있다는 뜻.

나구모가 이끄는 A반의 지위가 완전히 안전해지자 하위반 학생에게 제시한 계약. 개인적으로 2,000만 포인트를 모으는 것은 불가능한 이상, 그 밖의 많은 사람으로부터 프라이빗 포인트를 뜯어내는 대신 반 이동 티켓을 제공한다.

원래 B반 이하 학생들은 A반으로 졸업할 기회가 0%나 마찬가지지만, 부의 재분배를 실행함으로써 그 확률이 몇 퍼센트로 올라간다.

실제로 키리야마 등 일부 학생은 이미 그 권리를 얻은 것을 봐서도 어느 정도 효과는 있다고 봐도 되겠지. 75%

라는 착취율은 몹시 높지만, 한 명이라도 더 많은 학생에게 티켓을 주기 위해서라는 명제를 내걸려면 중요한 것이다. 그리고 동시에 나구모에게 유리한 일이기도 하다. 큰 돈을 못 다루게 함으로써 반란의 싹이 움트지 않게 누를 수 있으니.

"이걸 B반 이하 반에 강요했다는 거군요."

"그래. 구체적으로 몇 명이 계약했는지는 미야비만 알아. 하지만 아마 학생 대부분이 응하지 않았을까? 그리고 이 계약이랑은 다르지만, 우리 A반도 50%를 미야비에게 양도하고 있어."

승리가 확정된 A반만 매달 프라이빗 포인트 전액을 자유롭게 쓸 수 있다면. 그게 원래 주어진 당연한 권리라도 하위 반 학생들은 불만을 느끼겠지.

그 부분을 나구모가 이해하고 있기에 잘 조정하고 컨트롤하는 것이다.

3학년은 A반이 독주하고 있다. 그래서 부담률이 50%라 해도 다른 세 반으로부터 모으는 75% 전액보다도 액수가 크다. 특별시험 결과까지 자유롭게 결정할 만큼 권력을 쥔 나구모는 모든 것을 장악한 왕이나 마찬가지인 셈이다.

"난 그냥 우연히 미야비와 같은 B반에 배정받은 거잖아. 미야비가 열심히 해서 A반으로 올라갔고, 지금의 환경을 조성해주었지. 그 덕만 본 내가 이런 말 할 자격이 없다는 건 잘 알지만……."

말하기 꺼리는 듯했지만, 무거운 말을 목구멍 아래에서 겨우 끌어올렸다.

"간접적이었다고는 해도 미야비가 만든 환경 때문에 모에카가 퇴학당한 거야. 그렇게 생각하니 눈물이 터져서……."

그게 아까 교정에서 보인 아사히나의 눈물이었겠지.

스치의 일과 키류인 사건은 직접적인 관계가 없겠지만, 방금 아사히나가 말했던 간접적이라는 표현이 어쩌면 딱 맞아떨어질지도 모르겠다.

"아사히나 선배, 힘을 좀 빌려주시지 않겠어요?"

"힘? 그게 무슨 말이야?"

"3학년 D반 야마나카 선배와는 사이가 어때요?"

"야마나카? 그냥 평범하게 대화하는 정도지, 특별히 친한 건 아니야. 내가 크게 도움이 될 것 같지는 않은데……."

특별히 친한 건 아니다, 그 말이 나로서는 오히려 반가웠다.

"교우관계가 깊은 편이라거나 절친이라고 대답하셨으면 더 골치 아팠을 거예요. 3학년 입장에서 객관적으로 야마나카 선배에 대해 말씀해 주시는 게 중요하거든요."

"그래?"

나는 스마트폰을 꺼내 3학년 D반 야마나카 이쿠코의 OAA를 열었다.

전형적인 D반 스타일로 모든 능력이 평균 이하. 특별히 언급할 만한 능력이라고는 하나도 없었다.

"교우관계는 넓은 편인가요?"

"음, 글쎄. 같은 반 여학생들이랑은 사이가 좋은 것 같지만 인맥이 넓다거나 모두에게 인기 있는 타입은 아니라고 봐."

아사히나 개인의 평가에 완전히 의지할 생각은 없지만, 이 말만 들어서는 OAA에서 보여주는 능력 이상의 것은 없다고 봐도 될 듯하다.

"지금부터 제가 하는 말은 선배만 알고 계시길 부탁드릴게요."

"뭔가 재밌네. 나랑 똑같은 말을 하니까."

"그러게요."

나는 아사히나에게 키류인이 절도죄를 뒤집어쓸 뻔했던 사건을 들려주었다.

처음에 아사히나는 깜짝 놀랐지만, 곧 사태를 이해했다.

"그렇구나. 그래서 아야노코지가 3학년을 조사하려고 내 이야기를 듣고 싶어 했구나."

"믿을 만한 사람이 아사히나 선배밖에 없어서."

"좀 기쁘네. 미야비 가까이에 있으면 의심을 잘 사는데."

뭐, 평범하게 생각하면 나구모와 내통하고 있다고 의심받아도 무리가 아니니까.

"아사히나 선배는 이번 사건을 어떻게 보세요?"

"음, 글쎄……. 키류인과는 솔직히 지난 3년 동안 손에 꼽을 정도로만 얘기를 안 나눠봐서 자세한 건 잘 모르겠지만,

아마 아야노코지가 상상하는 그대로의 사람이지 않을까."

"그렇죠?"

"원한 살 일이 절대 없다고는 말하기 어렵지만, 그렇다고 해서 복수한다고 절도범으로 몰 생각까지 할지는 별개의 문제지. 무엇보다 그랬다가 발각되면 퇴학당할지도 모르잖아?"

"실제로 키류인 선배한테 바로 들켜서 실패로 끝났고 말이죠. 학교에 당장 알렸으면 아사히나 선배 말처럼 퇴학 가능성도 있었을지 몰라요."

요컨대 이 사건은 처음부터 이해할 수 없는 일이 일어났다는 뜻.

"하지만—— 그런가. 뭔가 좀 알 것 같기도 해."

"알 것 같다니요?"

"응. 아마도 절도범으로 몰릴 뻔한 그 직후가 아니었을까 싶어. 돌아가는 길에 굉장히 무서운 얼굴로 어떤 남학생을 넘어뜨려서 짓밟는 키류인을 봤었거든."

"짓밟았다고요?"

평소에는 행동이 우아하다고 할까 차분한 편인 키류인. 별로 그림이 그려지지 않는데.

"야마나카를 만나려는데 그 남학생이 방해한 걸까? 야마나카를 내놓으라면서 달려들더라고. 머리끝까지 화난 것 같았어. 토해내라고 막 덤비던데."

무슨 이유로 야마나카를 지키려고 했는지는 모르겠지만,

참 불쌍하게 됐군.

얼마나 무서웠을까.

"참고로 그 당한 사람은 누구였는데요?"

"같은 D반 안자이였나?"

여기서 새로운 이름이 등장했다. 야마나카를 조종해 방해하게 한 것일까, 아니면 단지 같은 반이니까 키류인에게서 보호하려고 했을 뿐인가. 아직 판단이 서질 않는다.

"야마나카 선배랑 얘기를 나눠보고 싶은데, 아사히나 선배께서 좀 불러주실 수 있을까요?"

"뭐? 아, 응. 그건 어렵지 않은데……."

"그럼 부탁드립니다."

실제로 키류인 선배에게 죄를 뒤집어씌우려고 했던 야마나카를 직접 만나봐야 하겠지.

아사히나 선배가 채팅으로 연락하자 야마나카 선배가 바로 읽은 듯했다.

"지금 케야키 몰에 있나 봐. 아야노코지가 만나고 싶어 한다고 말해도 돼?"

문제없다고 고개를 끄덕이자 문장을 써서 전송했다.

"바로 읽긴 했는데 답이 안 오네, 조금만 기다려보자."

잠시 스마트폰을 노려보던 아사히나 선배였는데, 몇 분 뒤에 답장이 왔다.

"기다려줄 수 있다면 30분 정도 뒤에 오겠대."

"상관없어요, 기다리겠습니다."

그렇게 말을 전해서, 야마나카 선배가 이곳에 오기로 정해졌다.

"덕분에 살았어요."

"이 정도로 뭘. 나도 진실이 궁금하고."

시간이 생겼기 때문에 나는 잠시 아사히나 선배에게 지금까지의 학교생활, 특별시험 등의 에피소드를 듣기로 했다.

5

약속 시간까지 몇 분 남지 않았을 때였다.

잔에 음료도 얼마 남지 않은 타이밍에 한 남학생이 다가왔다.

"아사히나, 이 녀석이 아야노코지야?"

"앗? 타치바나? 그런데……."

"잠시 실례 좀 하자."

난폭하게 의자를 끌어당긴 타치바나라는 남학생이 아무것도 시키지 않고 자리에 앉았다.

그리고 바로 테이블 위에 팔을 올리더니 몸을 앞으로 쑥 내밀면서 말했다.

"야마나카한테 무슨 볼일이지?"

타치바나 켄토. 3학년 D반으로 야마나카와 같은 반이다.

어쩌면 안자이가 나올지도 모른다고 생각했는데, 또 새로운 학생의 등장인가.

"잠깐만, 음? 그걸 어떻게……."

"야마나카 선배한테 연락받으셨군요. 상황을 보고 오라던가요?"

"뭐야? 질문은 내가 했는데."

선배라는 점도 있어서인지 강경한 자세를 무너뜨리지 않았다.

아마 육체적, 정신적으로 안자이보다 위인 인물로 보인다.

"대타를 보낸 시점에서 추측이 대충 맞는 듯하네요. 키류인 선배 일이요."

"네가 무슨 상관인데."

"직접적으로는 상관없지만, 진상을 확인해달라고 키류인 선배한테 의뢰받았거든요."

"네가 탐정이야, 뭐야? 그럼 이 말 전해, 전에 말한 그대로라고 말이야."

"나구모 선배의 명령으로 절도죄를 뒤집어씌우려고 했다, 그거 말씀이시죠?"

"그렇지."

"저기, 그게 정말이야? 타치바나. 미야비가 그런 걸 시켰다는 생각이 도저히 들지 않는데."

"생각이 안 들어? 나구모는 그런 짓을 아무렇지 않게 하는 놈이잖아. 우리를 노예로 삼아서 수족처럼 막 부리고."

이 모습만 봐서는, 적어도 나구모를 응원하는 일파는 아닌 듯하다.

반 나구모파라고 해도 위화감이 없다.

"아무리 마음에 안 들어도 따를 수밖에 없지만 말이야. 야마나카처럼."

시시하다는 듯 한숨을 토한 후 살짝 고개를 옆으로 꺾는 타치바나.

"알았으면 두 번 다시 야마나카 일에 상관하지 마라. 알겠냐?"

"죄송하지만 그럴 수는 없어요. 나구모 선배가 이번 일을 인정하지 않아서."

"의심하는 건 자유지만 사실이 그런 걸 어떡해. 우리는 나구모를 거스를 수 없으니까."

"들었습니다. 나구모 선배와 계약을 맺었기 때문이죠."

타치바나가 아사히나를 노려보면서 그런 것까지 얘기했냐, 하는 표정을 지었다.

"그럼 알겠네."

"프라이빗 포인트를 모아 반 이동이 가능한 거금으로 재분배하는 방법은 반별로도 가능했을 텐데요. 굳이 많은 사람이 나구모 선배의 지시에 따른 이유가 뭐죠?"

"뭘 모르는군. 계약을 맺자고 하기 전까지 우리 D반이나 C반은 반 포인트가 별로 남아 있지 않았어. 반 전체가 1년

동안 협력해도 2,000만은 못 모았겠지. A반으로 졸업할 확률은 사실상 0이었다. 그런데 계약하면 적당히 특별시험도 이기게 해준다잖아. 다시 말해 반 포인트를 받을 수 있다는 거야. 계약을 맺지 않는다는 선택지가 있었겠어? 그리고 만약 반 전체가 나구모의 계약을 무시했다면 우리는 끝까지 철저하게 나구모와 싸워야 했을 거다. 그럼 어떻게 됐겠어? 그나마 남아 있던 반 포인트도 다 털리고 매달 지급되는 프라이빗 포인트도 계속 0이었겠지."

나구모는 좋은 기회를 놓치지 않고 자기 반의 힘과 어드밴티지를 철저하게 활용했다.

"안정적인 학교생활을 보낼 수 있는 데다가 나구모에게 인정받으면 A반으로 졸업할 기회까지 준다는데. 이걸 거부할 수 있는 사람은 키류인 같은 멍청이뿐이야."

나구모 밑에 들어감으로써 반 포인트가 어느 정도 유지될 수 있다.

75%를 착취당한다고 해도 매달 쓸 용돈은 반드시 남는다.

한번 계약을 맺어버리면 그 내용을 봐도 파기하기란 어렵다.

한두 사람이 반란을 일으켜봐야 누군가의 밀고로 들키고 말겠지.

"그 큰돈을 나구모 선배가 막 써대도 아무도 불평할 수 없는 거네요."

"그야…… 불만이 없는 건 아니야. 하지만 네 말처럼 불평할 수 없어. 실력 있는 녀석은 그나마 낫지. 하지만 나처럼 누군가에게 기대지 않으면 A반에 들어갈 가망이 없는 사람한테는 남아 있는 제비뽑기가 최후의 보루야."

졸업 때까지 계속 프라이빗 포인트를 착취당하더라도 제비뽑기에 걸어볼 수 있다.

티켓이 만약 1장이라도 100분의 1 정도여서 당첨된다면 나쁘지 않다는 건가.

"이번에 키류인 선배에게 절도죄를 뒤집어씌우려고 했던 것도 다 지시였다는 거고요?"

타치바나가 순간 눈을 내리깔더니 조용히 고개를 끄덕였다.

"난 중간책이었을 뿐이야. 만약 키류인에게 절도죄를 뒤집어씌우는 데 성공한다면 좋게 평가해주겠다면서."

"그 중간책이라는 걸 잘 모르겠어요. 중간에 사람이 끼면 낄수록 절도죄를 뒤집어씌우려 했다는 이야기가 밖으로 새어 나갈 수 있는데요. 그리고 한 사건에 사람이 많이 개입할수록 당연히 각자의 공헌도도 분산되고."

처음부터 나구모가 야마나카처럼 더 물러설 데 없는 학생한테 접근하는 편이 수고도 덜고 리스크도 적다.

나구모에서 타치바나, 타치바나에서 야마나카로 배턴을 넘길 필요가 어디에 있나.

이 점이 어딘지 석연치 않고 계속 마음에 걸렸다.

그리고 타치바나가 지금 한 말도 전부 믿을 만한지 묻는다면 대답은 노다.

기본적으로는 진실을 말하는 것처럼 보이지만, 그런 것 치고는 지나치게 솔직하다.

"나구모 학생회장이 입단속 단단히 시키긴 했죠?"

"다, 당연하지. 하지만 상황이 곤란해지면 어쩔 수 없이 이름을 불어도 비난하지 않기로 했어. 나도 야마나카도…… 내 입으로 말하는 것도 좀 그렇지만 책임감은 없다고 할 까……."

자꾸 따지니까 냉큼 죄를 자백하고 말았다고. 처음에 등장했을 때는 강하게 나오더니, 언급하지 않길 바라는 부분이 있는 건지 약한 구석이 슬그머니 고개를 내밀었다.

"타치바나 선배. 선배는 직접 움직인 실행범은 아닐지 모르죠. 하지만 이 사실이 공공연하게 드러난다면 학교에서는 똑같이 죄를 물을 거예요. 그 각오는 되어 있습니까?"

"뭐? 나구모가 이 일을 밝힐 리가 없잖아."

"나구모 선배는 그럴지 몰라도 키류인 선배는 지금 많이 화나 있거든요. 그 사람이 그럴 마음만 먹으면 상대가 누구든 가만두지 않을 거라는 것 정도는 지난 3년간 지켜봤으면 알 것 아니에요?"

"그건…… 안자이도 많이 겁먹긴 했어……."

"선배는 나구모 학생회장한테 지시받았다. 그리고 키류인 선배한테 접근할 여학생으로 야마나카 선배를 골라 상의했다. 성공하면 잘 평가해줄 거라고 꼬드기면서. 이것이 사건의 전말. 전부 틀림없는 사실이라고 맹세할 수 있어요?"

나는 스마트폰 동영상을 켜고 카메라를 타치바나 얼굴에 들이댔다.

"그, 그러니까 그건……."

"맹세할 수 있어요?"

다시 한번 확인하며 스마트폰을 가까이 가져가자 타치바나가 거칠게 뿌리쳤다.

"틀림없다잖아."

"그럼 당황할 필요 없잖아요. 왜 동영상 찍는 걸 꺼려요?"

"그건…… 그러니까…… 윽, 이제 그만 좀 해!"

"앗, 타치바나?!"

아사히나가 붙잡으려고 했지만 타치바나는 뒤도 돌아보지도 않고 가버렸다.

"뭔가 하고 싶은 말이 있는 것 같았는데…… 그게 뭐였을까."

"괜찮아요. 방금 그 반응을 보고 대충 알 것 같으니까요."

"그, 그래? 누가 타치바나한테 명령했는지 알았다는 거야?"

타치바나는 그 명령을 순순히 받아들이고 실행에 옮겼다.

실패하고 키류인에게 추궁당했을 때는 나구모의 이름을 댔다.

자기 처지가 불안해질 위험을 안고서도 그것 이외에는 인정하지 않았다.

"오늘 감사했습니다, 아사히나 선배. 이렇게 해서 곧 수수께끼가 풀릴 것 같네요."

"그, 그래. 아야노코지가 알아냈다면 다행인데…… 나한테도 말해줄 수 있어?"

"지금은 그만두죠. 괜히 아사히나 선배까지 휘말리면 안 되니까."

끝까지 궁금해하는 눈치였지만, 지금은 혼자 간직하고 있는 것이 제일 낫다.

6

시간을 좀 쓰긴 했어도 절도 사건의 진상에 가까워질 중요한 정보를 얻어냈다.

아사히나의 도움으로 시간을 허비하지 않고 끝낼 수 있었는데, 그런 만큼 일단은 잠시 중단하고 싶다.

조사를 시작한 당일에 순조롭게 해결 직전까지 온 것.

물론 의도하지 않은 우연까지 포함된 행운 덕분이라고 명쾌하게 결론 내릴 수는 있다.

그렇기에 나로서는 어딘지 석연치 않다.

협력자 아사히나, 야마나카와 타치바나의 얘기에 거짓이 섞여 있다거나 그런 말이 아니다.

이대로 키류인에게 결과를 보고하면 어떻게 될까.

그리고 이 일을 계획한 자의 노림수는 무엇일까.

이 판단과 결말에 따라서는 3학기에 영향을 줄 가능성이 있을 것 같다.

나는 키류인에게 이번 일의 핵심은 빼고 메시지를 보내기로 했다.

그리고 이제부터 어떻게 움직일지 제안했다. 남은 것은 키류인이 그 제안을 받아들일지 말지에 있는데, 해결을 원하고 있는 만큼 틀림없이 받아들이리라.

나는 케야키 몰에서 나와 기숙사 앞까지 돌아왔다.

역시 케이에게서 연락은 오지 않았고, 로비 같은 데서 기다리지도 않았다.

지금의 케이가 이대로 거리를 둬서 내게서 조금씩 멀어질 수 있을까.

아니, 그건 아직 생각해볼 것까지도 없다.

숙주에게 기생하고 있는 이상 스스로 빠져나와 독립적으로 움직일 수는 없다.

엘리베이터가 1층에 있어서 바로 타고 4층까지 올라갔다.

케이보다도 지금은 키류인 사건을 정리하자.

그렇게 생각하고 있었는데…….

"어서 와, 아야노코지."

엘리베이터에서 내리니 코트 차림의 이치노세가 살짝 추워하면서 미소 지었다.

아무래도 내 방 앞에서 나를 기다렸던 모양이다.

"무슨 일이야?"

"응? 그냥 아야노코지를 만나고 싶어서. 민폐, 인가?"

"그렇지 않아. 그런데 꽤 오래 기다린 것 아니야?"

평소 같으면 5시에는 돌아오는데, 아사히나를 비롯한 3학년들 일로 들렀다 오는 바람에 벌써 오후 6시로 접어들고 있었다.

이치노세가 이상하다는 듯 스마트폰을 꺼내 시간을 확인했다.

"와. 시간이 언제 이렇게 됐대? 몰랐어."

나를 배려해서 하는 말인가 했는데, 그런 느낌도 아닌 듯하다.

"대체 언제부터 여기 있었던 거야?"

"음, 학교 끝나고 좀 지나서니까…… 4시 반 넘어서인가?"

그러니까 최소 1시간 반은 서서 기다린 건가.

나중에 봐. 그렇게 말했던 건 나를 찾아올 생각이 있어서였겠지.

"미리 연락하지 그랬어."

바로는 못 만나더라도 귀가 시간을 미리 알려주는 것 정도는 가능했을 텐데.

"아니야. 아야노코지를 방해하면 나쁘니까."

그건 좋고 나쁘고의 문제가 아닌 것 같은데…….

본인이 기다리는 게 힘들지 않았다면 더는 말하지 않겠지만.

"저기. 딱히 꼭 해야 할 말이 있는 건 아니지만……."

미안하다는 듯 양해를 구하면서 물어왔다.

"카루이자와랑은 화해했어?"

"아니, 아직."

그렇게 대답하자 이치노세가 그렇구나, 하고 중얼거렸다. 기쁨, 슬픔, 아니면 또 다른 감정일까.

그 어떤 것에도 해당하는 듯한 표정에서 진심이 보일 듯이 보이지 않았다.

"그럼…… 아주 조금만, 욕심부려봐도 될까? 괜찮으면 잠시 아야노코지랑 얘기 나누고 싶은데. 정말로, 괜찮으면 말이지만……."

시간을 들여 기다렸는데, 그냥 인사나 건네려고 그런 건 아니었겠지.

"이치노세가 상관없다면 나는 괜찮아. 내 방으로 들어갈래?"

"그래도 돼?"

딱히 거부할 이유가 없다. 케이한테도 연락이 없고, 이후에 종일 시간 할애해야 하는 일도 더 없는 데다가 이곳이 서서 이야기하기 좋은 장소도 아니다.

무엇보다 더 이상 춥게 놔둘 수도 없었기에 열쇠를 꽂고 현관문을 열었다.

"좀 긴장되는데. 실례할게."

그렇게 말하고 들어온 이치노세는 예전과 달라진 점을

바로 알아차렸으리라.

"전에 내 방에 왔을 때는 비가 왔었지."

"그땐 고마웠어. 흠뻑 젖어서 온 바람에……."

내가 먼저 신발을 벗었고, 이어서 이치노세가 신발을 벗어 가지런히 정리한 후 방에 들어왔다.

불을 켜서 방 안이 환해지자 이치노세가 입을 열었다.

"아—— 왠지 방이 굉장히 귀여워졌네."

그렇게 말하면서 침대와 주변의 변화에 시선을 빼앗겼다.

가구를 사들이고 구조를 바꾸는 등 큰 변화가 있는 것은 아니다.

다만 남자 방에는 살짝 어울리지 않는 인형이라든지 손거울, 쿠션.

그런 소품들이 예전보다 확 늘었다.

전부 케이가 방에 놀러 올 때 가져다 놓은 것들이다. 이 학교의 사정을 모르는 사람이 보면 동거한다고 착각해도 이상하지 않을지도 모른다.

부엌을 보면 색깔만 다른 커플 컵과 젓가락 같은 것들도 바로 눈에 들어오겠지.

케이와 사귀는 것을 잘 알고 있으니 방 분위기가 달라졌으리라는 예상을 했을 터다. 실제로 그녀의 얼굴에서 당혹감은 조금도 찾아볼 수 없었다.

"어디 편한 데 앉아. 따뜻한 거 만들어줄게. 코코아도 괜찮아?"

"응. 고마워."

그날과 같은 음료를 말하자 이치노세가 기쁜 미소를 지었다.

식은 몸을 데우려면 속부터 따뜻하게 만드는 게 최고지.

그래도 실내 온도 역시 꽤 내려가 있어서 난방을 켜고 가습기도 틀었다.

"금방 따뜻해질 거야."

고개를 끄덕인 이치노세는 코트를 벗어 발밑에 두었다.

"여자들은 참 대단해. 늘 치마 입고 등하교하잖아. 춥지 않아?"

"춥긴 한데, 치마에 너무 익숙해져서 별로 의식하진 않는 것 같아."

그렇게 대답한 이치노세는 방에 장식된 나와 케이의 사진 액자를 발견해 손에 들고 오랫동안 바라보았다.

"카루이자와랑 사귀게 된 계기, 들려줄 수 있어?"

"궁금해?"

"응. 난 별로 접점은 없지만 1학년 때 히라타랑 사귀었다는 건 알아. 그런데 설마 아야노코지랑 사귀게 될 줄은 몰랐어."

호리키타 반조차 아직 고개를 갸우뚱거리는 학생들도 많다. 그러니 다른 반쯤 되면 답을 내기 어렵겠지.

"대답하기 싫은 건 아닌데 좀 어렵네. 연애하는 게 처음이어서 자세히 말하려고 해도 말을 못 하겠어. 반에서 같이 공부하다가 자연스럽게 그렇게 된 것 같기도 하고."

구체적으로 말할 수는 없었기에 그럴듯한 말을 나열하며 회피했다.

"카루이자와, 귀여우니까."

"그것도 부정 못 하겠네."

포트기 물이 다 끓어서, 컵에 뜨거운 물을 붓고 스푼으로 가루를 저어 코코아를 다 만들었다.

"자."

"따뜻해."

차가울 게 분명한 손으로 컵을 쥐고 숨을 호오 불었다.

"저번에는 내 마음대로 헬스장 같은 데 데리고 돌아다녔네. 싫진 않았어?"

"원래 내가 네 휴일을 알고 싶다면서 부탁한 거잖아. 게다가——."

나는 책상 서랍을 열고 종이 한 장을 꺼냈다.

"다음 휴일에 이걸 내보려고 생각할 정도로는 좋은 체험이었어."

"앗, 헬스장 등록……."

이미 이름과 학생증 번호, 정기권 코스 선택 등을 써 두었다.

"그동안 나태하게 살았으니까. 몸을 조금이나마 움직여 볼까 싶어서."

"그렇구나. 좀 기쁜데."

수학여행 때까지는 울적한 얼굴을 보일 때가 많았던 이치노세.

그런데 함께 보낸 지난 휴일을 기점으로 미소가 확 늘어난 느낌이 든다.

"앞으로는 헬스장에서 많이 마주칠 것 같은데 잘 부탁한다."

"응! 나도 잘 부탁해. ······그렇구나, 이제 헬스장도 같이 다니게 됐구나."

코코아를 마시는 이치노세가 행복한 듯 웃음 지었다.

"사실은 나 말이지······?"

"응?"

생각한 것이 있는지 이치노세가 내 눈을 바라보았다.

"방 앞에서 아야노코지를 기다렸던 거, 그냥 만나고 싶어서가 아니었어. 꼭 전하고 싶은 말이 있었거든. ······괜찮으면 옆에 좀 앉아줄 수 있어?"

그렇게 말하며 침대의 빈자리를 손으로 가볍게 만졌다.

진지한 이야기라는 것은 알았기 때문에 바람을 들어주려고 옆에 가서 앉았다.

"저번 일요일에 아야노코지를 만났던 건 속으로 정리하기 위해서였어."

"정리?"

"아야노코지에 대한 마음을 이만 접으려고."

각오를 다진 이치노세는 눈을 피하려고 하지 않았다.

"아야노코지한테는 좋아하는 사람이 있다, 카루이자와가 있다. 두 사람 사이를 망가트리면 안 된다, 하고 말이야. 그래서 그날이 처음이자 마지막 데이트라고 생각했어."

그렇게 말하는 이치노세의 얼굴에 비장함 같은 것은 조금도 없었다.

헬스장에서 같은 시간을 공유한 날에 이치노세는 그런 생각을 하고 있었던 건가.

"그래서 정리가 좀 됐어?"

이치노세가 힘껏 고개를 끄덕였다.

"더는 사적으로 안 만나겠어. 그게 맞는다고 생각했어."

그렇다면 이 시간에 모순이 생기는데.

휴일은 아니지만 틀림없는 사적 만남에 해당한다.

"하지만 아니었어. 그런 생각은 옳지 않아. 그래서는 지금까지와 하나도 다를 게 없다는 걸 깨달았어."

어떤 결론에 다다랐는지 아직 모르겠다.

하지만 그 생각 변화가 지금의 밝은 이치노세로 다시 돌아올 수 있었던 이유겠지.

"내가 해야 할 일, 이라고 할까. 앞으로 어떻게 하면 좋을지……."

미소는 여느 때와 다름없어 보였는데, 한편으로는 그렇지 않은 것 같기도 했다.

지금까지 이치노세는 얼굴에 감정이 잘 드러나는, 비교적 파악하기 쉬운 인물이라고 해석했었다.

물론 시험을 치를 때는 포커페이스를 잘 유지하지만, 적어도 개인적으로는 그렇다고 생각했다.

그런데 지금의 이치노세는 진의를 파악할 수 없는 표정을 종종 보여준다.

"그날 말이야? 한 가지 결심한 게 있었어. 아야노코지한테 여자친구 카루이자와에 대해서만은 절대로 물어보지 말자고."

"그건 왜?"

"마음이 괴로우니까. 가슴이 아프니까. 들으면 힘들 것 같았어."

자신 그리고 나에게 들려주듯 말을 신중히 골라서 중얼거렸다.

"하지만 헬스를 끝낸 후에 참지 못하고 묻고 말았지. 누가 먼저 좋아했냐고."

과연 그런 것을 물어봤었네. 그때 이치노세가 어떤 심정이었는지 이제 알았다.

"아팠어?"

"이상하게 안 아팠어. 그 순간이야, 내 생각이 옳지 않다는 걸 깨달은 게."

"그럼 이치노세가 결론 내린 옳은 생각이란 건 뭔데?"

"알고 싶어? 알려줄게."

이치노세가 천천히 호흡하면서, 옆에 앉은 내 눈을 바라보았다.

"난 역시 아야노코지가 좋아."

이치노세는 도망치지 않는다. 나를 붙잡고 놓아줄 생각도 없다. 그런 눈동자였다.

"아야노코지가 너무 좋다는 걸 그 순간 다시금 인식했어."

물러나자는 생각으로 받아들였던 처음이자 마지막 데이트.

하지만 이치노세가 다다른 결론은 그 정반대였다.

"동시에 생각했어. 계속 어둡게 있으면 안 된다고. 난 근본적으로 바뀌어야 한다고."

그게 계속 어둡기만 하던 이치노세를 변하게 만든 순간이었다고.

"있지―― 아야노코지 얼굴 만져봐도 돼?"

"만져도 경품 안 나오는데."

그런 농담 섞인 대답을 하자 이치노세가 부드럽게 웃으면서 고개를 끄덕였다.

그리고 오른손을 뻗어 내 뺨에 댔다.

손에 살짝 힘을 실어 내 얼굴을 자기 쪽으로 돌렸다.

"나, 이런 행동, 아무한테도 해본 적 없어. 이런 마음, 아무한테도 품어본 적 없어. 계속 심장이 쿵쿵거리고 마음이 괴롭고…… 하지만 지금은 너무 행복해. 좋아하는 사람이 옆에 있는 것만으로도 가슴이 벅차."

그렇게 있는 그대로 솔직한 마음을 전하는 이치노세에게 나는 물어보고 싶은 것이 있었다.

"수학여행 때 물어봤었지. 너는 원하는 게 있지 않냐고."

"그래. 내가 원했던 건── 우선 A반으로 올라가는 것. 친구들과 도달할 목표. 그때는 그걸 놓치고 이제는 무리라면서 좌절할 뻔했어. 아니, 좌절했지. 확실하게. 이 학교에서 나가도 어쩔 수 없다고까지 생각했었어."

"지금은 아니고?"

"응, 지금은 아니야. 난 여기에 남고 싶어. A반으로 올라가고 싶어. 가지고 싶어."

뺨에 댄 손에 힘을 주었다.

"그리고 내가 원하는 건 또 하나. 좋아하는 사람…… 아야노코지야."

"알고 있겠지만, 나는──."

"그래. 아야노코지한테는 카루이자와가 있지. 그건 알아. 그래서 지금은 그 이상 아무것도 바라지 않아. 하지만……."

"하지만?"

"앞으로는 달라. 난 아야노코지가 돌아볼 수 있는 사람이 될 작정이거든."

볼을 붉히면서도 내게서 떨어지지 않는 눈동자가 너무나 올곧았다.

연인이 있는 상태에서 도덕을 어기는 마지막 한 걸음을 이치노세는 내딛지 않았다.

내딛으려 한다면 말릴 수밖에 없는데, 다행히 잘 참고 있었다.

그게 이치노세의 심지 굳고 정의로운 점이겠지.

"앞으로의 나를 지켜봐 줘, 아야노코지."

"네가 원하지 않아도 난 너의 앞날을 지켜볼 생각이었어."

"학년말…… 말이지."

"그래. 그때 또다시 둘이 만나자. 그때 내가 너한테 한 가지 결론을 말해줄게."

"그땐 결의가 한 번 꺾여버렸지만, 앞으로는 절대 문제없을 거야."

그건 내가 물어볼 것까지도 없겠지.

옆에 앉은 나는 이치노세에게서 나오는 열기와 강한 힘을 피부로 느낄 수 있었다.

결과가 어떻게 굴러갈지는 모르지만, 이치노세는 정신적으로 틀림없이 큰 변화를 이루었다.

카루이자와 케이와는 또 다른 강렬한 의존성을 바탕에 깔고 있다.

양날의 검이 될 그 의존성이 틀림없이 이치노세에게 큰 힘을 불어넣고 있다.

원래 좋아하는 사람에게는 응답받고 싶은 법.

그때뿐이라 해도『좋아해』라는 말을 듣고 싶은 법이다.

만지고 그다음을 알고 싶다면서 바라는 법이다.

하지만 이치노세는 조르지 않았다.

스스로 말을 끌어내 보이겠노라고 결의했음을 알 수 있었다.

손이 천천히 떨어졌다.

"오늘은 이만 돌아갈게."

"바래다줄게."

"아니야, 여기서 헤어지는 걸로 충분해. 아야노코지, 카루이자와랑 빨리 화해해."

"고려해볼게."

코트를 든 이치노세가 신발을 신고 경쾌한 발걸음으로 현관문을 열었다.

그리고 다정하게 손을 흔든 후 문을 닫았다.

찾아온 정적 그리고 조금 남은 코코아와 시트러스 향.

이제부터 이치노세가 만들어 갈 세계는 어떤 모습일까.

그리고 주위에 미칠 영향은 어떨까. 내 생각에 어떤 변화를 가져다줄까.

학교생활이 더욱 기대된다.

○예상한 것과 예상하지 못한 것

드디어 2학기도 앞으로 이틀 남았다. 오늘은 마침내 A 반과 직접 대결을 펼칠 협력형 종합 필기고사 특별시험 당일이다. 특수 규칙이 있다지만, 일반적인 중간고사와 기말고사와 비슷해서 특별히 언급할 부분은 없다.

아침에 교실에 모인 학력 C 이하 학생들 대부분은 시간이 허락하는 한 마지막까지 공부에 몰두하고 있었다.

가르치는 입장인 케세이와 호리키타 등은 이미 모든 공부를 마치고, 그 학생들을 둘러보면서 적절한 조언을 건네는 등 마지막으로 꼼꼼하게 확인했다.

이제부터 가장 어려운 시험이 시작될 거라고 많은 학생이 생각하고 있겠지만, 사실은 그렇지 않다.

준비가 8할이라는 말이 있듯, 시험을 어떻게 대비하느냐에 따라 대부분 판가름이 난다. 공부에 임하는 자세와 집중력. 그런 것들에 비하면 시험은 5분의 1 정도의 부담밖에 없다.

그리고 전부 끝나고 난 뒤에 깨닫게 된다. 대부분은 별 것 아니었다고.

시험은 일단 호리키타가 어젯밤까지 차바시라 선생님에게 제출했을 반 아이들 전원의 순번을 바탕으로 치르게 된다.

총 100문제 중에 누구든 원하는 문제를 허락된 문제 개
수 내에서 풀 수 있어서, 순서는 그리 큰 의미가 없다고 생
각하는 사람도 적지 않을지 모른다.

하지만 순서가 몹시 중요하다. 한 명당 쓸 수 있는 시간
은 입실과 퇴실 시간까지 포함해 총 10분.

문제를 푸는 데에만 드는 시간이라면 충분하겠지만, 100
개나 되는 문제를 전부 훑어보기에는 틀림없이 부족하다.

만약 학력이 낮은 학생이 문제를 읽는 데서부터 애를 먹
는다면 쉽게 풀 수 있는 문제 다섯 개 찾아내지 못해 이상
적으로 정답을 맞히지 못하게 될 뿐만 아니라 시간이 점점
깎인다는 초조함 때문에 원래 안 할 실수까지 유발할 가능
성도 충분히 있겠지.

따라서 그럴 확률을 낮추려면 문제 푸는 순서가 중요한
열쇠가 된다.

시험 개시를 알리는 종소리가 울릴 때까지 이제 5분 남
았다.

모두 몹시 긴장했는데, 코엔지만은 평소와 다르지 않
았다.

손거울로 자기 얼굴을 열심히 체크하기도 하고, 때로는
스마트폰으로 인터넷을 하는 등 자유분방한 모습 그대로
였다.

미리 호리키타가 확인하기로 코엔지는 진지하게 치겠다
고도 대충 치겠다고도 대답하지 않았다는 모양이다. 어떻게

하던 자기 마음대로 할 권리가 있다는 답만 돌아왔을 뿐.

모처럼 세운 전략도 코엔지 한 사람이 어지럽혀 버리면 전부 수포가 된다는 것을 잘 아는 호리키타가 영리한 제안을 했다.

코엔지를 제일 마지막 순서에 넣어서 문제를 풀게 하자는 것.

그 시점에서 100문제 중 98문제를 풀어 두 문제만 남겨 두자고.

원래 학력이 B등급 대인 코엔지가 두 문제쯤 풀지 않는다고 해도 잃는 것은 4점뿐. 큰 타격은 아니다. 또 마지막두 문제인 만큼, 과장해서 아예 공백으로 마치더라도 규칙에 저촉되지 않고, 풀지 않은 것이 아니라 못 푼 것이라고 둘러댈 수 있다.

변덕을 부려 문제를 풀든, 공백으로 놔두든, 문제를 틀리든 아무 위험이 없다.

코엔지는 그 제안을 순순히 받아들였다. 반이 이기면 반 포인트가 50점 올라가므로 본인도 문제를 푸는 데 저항감은 거의 없겠지.

오히려 자기가 문제를 풀지 않아서 반이 지고 50점을 잃는다면 자기가 바라는 프라이빗 포인트 수입만 줄어들 뿐.

상식적인 예측만으로는 코엔지가 어떻게 움직일지 가려내기 힘드니 호리키타도 지금 말한 전략을 활용할 수밖에 없지만.

절대 만만치 않을 난도의 시험 문제.

낙관할 수는 없어도 승리하기 위한 조건은 우리 쪽이 유리한 상황이다.

A반도 1점이라도 더 상한에 가까운 점수를 확보하고 싶으리라. A반에서 학력 낮은 학생이 받을 중압감이란 상당하겠지.

리더 사카야나기도 책략을 짜두었겠지만, 이번 시험은 개개인이 별실에서 문제에 도전하기도 하고, 감시라는 성질상 의표를 찌르는 전략은 쓸 수 없다.

학력 낮은 학생에게 많은 점수를 획득하게 하는 것도, 커닝 페이퍼를 만드는 등 위험을 무릅쓰는 짓도 불가능하다고 봐야 하리라.

요컨대 모든 반이 할 수 있는 일이라고는 현재의 전력을 최대한 끌어올리고, 능력을 전부 발휘할 수 있게 순서 등을 조정하는 것. 아니면 류엔처럼 시험 이외의 부분에서 간접적으로 괴롭히는 것 정도겠지.

몰래 계약을 맺고 의도적으로 점수를 잃게 하는 난폭한 방법도 쓰려고 하면 쓸 수는 있겠지만, 이번 시험 결과는 전부 공개된다. 티 나게 실수했다간 배신이 드러날 위험도 있고, 무엇보다 한두 사람 매수해서는 승리로 이어진다는 보장이 없다.

기본적으로 전력을 다하는 학생들만 있는 학교에, 특정 OAA에서 정당한 평가를 받고 있지 않은 나나 코엔지 같은 존재가 섞여 있는 것은 일종의 사고.

실력보다 낮은 학력 판정을 받은 만큼 몇 점이나마 가점된다는 것도 무시할 수 없다.

여기까지는 호리키타 반에 유리한 조건이 몇 가지 모여 있다고 봐도 좋다.

종이 울리고 이내 모습을 드러낸 차바시라 선생님의 유도에 따라 우리는 모두 특별동으로 이동해 대기했다. 이제 호리키타가 정한 순서에 따라 옆 교실에 한 사람씩 들어가 태블릿으로 문제를 풀면 된다. 그렇게 마지막 순서인 코엔지까지 반복하면 끝이다.

이곳에서는 교사의 감시 아래 도구도 반입할 수 없고 스마트폰 사용도 불가능하다. 또한 잡담도 금지되어 있어서 모두 조용히 자신의 차례가 오기만을 기다려야 했다.

이제 남은 것은 학생들이 긴장에 지지 않고 지금까지 준비한 것들을 잘 발휘해 성과를 거둘 수 있는가, 단지 그것뿐이다.

1

긴 대기 시간을 포함한 특별시험을 마치고 학생들은 일단 안도했다.

"모두 고생 많았다. 결과는 내일 발표되고, 수업은 오늘로 끝이야. 모레부터 들어갈 겨울방학 동안 도가 지나친 행동은 삼가 바란다. 이상."

차바시라 선생님의 격려를 끝으로 방과 후를 맞이했다. 이제 내일 있을 종업식만 기다리고 있을 뿐이다.

숨 막히는 시간에서 해방된 많은 학생이 이제부터 자유로이 날아가겠지. 그중에는 각자 문제를 얼마나 풀었고 못 풀었는지 검토하는 사람도 있었지만, 호리키타가 앞장서서 의견을 정리하고 채점에 들어가지는 않았다. 여기서 몇 점 땄는지 예측해본들 상대 반의 문제도 있으니까. 무엇보다 내일이면 어차피 결과가 나오므로 의미 없다고 판단한 듯하다.

"저기……."

내 옆에 조용히 다가온 케이가 작은 목소리로 말을 걸었다.

"왜."

"그게…… 슬슬, 나도, 용서해줘야 하지 않나 싶어서."

주뼛주뼛, 또는 망설이면서 그렇게 말을 꺼냈다.

하지만 그 직후 호리키타도 내 자리로 찾아왔다.

"아야노코지, 잠깐 나 좀 볼래?"

"미안한데 호리키타, 나중에 하면 안 돼?"

"나도 그럴 수만 있다면 그러고 싶어. 하지만 유감스럽게도 학생회 일이라서. 키리야마 부회장, 아니, 전 부회장 호출이야. 지금 당장 학생회실로 오래."

진짜라는 증거를 대듯이 호리키타가 스마트폰에 온 메시지를 보여주었다.

그런 호리키타의 뒤에는 미소를 띤 쿠시다도 거리를 조금 두고 서 있었다.

"미안하다, 케이. 이 일 끝나고 나서 얘기하자. 언제든 연락해."

"으. 으응. 다녀와……."

나는 케이를 남겨두고 호리키타, 쿠시다와 함께 교실에서 나갔다.

"특별시험이 끝났다 싶으니까 또 바로 학생회 일이네. 나구모 선배도 있나 봐."

"그 두 사람은 이제 학생회 사람이 아닌데. 의리 지킬 필요도 없지 않나?"

"그럴 수는 없겠지. 학생회랑은 이제 상관없어졌대도 상급생인 건 변함없으니. 그리고 이번에는 그 키류인 선배 사건 때문인가 보더라. 그 일 맞지?"

"그렇군. 그런 건가."

이 흐름은 어젯밤에 키류인 선배와 여러 번 의논해서 이미 예상했던 이벤트.

다만 이 일을 키리야마가 호리키타에게 전달했다는 건 의외의 전개다.

원래 계획은 키류인 선배가 말해서 키리야마와 나구모, 그리고 나까지 네 사람만 모이는 것이었다.

"저기. 난 무슨 소리인지 하나도 모르겠는데 키류인 선배가 왜?"

"그렇구나, 쿠시다한테도——."

"그건 내가 말할게. 호리키타한테도 말해둬야 할 게 있고."

"말해둬야 할 것?"

"이번 절도 사건과 관련해서 제삼자에게 들은 증언이 있거든."

그 이야기까지 전부 들려주고 학생회실 앞에 도착하니 1학년 두 사람이 보였다.

A반의 아가, 그리고 쿠시다와 함께 새로 들어온 나나세도 있었다.

내가 예상했던 최소한의 멤버에 학생회 임원 모두가 추가된 건가.

아무래도 이번 일, 또 다른 인물이 계획한 전개가 섞인 모양이다.

"뭔가, 학생회에 들어온 첫 임무로 서기를 맡아 급히 오게 되었어요."

나나세가 그렇게 말하며 노트를 소중히 껴안았다.

"그건 기록용?"

"네. 서기는 기록하는 일을 한다고 들어서."

"그렇지만 학생회실에 의사록용 노트가 있을 텐데?"

"앗, 그런가요? 일부러 샀는데……."

아무래도 학생회에서 봉사하려는 의욕이 앞선 모양이다.

"뭐, 큰 문제야 없겠지만, 영수증 받았으면 나중에 제출해. 값 치러줄게."

"네, 네에. 죄송해요."

학생회 예산에서 노트값을 정산해주겠다고 호리키타가 말했다.

"일단 들어가 볼까요."

학생회실에 나구모가 이미 와 있는지 안에서 키리야마와 함께 기다리고 있었다.

언제나 앉던 학생회장 의자가 아니라 서 있는 상태로.

"미안하다, 호리키타. 2학년은 특별시험을 끝낸 직후라 피곤할 텐데."

"그건 괜찮아요. 그런데 키류인 선배 일 때문이라고 하시던데……."

내가 설명한 것은 언급하지 않고, 아무것도 모른다는 투로 호리키타가 나구모에게 물었다.

"그래. 키리야마한테 연락받았어. 키류인이 학생회에 호소할 게 있으니 자리를 마련하라고."

"학생회에 호소를……?"

그건 금시초문이다. 학생회에 호소? 왜 키류인이 그런 방법을 썼을까.

"그나저나 아야노코지까지 부른 거냐, 키리야마."

"그때 그 자리에 있던 사람 중 하나니까. 필요하다고 판

단했어. 아무것도 모르는 채 괜히 소문이라도 냈다간 곤란할 것 같아서."

"뭐, 됐다. 스즈네의 첫 무대를 견학할 수 있는 것도 소소한 행운이고."

그렇게 말한 나구모가 학생회장 자리에 앉으라고 호리키타에게 권했다.

"……그럼 실례하겠습니다."

정중히 고개 숙인 호리키타가 회장 의자에 가서 앉았다.

"결국 부회장으로 쿠시다를 선택했군."

"네. 이미 학생회 멤버인 1학년 아가에게 부탁해볼까도 생각했지만, 학교에 대해 좀 더 상세하게 알고 있는 쿠시다가 더 적합하다고 판단해서. 무슨 문제 있을까요?"

"아니야. 학생회장의 인선에는 불만 없다."

학생회장 호리키타와 새로 부회장에 취임하게 된 쿠시다가 서로 농담을 주고받지도 않고 진지한 얼굴로 착석했다.

"그나저나 자기가 불러놓고 지각하다니 뻔뻔하기 짝이 없네, 그 녀석."

심의의 자리에, 키류인 후우카가 몇 분 후 마지막 출석자로 입실했다.

"늦어서 미안해, 새로운 학생회장."

"어서 와서 앉으세요."

"아니, 됐어. 난 서서 말할래. 딱히 상관없겠지?"

"알겠습니다. 그럼 바로 키류인 선배에게 몇 가지 질문을 드리겠습니다."

"뭐든지 물어봐."

"학생회에 호소할 게 있다고 하셨는데 그 내용을 여쭤보고 싶어요."

아무것도 못 들었다, 그런 태도로 일관하면서 호리키타가 이야기를 진행했다.

"호소?"

이상하다는 듯 키류인이 고개를 갸우뚱거렸는데, 키리야마가 바로 말을 덧붙였다.

"네가 지각하는 바람에 시간이 별로 없어. 끌지 말고 바로 말했으면 좋겠다."

"쪼잔하긴. 뭐, 좋아. 그럼 다시 경위를 설명해볼까?"

키류인이 방과 후 케야키 몰에서 쇼핑하던 중 3학년 D반 야마나카에 의해 절도범으로 몰릴 뻔했다는 것. 다행히 상품을 가방에 넣으려던 찰나 키류인이 눈치채서 막았다는 것. 그래서 절도 자체는 미수로 끝났다는 사실을 밝혔다.

"야마나카가 개인적 원한으로 그랬다는 생각은 도저히 안 들어서."

키류인이 나구모를 곁눈질했다.

"그래서 야마나카를 추궁했더니 어떤 인물한테 범행을 지시받았다고 자백했지."

"그 사람이 누구인데요?"

"이 자리에 있는 전 학생회장, 나구모 미야비야."

이 이야기를 처음 듣는 1학년 학생회 멤버들이 깜짝 놀라며 나구모를 쳐다보았다.

키류인 후우카를 중심으로 일어난 몇 가지 사건.

아니, 사안이라고 불러야 할 행위.

그것이 야마나카 본인의 의지였는지 아닌지.

전자라면 사정을 들은 후 처벌을 내리고, 후자라면 진범을 찾아낼 필요가 있다.

학생회장으로서 첫 출항이 무사히 끝날지 한번 잘 지켜보도록 할까.

"키류인 선배는 이렇게 말씀하시는데, 나구모 선배는 이의 있으신가요?"

"물론 있지. 유감이지만 키류인, 난 야마나카에게 그런 지시를 내린 적 없어. 이런 사건이 공공연히 드러나면 내 신용에 손상이 가. 내가 얻을 이익이 하나도 없잖아."

"글쎄. 넌 항상 나랑 진검승부를 벌이고 싶어 했지. 하지만 난 3년 내내 상대해주지 않았고. 그게 열 받았던 것 아니야? 아니면 부추겨서 승부를 받아들이게 할 목적이 있었다고도 생각되네."

여기까지는 저번과 같은, 평행선을 달리는 부분이다.

"그야 물론 너와의 대결에 흥미가 있었지. 하지만 끝까지 의욕 없는 너에 대한 흥미는 이미 옛날에 다 사라졌다."

"후후후. 정말로 그럴까?"

각자의 주장을 받아들이려고 하지 않았다.

"키리야마 선배는 키류인 선배와 같은 반이에요. 그리고 오랜 기간 나구모 선배를 부회장 위치에서 보좌했던 분이고요. 양쪽의 주장을 듣고 어떤 생각이 드시나요?"

가까운 제삼자로 선택한 키리야마에게 호리키타가 질문했다.

"키류인이 절도범으로 몰릴 뻔해서 화난 건 이해해. 하지만 이번 일에 나구모가 관여했다고는 생각하지 않아. 만약 나구모가 진심으로 일을 벌인다면 더 효과적이고 잘 먹히는 방법을 골랐겠지."

"네가 나구모를 과하게 높이 평가해서 그런 건 아니고?"

키류인이 옅은 미소를 띠며 허리에 손을 대고 키리야마를 부추겼다.

"나구모가 이 학교에 남긴 성과를 생각하면 과한 믿음이 아니란 건 명백해."

"그럼 이번에 야마나카 선배가 왜 사건을 일으키려고 했을까요? 자기도 모르는 사이 키류인 선배에게 원한을 느끼고 실행에 옮겼다? 그렇다고 해도 어째서 나구모 선배에게 죄를 덮어씌우려고 했는지 그 부분은 어떻게 생각하세요?"

"진상은 모르겠지만, 야마나카가 개인적으로 결행했다고 생각하기 힘든 건 확실해."

"단독범이 아니라는 말인가요?"

"3학년 중에서 야마나카의 카스트는 꽤 낮은 편이야. 나구모가 아니라도 이를테면 프라이빗 포인트를 대가로 조종했을 수도 있지, 충분히."

어디까지나 키리야마의 주장은 나구모도 야마나카도 아닌 제삼자가 뒤에 숨어 있다는 것.

"만약 그게 사실이라면 진범을 특정 지어야 한다는 말씀이군요."

"그렇지. 하지만 어려울 거야. 키류인에게 자백을 강요당한 단계에서 솔직하게 털어놓지 않고 나구모 이름을 댔어. 이건 그에 상응하는 각오 없이는 불가능한 행동이야."

"왜 그랬는지 너는 알겠어? 쿠시다."

여기서 호리키타는 이야기를 계속 듣고 있던 쿠시다에게 질문했다.

"3학년인데 나구모 선배에게 죄를 뒤집어씌우려고 했다는 건 야마나카 선배한테 불리한 점밖에 없어. 그런데도 이름을 댔다면…… 진범을 감싸려는 마음이 아주 큰 것 아닐까?"

"맞아. 제일 두려워해야 할 나구모보다 그 진범을 더 두려워하고 있다는 얘기잖아."

"난 이해가 안 돼. 나구모보다 더 두려워할 만한 학생이 전혀 떠오르지 않는데? 그냥 억지로 진범이 있다고 생각하게 만들고 싶은 것 아니야?"

나구모를 계속 의심하는 키류인 입장에서 보면 키리야마 역시 나구모 측 인간에 불과하다.

진범을 특정 짓기 어렵다며 손을 놓으려는 면을 보고 더 불신감만 들겠지.

"너야말로 내가 범인이 틀림없다고 너무 단정 짓는 것 아닌가?"

"후보가 없는데 어쩌겠어."

"두 사람 모두 일단 조용히 해주시길 부탁드릴게요. 두 분이 계속 그렇게 말씀하셔봐야 문제가 해결되지 않아요."

지적한 대로 키류인과 나구모가 입씨름을 벌여서는 영원히 평행선만 달린다.

"만약 키리야마 선배라면 이번 사건을 어떻게 처리하시겠어요?"

"더 이상 파고들고 추궁하는 건 피해야지. 다만 미수로 끝났다고는 해도 야마나카가 한 짓은 용서받을 수 없는 행위야. 키류인에게 다시 정식으로 사과하고 최대한의 위자료를 내게 할 거다. 그 정도 조치는 해도 문제없다고 생각해."

"그럼 학교 측에 알릴 필요는 없다고 생각하시나요?"

"야마나카의 단독 범행이라면 그래야겠지. 하지만 이대로 학교에 보고했는데 진범을 찾지 못하면 모든 죄를 야마나카 혼자 감당하게 돼. 아니야?"

"그건 그렇네요. 학교 측에서 조사해도 진범을 밝힐 수 있다고 볼 순 없죠……."

나구모가 무죄라고 이미 결론짓고 있지만, 절충안 중 하나로는 타당한가.

"내가 원하는 건 오직 진범의 사과인데?"

"그게 불가능하다고 보니까 하는 말이잖아. 아니면 진범을 알아내기라도 했다는 거야? 지난 몇 주간 새로운 정보는 하나도 들은 기억이 없는데. 아니면 네가 폭행이나 다름없는 행동으로 협박한 안자이한테서 유력한 정보라도 들었나?"

부회장이었던 키리야마의 말을 들은 키류인이 어깨를 으쓱거렸다. 다치게 하진 않았어도 그 비슷하게 공격한 건 틀림없을 터. 동정의 여지가 있다고는 해도 그 부분을 지적받으면 키류인도 난감하겠지.

"아야노코지. 너 얼마 전에 아사히나 선배를 만났다지?"

여기서 호리키타가 아까 내게 들은 이야기로 화제를 전환했다. 나구모와 가까운 사이인 아사히나의 이름이 나오자, 조용히 있어 달라는 말을 들었던 나구모도 나를 쳐다보았다.

"아사히나 선배한테 3학년 사정을 대략 들었어. 나구모 선배가 3학년한테 어떤 계약을 강요했고 어떤 관계에 있는지. 감정이 어떤지 알아봤지."

"학생회실에 들어오기 전에 저는 아야노코지한테서 그 상세한 내용을 보고받았어요. 아사히나 선배와 얘기하는 과정에서 야마나카 선배에 대해서도 알아냈다고 하더군요."

"오? 역시 아야노코지구나, 내가 기대를 걸고 부탁한 보람이 있어."

키류인에게 그 이야기는 이미 다 보고했는데, 일부러 처음 듣는다고 어필했다.

"네가 아야노코지를 움직인 거냐, 키류인."

"그래서 불만이야? 나구모."

"아니. 다만, 그렇다면——."

나구모는 생각하는 게 있는지 말을 이으려다가 이내 입을 다물었다.

"미안하다. 신경 쓰지 말고 계속해, 스즈네. 이건 학생회장으로서 네가 맡은 첫 안건이니까."

촌스러운 행동은 하지 않겠다면서 다시 지켜보는 자세를 취했다.

"야마나카 선배와는 못 만났다고 하지만, 대신 어떤 인물이 아야노코지 앞에 나타났대요. 그 선배와 같은 3학년 D반 타치바나 선배입니다. 왜 아무 상관도 없는 그 선배가 나왔을까요. 아마도 야마나카 선배가 진실을 털어놓는 걸 막기 위해서였다고 짐작돼요."

"야마나카와 타치바나가 이어져 있다고?"

나구모가 아무것도 모른다는 식으로 호리키타에게 물었다.

"타치바나 선배에게 진상을 물었더니 똑같은 대답이 돌아왔다고 아야노코지가 말했어요. 나구모 선배가 키류인 선배의 가방에 상품을 넣으라고 명령했다고."

"당연한 말이지만 난 타치바나한테 그런 얘기 한 적 없어. 아니, 지난 한 달 동안 대화조차 나눈 기억이 없는데. 타치바나가 진범일지도 모르겠군."

"뭐, 너야 그렇게 말할 수밖에 없겠지."

나구모에게 키류인이 그렇게 나오는 것도 필연적이다.

"키류인 선배는 타치바나 선배와 깊은 접점이 있으신가요?"

"전혀. 나구모보다도 더 먼 사이라고 단언할 수 있어."

"그러니까 그 선배가 진범이라고 보기에는 야마나카 선배보다 동기가 더 희박하다는 거군요."

"타치바나 선배도 야마나카 선배처럼 누군가에게 명령받았다, 그런 걸까요?"

지금까지 의사록을 쓰던 나나세가 호리키타에게 물었다.

하지만 그 질문에 호리키타는 대답 없이 침묵했다.

바로 대답할 거라고 모두가 생각했던 만큼 깜짝 놀랐으리라.

"받은 보고는 그게 다가 아니지? 계속해서 들려줘, 학생회장."

키류인이 그렇게 재촉해도 호리키타는 입을 열지 않았다.

그것도 무리는 아니다. 왜냐하면 내가 핵심은 말해주지 않았으니까.

그때 타치바나와 한자리에 있었던 아사히나와 같은 수준의 정보밖에 전하지 않았다.

도움을 청한다면 손을 내밀 것이다.

하지만 그 전에 호리키타가 혼자 생각해서 어떤 답을 도출할지 지켜보고 싶었다.

"나구모 선배는 자기가 범인이 아니라고 하고. 야마나카 선배랑 타치바나 선배는 일관적으로 나구모 선배한테 명령받았다고 하고. 이건 분명한 모순이에요."

"한쪽이 거짓말하는 거지."

"보통은 그렇게 생각하겠죠. 하지만 일단 저는 양쪽의 주장을 다 믿고 싶어요."

"발언에 모순이 있는데, 믿기는 어렵지 않나요?"

의사록을 계속 작성하던 나나세가 펜을 멈추고 중얼거렸다.

"원래라면 그렇지. 하지만 양측 모두 정말 거짓말하는 게 아니라면? 어떤 조건이 추가로 붙으면 모순은 사라지지 않을까?"

이렇게 대화를 이어가는 과정에서 호리키타가 아무래도 한 가지 가능성을 끌어온 듯했다.

"진범이 나구모 선배가 명령했으니 일을 좀 맡아줬으면 좋겠다고 타치바나 선배에게 전한 거죠. 타치바나 선배와 야마나카 선배는 그 말을 믿어서 계속 그렇게 주장하는 거고요. 하지만 그건 범죄 행위잖아요. 그럼 보통은 나구모 선배를 직접 만나 진짜인지 아닌지 사실부터 확인하지 않을까요?"

대가를 준다는 보장, 확약이 필요하다고 생각해야 정상적이다.

"그런데 그렇게 하지 않았죠. 왜 그랬을까요. 어쩌면 진범도 야마나카 선배와 타치바나 선배가 충분히 신뢰할 만한 인물이어서가 아닐까요? 나구모 선배의 대변자. 그러면서 권력을 쥔 자."

이 학교에서 그런 발언이 가능한 사람은 딱 한 명밖에 없다.

"이번 일. 뒤에서 실로 조종한 진범은── 나구모 선배가 아니라 부회장 키리야마 선배. 선배 아닌가요?"

모두의 시선이 일제히 키리야마에게 쏠렸다.

"내가? 왜 결론이 그렇게 나오는데."

키리야마 선배가 차분한 태도로, 자기 이름이 나온 것에 의문을 드러냈다.

"방금 그 설명으로 모르시겠어요? 정보를 정리하면 그 결론이 제일 말이 되는데요."

"아야노코지가 들은 정보가 진실이라는 보장은 어디에도 없어. 난 나구모한테 A반행 티켓을 확실히 약속받은 몸이야. 배신하는 짓은 절대 안 해."

그렇게 변명하는 키리야마에게 의외의 인물이 손을 내밀었다.

"학생회장의 추리가 흥미롭긴 하지만 키리야마의 말이 맞아. 내가 키리야마를 의심하지 않는 가장 큰 이유. 길들인 개는 자기 주인을 물 용기가 없잖아?"

"그럼 새로운 증인으로 야마나카 선배, 타치바나 선배를 지금 이 자리에 불러도 될까요?"

호리키타가 나구모에게 그렇게 양해와 확인을 구하려고 했다.

"학생회장은 너야. 네가 알아서 하면 돼."

"그런가요."

"잠깐만."

그렇게 제동을 건 사람은 키리야마였다.

"그 증인이 이 자리에 오라고 할 거란 걸 알고 있어?"

"아니요. 지금 제가 연락해서 교섭할 거예요."

키리야마는 호리키타를 노려본 후 이 사건에 관여한 나까지 노려보았다.

진범=키리야마라는 이야기가 나오지 않았다면 주목을 모으지 않고 넘어갈 수 있었을지도 모른다.

하지만 떠올라버린 이 의심을 지우려면 질문 공세를 피할 수 없겠지.

주요 인물이 다 모인 이곳으로 끌려온 그 두 사람이 과연 미리 입을 맞추지 않은 상태에서 키리야마라는 존재를 계속 감출 수 있을까. 여기서 거짓말로 계속 얼버무리기란 쉽지 않다.

"그 선배들을 부르는 것에 무슨 문제라도 있나요?"

호리키타가 키리야마에게 물었다.

표면 위로 나오는 것을 꺼린다면 끌어내면 그만이다.

그게 가장 빠르고 쉬운 방법이다.

"그건……."

"뭘 당황하는 거야, 키리야마. 넌 무관하니까 가만히 있으면 되지."

나구모가 키리야마에게 가볍게 말했는데, 그 눈동자에 의지가 깃들어 있다는 것을 알 수 있었다. 직전까지는 키리야마를 의심하지 않았던 것 같은데, 바람의 방향이 바뀌었음을 눈치챈 듯했다.

"……됐다. 거기까지만 해."

더 물러설 곳이 없음을 깨달은 키리야마가 단념했다는 투로 말했다.

"그게 무슨 뜻인가요?"

"증인을 부를 필요가 없다는 소리야. 이번에 타치바나한 테 지시한 사람이 나라는 걸 인정할게."

"네가 범인이라고? 그럼 대답해 봐, 왜 이런 짓을 벌였는지."

마음의 준비를 했는지, 키리야마에게서 당황하는 모습은 볼 수 없었다.

"키류인한테는 미안한 일이지만, 목적을 이루기 위해서는 꼭 키류인이어야만 했어."

"꼭 나여야 했다니?"

"나구모가 포인트를 줄 테니 시키는 일을 하라고 명령했다고 하니까 타치바나가 바로 받아들였어. 이제 2학기도 다 끝나가서 불안감이 상당했을 테니까. 의심조차 하지 않았지."

나구모의 측근인 부회장 키리야마가 하는 말이니 믿는 것도 무리는 아니다.

"가짜 계획은 이랬어. 만약 키류인한테 들키지 않고 절도죄를 뒤집어씌우는 데 성공한다면 A반행 티켓을 주겠다고. 실패하면 당연히 무효지만 그래도 포인트는 주겠다고."

"과감한 거짓말을 했네. 야마나카가 성공했으면 네 거짓말이 바로 들통났을 텐데."

나구모의 지적대로였다. 타치바나와 야마나카는 즉시 대가로 티켓을 요구하러 왔겠지. 그러면 키리야마가 가짜 명령을 전달했다는 사실을 순식간에 주위에서 알게 됐을 것이다.

"3년간 같은 반이었으니 키류인의 성격도 실력도 잘 알지. 야마나카 정도 되는 인간이 키류인 모르게 물건을 가방에 집어넣는 건 불가능하다고 판단했어."

그게 바로 키류인이어야만 했던 이유. 계획이 반드시 실패로 끝날 사람을 고른 것이다.

"처음부터 들킬 걸 알았다는 말인가. 하지만 이해가 안 되네. 나를 화나게 만드는 것만이 목적이라고 하기에는 너무 정성을 들였고 네가 얻을 이익이 없잖아."

"키류인 선배를 절도범으로 몰려고 했다. 그 생각부터

틀렸다는 뜻이네요."

나나세가 의사록에 글씨를 써넣으면서 연신 고개를 끄덕였다.

"그래. 네가 야마나카를 털어서 나구모의 이름이 나온 단계에, 일단 같은 반인 나를 통해 나구모와 직접 담판 짓는 약속을 잡으려 할 거라고 예상했어. 난 그 약속 시간을 조정해서 어떤 타이밍에 쳐들어오게 하는 게 진짜 목적이었고."

그때 그 상황에서는 나도 동석하고 있었기에 키리야마의 의도를 바로 읽을 수 있었다.

"학생회 선거. 그걸 사전에 무산시키는 게 키리야마 선배의 목적이었군요."

"역시 아야노코지. 호리키타 선배가 기대할 만하다니까."

상황이 정리됐을 나구모도 키리야마의 노림수와 목적을 이제 이해했다.

"절도를 저지른 과거가 있는 호나미의 상처를 건드려 사퇴하게 했다는 건가."

"그래. 내가 개인적으로 과거의 문제를 지적해도 됐겠지만, 그걸로는 약하다고 판단했거든. 그런 범죄를 극도로 혐오하는 키류인이라면 아무것도 모르고 이치노세의 마음을 찌르는 단어를 마구잡이로 내뱉을 거라는 것도 계산했고."

키류인이 어이없어하면서도 키리야마에게 가벼운 박수를 보냈다.

"아무래도 내가 네 장단에 놀아난 모양이네. 한 방 먹었다, 키리야마."

호리키타 마나부에게 가르침을 받고, 나구모의 오른팔이 되어 부회장을 맡았던 키리야마의 의도와 수읽기는 과연 탁월했다. 우연을 가장해 이치노세의 자존심을 건드려, 학생회장에 어울리지 않는다고 생각하게 만들려고 키류인을 이용했다. 키류인은 호리키타 마나부에게도 뒤지지 않는 실력자지만, 가까운 친구 하나 없는 비뚤어진 성격에 혼자 고고한 사람이다. 그래서 정보전이라는 견지에서 봤을 때 극히 약한 부분이 있다. 나구모와 키류인의 성격을 잘 파악한 키리야마의 전략.

"예상에서 제일 빗나갔던 건 이치노세가 그때 이미 학생회를 그만두기로 했었다는 거야. 더 빨리 알았으면 나도 위험을 감수할 필요 없었는데."

절도 사건을 끌어내지 않았어도 학생회 선거가 무산되어 호리키타로 결정되었을 것이다.

"왜 그런 거야, 키리야마. 네가 위험을 감수하고서까지 학생회 선거를 무산시키려 했던 이유가 뭐야?"

"모르겠어? 나구모. 네가 멋대로 구는 것을 더는 참을 수 없었어. 만약 이치노세가 학생회를 그만둘 의지가 없어서 그대로 학생회 선거를 치렀다면 어떻게 됐을까. 넌 아야노코지와 대결하느라 흥분해서 대량의 프라이빗 포인트를 걸었겠지. 그리고 승리하기 위해서라면 포인트로 투표권을 사는 짓도 주저하지 않았을 거야."

하긴 나구모에게는 거액의 자금이 있다. 만에 하나 고전하고 있다는 걸 알면 표를 사는 전략을 써도 전혀 이상하지 않다.

"모르겠군. 이미 승리가 확정된 너는 잉여금을 어떻게 쓰든 상관없지 않나?"

"상관없다니? 물론 나는 너에게서 A반 행 티켓을 받았어. 하지만 그 과정에서 지금껏 얼마나 큰 정신적 부담을 느꼈는지 알기나 해? 반 애들의 시샘과 원망을 받는 나날. 정말 견디기 힘든 시간이었다고."

나구모를 노려보는 그 눈에는 키리야마가 지금껏 한 번도 보인 적 없는 진심 어린 분노가 담겨 있었다.

"네가 네 여흥에 쏟아부은 프라이빗 포인트를, 같은 학년을 위해 좀 더 쓴다면 A반으로 구제받을 학생을 늘릴 수 있어. 그런데도 자기 욕심, 자기가 싸우고 싶어서라는 고작 그런 이유로 3학년들의 피와 땀이 젖은 프라이빗 포인트를 부어 넣어? 멍청한 소리 작작 해라."

프라이빗 포인트의 괜한 유출을 막는 것. 그것이 키리야마의 의도.

"몰랐네, 키리야마. 네가 남을 그렇게 생각하고 있을 줄은. 내가 티켓을 준 사람들은 다들 자기가 A반으로 졸업만 할 수 있으면 전부 상관없다고 여기는 자기중심적인 실력자들뿐이라고 여겼었는데."

나구모가 감동했다는 듯 키리야마를 칭찬했다.

이걸 모두가 칭찬으로 받아들일지 어떨지는 또 다른 문제지만.

"호리키타 선배에 아야노코지까지. 더는 3학년한테 불필요한 대결을 시키는 게 유쾌하지 않았을 뿐이야."

"무슨 말인지는 잘 알았다. 하지만 나를 배신한 거, 각오는 되어 있겠지, 키리야마?"

나구모에게는 권리를 박탈할 권한이 있다. 자신을 거스른 키리야마의 손에 티켓은 이제 없다.

"그렇게 계약했으니까. 마음대로 해."

"키리야마에 대한 처벌은 나구모에게 맡기기로 하지. 그거면 제재는 충분할 테니."

그렇게 결론 내린 키류인이 바로 학생회실에서 나가려고 했다.

"잠깐만요, 키류인 선배. 아직 이야기 안 끝났어요."

"이제 학생회장이 나설 일은 없는 것 같은데?"

"아니요, 그럴 수는 없어요. 이번 일은 학생회에 올라온 안건입니다. 나구모 선배 개인에게 키리야마 선배를 심판할 권리는 없다고 생각해요. 그리고 아직 해소되지 않은 점도 남아 있고요."

"해소되지 않은 점? 아직 뭐가 더 남았다는 거야?"

"키리야마 선배가 키류인 선배에게 절도죄를 뒤집어씌우려고 했고. 그걸 일부러 들켜 학생회에 쳐들어오게 짰죠.

그 목적은 학생회 선거를 무산시키기 위한 것. 이치노세에게 절도 트라우마를 불러와 자진해서 사퇴하게 만들 목적이었고요."

당사자의 자백까지 포함해 이 가정은 틀림없겠지.

"하지만 굳이 이런 위험을 무릅쓸 필요는 없었을 거예요. 학생회 선거를 막고 싶으면 그게 아니라도 방법이 얼마든지 있지 않나요? 절도라는 과거를 이용할 거면 아무도 없는 데서 이치노세를 만나 사퇴하라고 말할 수도 있었어요. 그게 더 안전하고 확실한 방법이었을 텐데."

"키리야마가 거기까지 생각이 미치지 못했다——라고는 생각하기 힘드네?"

흥미를 보인 키류인이 원래 위치로 돌아왔다.

"왜 굳이 그런 위험을 부담했는지 의문이 남아요. 혹시 키리야마 선배는 오늘 이 자리에서 자기가 진범이라는 사실이 드러날 각오를 했던 게 아닌가요?"

키리야마는 대답하지 않고, 그저 학생회장 호리키타를 응시했다.

"이번 일을 공개해서 문제를 제기하고 싶었던 게 아닐까 생각했어요. 오늘 여기에 저뿐 아니라 학생회 멤버를 모두 모은 것. 아야노코지도 부른 것. 전부 키리야마 선배의 지시였다고 처음에 말씀하셨죠?"

학생회에 호소하겠다고 나선 사람이 키류인인 줄 알았는데, 입실 직후 호리키타에게 물었을 때 고개를 갸우뚱거렸던 것은 키리야마가 제안한 일이었기 때문이리라.

그 의문을 그냥 넘기도록 빨리 말을 재촉한 사람 역시 키리야마다.

"호리키타. 순간이지만 너한테서 호리키타 선배가 겹쳐 보여서 신기해."

그 추리가 맞았다고 칭찬하듯 키리야마가 입을 열었다.

"어디까지 효과를 발휘할지는 몰랐지만 네 말이 맞아. 나구모에게 불만을 느끼는 학생은 나날이 늘어나고 있어. 그걸 본인에게 직접 말해봐야 내 말은 귓등으로도 듣지 않았겠지. 안 그래?"

"그럴지도."

부정하지 않고, 굳이 말하자면 긍정하는 나구모. 지금까지도 계속 묵살해왔겠지.

"방식에는 큰 문제가 있었다고 생각하지만, 이게 진상이었네요. 나구모 선배."

"어떻게 할래, 나구모. 네가 멋대로 굴어서 생긴 이번 사건의 책임을 키리야마한테만 지라고 할 생각이야?"

"그렇군. 하긴 이번 일과 나는 무관하다고 단정 지었었는데, 이야기를 들어보니 꼭 그렇다고도 말할 수 없겠어."

어떤 결론을 내릴지 궁금했는데, 나구모가 키리야마에게서 호리키타에게로 시선을 옮겼다.

"진상을 밝힌 건 네 공적이야, 스즈네. 그러니까 학생회 안건으로 네가 판단을 내려라."

"……제가 정해도 상관없으세요?"

"그 자리에 앉아 있는 게 장식은 아니잖아? 네 판단에 따라주지."

모든 것을 지켜본 호리키타는 과연 어떤 판결을 내릴까.

"그럼 학생회장으로서 말씀드리겠습니다. 이번 사건, 먼저 키리야마 선배가 키류인 선배에게 깊이 사과하세요. 그리고 배경에 어떤 사정이 있었든, 아무 상관도 없는 야마나카 선배와 타치바나 선배를 끌어들여 죄를 전가하려 했다는 사실은 무겁게 받아들여야 하겠죠. 다만 학교 측에 알리면 일이 커질 게 분명한 만큼, 일주일 정도 자주 정학으로 반성하셨으면 좋겠습니다."

학생회에는 학생을 정학 또는 퇴학하게 할 권리가 없다. 그렇게 판결을 내린다고 해도 학교 측의 승인이 꼭 필요하다. 그러니까 자주 정학이다.

병결인 척하든 뭐든 상관없으니, 어쨌든 기숙사 방에 틀어박혀 혼자 반성하라는 뜻이다.

"또 나구모 선배에게 직접적인 책임은 없지만, 계약을 맺은 이상 어느 정도는 관리 책임이 있다고 생각합니다. 키리야마 선배의 반 이동 권리를 박탈할 자격을 갖고 계시는데, 이번에는 그 권리를 행사하지 않겠다고 약속해주세요."

"과감한 요구네."

"거부하실 수는 있어요. 하지만 제 판결에 따라주시겠죠?"

"나도 이번에 키리야마를 심하게 탓할 생각은 안 드니까.

그런데 그것만 하면 돼?"

"아니요. 이렇게 끝내버리면 또 똑같은 일이 일어나지 않는다는 보장이 없으니까요. 앞으로 3학년들에게 모은 프라이빗 포인트는 3학년들을 위해서만 쓸 것. 그 조건도 붙이고 싶습니다."

지금까지 왕좌에 앉은 나구모는 자기 마음대로 해왔을 것이다.

우리가 모르는 곳에서 많은 프라이빗 포인트를 사용하고, 호리키타 마나부라든지 다른 학년을 대상으로 한 불장난에 거금을 들였을 터. 그것을 앞으로는 금지하는 조치다.

"그게 학생회의 의향이라면 따르지."

"시원하게 받아들이네, 나구모. 너라면 그 조건은 거부할 줄 알았는데."

"기본적으로 스즈네, 아니 학생회장의 말이 다 옳으니까."

내가 생각했던 것보다도 훨씬 제대로 된 학생회장인 걸까.

"정말로 그걸로 납득할 수 있어? 나구모. 넌 나를 누를 힘이 있는데."

"학생회장이 그렇게 정했잖아. 그걸 거스르면 멋이 없지."

아니면 나구모는 키리야마가 보여준 본성, 일면을 높이 산 것인지도 모른다.

"진심으로 이번 일을 이렇게 끝낼 셈이야?"

"이번 일을 통해서 나도 잘 알게 됐어. 난 운이 없다는 걸."

뭔가를 포기한 듯 따분해 보이는 나구모의 얼굴. 하지만 그 이상은 말하려고 하지 않았다. 다만, 그와 상반되게 키리야마는 체념한 표정도, 전말이 드러나서 속이 시원한 표정도 아니었다. 뭔가 다른 사고. 그다음을 내다보고 있는 것 같기도 했다.

"이상으로 이번 일은 해결되어 이만 종료하겠습니다. 그리고 이 일은 어디에서도 언급하지 마시길 부탁드립니다."

학생회장의 선언과 함께 일련의 사건이 완전히 종료되었다. 하지만 정말로 이렇게 해서 모든 것이 끝났는지는 잘 모르겠다. 마지막에 보였던 키리야마의 의미심장한 표정은 대체 뭐였을까.

2

특별시험이 끝난 다음 날, 마침내 2학기 종업식을 맞이했다.

체육관에서 선생님 말씀을 들은 후 반으로 돌아와 동아리 대회 등에서 우수한 성적을 거둔 학생들에 대한 시상 등을 간단하게 하고 겨울방학 동안의 주의사항도 들었다.

그런 후 차바시라 선생님의 특별시험 결과 발표가 있었다.

모두가 마른침을 삼키고 들은 결과는 우리 반이 승리했다는 소식.

그 순간, 다른 반까지 다 들릴 만큼 큰 함성에 휩싸였다.

각 반의 승패에 따른 변동은 고작 50 반 포인트.

그래도 소중한 반 포인트 획득에 성공했다.

그와 거의 동시에 스마트폰에 메시지 두 개가 도착했다.

하나는 이치노세가 보낸 것으로 『축하해』라고 승리를 축하하는 내용.

그리고 또 하나는——.

"내일부터 겨울방학이구나. 첫날부터 무리하지 말고, 많이 써서 뜨거워진 머리를 좀 식히는 것도 중요하다."

반 아이들의 여전한 환호성 속에서, 차바시라 선생님의 그 말과 함께 해산했다.

교실에서 나가는 차바시라 선생님도 기쁜 듯이 웃고 있는 눈이 인상적이었다.

한편 이번 특별시험은 미리 통보한 대로 각 반 학생, 누가 어떤 문제를 풀어서 몇 문제를 맞혔는지 자세히 알 수 있는 구조다.

그 밖에도 시험을 친 순서와 들인 시간 등까지 공개된다.

이걸 보면 누가 노력했는지 알 수 있을 뿐만 아니라 그 반이 쓴 전략도 대충 보이겠지.

같은 편과 라이벌 양쪽에 중요한 데이터가 될 것은 틀림없다.

스마트폰으로도 상세한 내용을 확인할 수 있으니 나중에 찬찬히 살펴보기로 할까.

일찍 결과를 확인하고 떠들어대는 학생들을 보는 둥 마

는 등 하며 나는 먼저 교실을 빠져나왔다.

처음부터 끝까지 나를 의식하던 케이.

어제 타이밍이 맞지 않았던 이후로 케이의 연락 없이 지금에 이르렀다.

다만 직전까지 내 기색을 살피던 것을 보아 만남을 시도하려고 할 것이다.

많은 사람이 있는 자리에서 말 걸기 힘들어한다면 내가 자리를 옮겨줘야겠지.

지금의 케이는 아직 내가 움직이기에는 불안정함에서 벗어나지 못했고 결정력이 부족하다.

계속 소원한 상태가 계속되어도 성장이 기대되지 않으니 어쩔 수 없다.

그렇게 생각하고 일단 교실에서 나가기로 한 것인데…….

"혼자 돌아가?"

복도로 나온 나를 뒤쫓아 나온 사람은 케이가 아니라 호리키타였다.

"괜찮아? 승리의 주역이 이렇게 빨리 교실을 빠져나와도."

"이따가 다시 들어갈 거야. 너랑 얘기 좀 하고 싶어서."

그렇게 대답한 호리키타가 옆으로 와 같이 걷기 시작했다. 과연 호리키타의 손에 가방이 없는 것을 보아, 곧 다시 교실로 돌아갈 것은 틀림없는 듯하다.

"이번 특별시험, 흥미로운 작전을 썼던데."

"내 방식이 제일 효율적이었는지는 잘 모르겠지만 말

이야."

호리키타가 세운 전략. 그것은 문제에 도전하는 첫 학생으로 케세이를 내보낸 것에서부터 시작했다. 학년에서도 최고 수준의 성적을 거두는 학력 A 학생이다. 케세이에게는 일찌감치 최소 두 문제만 풀게 하고, 남은 시간을 활용해 다른 문제 파악에 주력하게 했다.

그 목적은 두 번째 순서로 대기한 학력 낮은 학생이 쉬운 문제를 풀 수 있게 하는 데 있었다.

학력이 높은 학생과 낮은 학생을 교차해서 줄 세우는 전략.

다만 원래라면 이 전략을 쓰는 것은 불가능하다. 왜냐하면 시험 도중에 대화가 금지되어 있기 때문이다. 스마트폰도 쓸 수 없고 필기, 메모도 금지.

하지만 그렇다고 빈틈이 전혀 없는지 묻는다면 결과를 봐도 알 수 있듯 노다.

앞 순서 학생이 별실에서 혼자 문제를 푸는 동안 다음 학생은 복도에서 대기한다.

즉, 문제를 풀고 교실에서 나왔을 때 잠깐 마주치는 시간이 있다.

교실 출입구가 두 군데여서 예컨대 들어갈 때는 앞문, 나갈 때는 뒷문을 이용해야 한다면 거리가 생기게 되지만, 그렇더라도 대응할 방법을 호리키타가 생각해냈다.

서로 순간 상대방을 보기만 하면 된다. 그때 후보 몇 문제를 손짓으로 알려서 풀게 하는 것이다.

예컨대 55번째 문제라면 오른쪽 손바닥을 쫙 펼쳐 두 번 내민다. 69번이면 손가락 여섯 개를 보여주고 다시 손가락 아홉 개를 세워 내민다.

규칙상 문제의 답은 일절 말할 수 없지만, 어떤 문제를 풀면 되는지를 손짓으로 전달하는 건 규칙 위반이 아님을 호리키타는 미리 확인해두었다.

어떤 문제를 풀라고 지시만 하는 것은 정답과 관련된 커닝 행위도 아니고, 말하면 안 된다는 약속도 잘 준수하고 있다. 이걸 반복함으로써, 학력 낮은 학생들은 문제를 고르는 수고를 생략하고 문제 풀이에만 차분하게 전념할 수 있다.

"그래도 위험했어. 사카야나기 반도 역시라고 할까⋯⋯ 우리가 학력 낮은 학생이 많아 총득점은 이겼지만, 정답률은 밀렸어."

호리키타 반의 정답률이 72%였던 반면 사카야나기 반은 86%.

같은 조건에 점수 분배로 하는 싸움이었다면 호리키타가 졌다는 뜻이다.

"그 애는 불만일 거야. 할 거 다 했는데 졌으니까."

늘 중간고사와 필기시험에서 1위를 유지했고 이번에도 그것을 증명해 보였다.

"정답률에서는 밀렸어도 이긴 건 이긴 거야. 비관할 필요는 없어."

실제로 반 포인트를 얻은 건 호리키타 반이고 잃은 건 사카야나기 반이다.

게다가 정답률 72%도 틀림없이 훌륭하다.

"당연히 비관은 안 해. 그냥 좀 분해서."

괜한 오지랖이었던 것 같다. 오히려 대항심이 훨씬 더 큰가 보다.

"그런데 요즘에 카루이자와가 기운이 없던데. 공부는 성실하게 해줬지만, 무슨 일이라도 있었어?"

"아무것도. 굳이 말하자면 조금 냉전 중이라고 말할 수 있을지도 모르겠다."

"그게 뭐가 아무것도 아니야? 싸우다니 별일이 다 있네."

"남녀가 오래 사귀다 보면 그럴 때도 있는 거지. 이것도 다 좋은 경험이야."

내 대답이 마음에 들지 않았는지 호리키타가 대놓고 인상을 찌푸리며 의아해했다.

"불안정한 정신 상태로도 스터디에 잘 참여하고 본 시험에서도 좋은 결과를 남겼으면 됐지."

"그 싫어하는 공부에 몰두할 만큼 정신적으로 힘들었다고도 볼 수 있지……. 카루이자와의 사기는 반에도 영향을 주기 쉬워. 빨리 화해해."

리더로서 안정적으로 반을 이끌고 싶겠지만── 뭐, 됐다.

교실로 돌아가는 호리키타를 눈으로 배웅한 다음 나는 이만 귀가하기로 했다.

3

이번 특별시험에서 호리키타가 사카야나기를 물리치고 승리를 거머쥐었다는 사실은 금세 큰 화제가 되었으리라. 순수한 학력 대결이 아니라 OAA가 관련된 하극상의 요소도 들어 있었다고는 하나, 직접 대결에서 제압했다는 사실은 다르지 않다.

학년말 시험을 치르기도 전에 사카야나기 반과 호리키타 반의 차이가 100포인트 줄었다. 한편 괴로운 전개가 된 것은 류엔 반이다. 학력으로는 못 이긴다는 판단으로 외압을 가하는 전략을 펼쳤지만, 이치노세는 냉철하게 그 공격을 받아넘기고 단단히 승리를 거뒀다.

학생회를 그만둔 일도 있고 정신적으로 불안정하다고 봤는데 무너지지 않은 듯하다.

그렇더라도 류엔의 판단 실수였다고 단정하기는 어렵다.

호리키타처럼 류엔도 반 아이들에게 공부하라고 지시해야 했다고 보는 견해도 있을지 모르겠지만, 지금까지 넓게 밑바탕을 만들어 둔 호리키타와 달리 류엔 반은 그런 부분에서 발전 가능성이 낮은 만큼, 짧은 기간의 공부로는 추격하기 어렵지 않았을까.

계속 간당간당하던 상태에서 승리를 얻어냄으로써, 이치노세 반에도 아직 조금이나마 A반으로 갈 가능성이 남게 되었고, 이렇게 네 반의 대결은 3학기 이후로 넘어가게 되었다.

현관에서 신발을 꿰어신고 학교 밖으로 나가니 기다리던 사람이 이미 와 있었다.

"굳이 종업식 날에 불러내서 미안해요."

결과 발표 직후 나에게 만나자고 연락했던 인물. 2학년 A반 사카야나기.

"이치노세도 온다는 말은 못 들었는데."

우연히 내게 메시지를 보냈던 두 사람이 이렇게 한자리에 모일 줄이야.

"어떻게 된 일이야? 사카야나기."

이치노세 역시 나에 대해 듣지 못했는지 의아한 표정을 짓고 있었다.

"일단 걸을까요, 여기는 좀 눈에 띄니까."

현관 앞이면 곧 하교할 학생들로 넘쳐날 테니.

"우선은 아야노코지 군. 이번 특별시험에서 이긴 것, 축하드립니다."

"그렇지만 이번엔 거저 얻은 승리니까. 그냥 일반적인 필기시험이었으면 졌어."

"정답률 말씀하시는 건가요? 그건 그거죠. 어쨌든 제가

진 건 다르지 않아요."

겸손이라기보다 자기가 할 수 있는 것을 전부 하고 받은 결과라고 순순히 인정한다고 할까. A반의 여유도 엿볼 수 있었다.

"그리고 류엔 군을 격파한 이치노세 씨도 훌륭하셨어요."

"우리는 그냥 할 일을 했을 뿐이야. 특별히 한 건 아무것도 없어."

"류엔 군 반의 방해에 굴하지 않은 것만으로도 훌륭해요. 솔직히 제가 처음에 예상하기로는 승부 결과가 반반이었거든요. 그런데 막상 뚜껑을 열어보니 이치노세 씨 반의 압승. 이건 리더가 흔들림 없이 적확한 지시를 차분하게 한 결과겠지요."

사카야나기도 이치노세가 마음을 다잡고 대결에 임했다는 것을 읽은 듯했다.

단순한 학력 차이뿐만이 아니라 냉철한 태도가 불러온 승리라고 평가했다.

"그런가? 그래도 사카야나기한테 칭찬받으니까 기분 나쁘지 않네."

"꽤 긍정적으로 바뀌셨군요, 이치노세 씨. 최근에 무슨 일이 있었나 봐요."

이 자리에 나를 부른 것을 봐도 뭔가 눈치챘을 가능성이 있어 보인다.

사카야나기는 직접 정보를 구하러 돌아다닐 수 없기에

늘 거미줄을 치듯 다수의 학생을 움직여 정보를 수집하고 있으니까.

헬스장에서 보낸 휴일. 카페에서 보낸 시간. 오가는 길.

내 방 앞에서 계속 기다렸던 날. 몇 번쯤 목격했어도 이상하지 않다.

"이치노세 씨에게 배 위에서 비슷한 이야기를 드렸던 적 있는데, 기억하시나요?"

사카야나기는 내가 아니라 이치노세에게 그런 말을 던졌다.

"너무 심취했다가 따끔하게 당할지도 모른다고 했던 거?"

"그래요. 오늘 이 자리에 두 분을 부른 건 그 이야기를 전하기 위해서예요. 아야노코지 군에게 아련한 연심을 품은 이치노세 씨에게 마지막으로 통보합니다."

이치노세가 나를 좋아한다는 걸 이미 알고 있었는데, 그것 자체는 그리 놀랍지 않다.

"당장 아야노코지 군과 거리를 두세요."

"그게 사카야나기의 최후 통보라고?"

아무리 다시 한번 마음을 전했다지만 여기서 좋아하는 사람의 이름을 제삼자의 입을 통해 들었다.

보통은 동요할 법도 한데, 이치노세는 그렇지 않았다.

"그래요."

"잘 모르겠어. 왜 아야노코지랑 거리를 둬야 해? 내가 어떤 감정을 품고 있든 친구로 대하면 괜찮잖아."

"정말로 친구로 끝난다면 이야기는 다를지도 모르죠. 하지만 제가 봤을 때 이치노세 씨가 그걸로 만족할 것 같진 않네요."

"어떻게 해석하든 사카야나기의 자유야. 하지만 아야노코지가 거부하지 않는 한 난 지금의 생각을 절대 바꾸지 않을 거야."

"이미 침식이 상당히 진행된 듯하네요. 당신은 아야노코지 군에게 조종당하고 있어요. 이대로 가다간 언젠가 신세 망치게 된다는 걸 왜 모르시나요?"

"아하하. 재미있는 소리를 하네."

"저는 진심으로 걱정이 돼요. 구할 길 없는 구렁텅이에 점점 빠지는 모습을 차마 두고 볼 수 없어요."

"걱정할 필요 없어, 사카야나기. 난 아야노코지한테 조종당하지 않아."

이렇게도 눈동자가 차가워질 수 있구나.

그런 생각이 들 만큼, 이제껏 본 적 없는 얼굴을 한 이치노세가 내 옆에 나란히 섰다.

"사카야나기. 네 생각 다 보여. 네가 나를 조종해서 원하는 대로 이용하고 싶은 거지? 그러니까 이렇게 말리려고 하는 것 아니야?"

"그렇군요. 그런 해석도 불가능하진 않겠네요."

"그리고 또 한 가지. 사실은 사카야나기도 아야노코지를 특별한 사람으로 강하게 의식하고 있어서, 내가 눈에 거슬

리기 때문…… 아니야?"

미소 짓는 이치노세를 보던 사카야나기가 순간 움직임을 멈췄다.

지금까지는 그 어떤 순간에도 언제나 한 계단 위에 서 있던 사카야나기가 보여준 드문 동요.

"물론 저도 아야노코지 군을 특별하게 보고 있긴 하지만 당신과는 성질이 좀 다르답니다."

"글쎄. 자각하지 못했을 뿐이지 사실은 그렇지 않을까 하는 생각이 드는데, 난."

사카야나기가 부정하자 바로 치고 나오는 이치노세.

"좋아요. 그렇게 나오신다면 저도 더 이상 드릴 말씀이 없어요. 이제는 후회하더라도 저는 이제 도와드릴 수 없다는 말씀만 전하겠습니다."

사카야나기는 그렇게 마무리 지으면서도 한편으로는 당사자의 의사를 듣고 점점 경계심이 올라가지 않았을까. 사랑에 맹신하고 아파한 끝에 하는 폭주라면 가엾다고 생각했을 테니까.

그런데 상황이 상상 이상으로 변하기 시작하고 있었다.

안쪽을 향한 선(善)은 예전과 다름없지만, 바깥쪽을 향한 선은 완전히 악으로 바뀌었다.

지금까지 쭉 침몰하던 이치노세 반의 역습을 예감케 하는 강한 태도.

그것을 사카야나기는 피부로 느꼈을 터.

왜 그런 생각이 들까. 그건 바로 내가 지금 딱 그렇게 느끼기 때문이다.

"이따가 케야키 몰에 모여서 승리를 축하할 거라서. 이제 그만 기숙사에 돌아가도 될까?"

일단 옷을 갈아입은 후 다시 모이기로 했는지 이치노세가 그렇게 말했다.

"네. 더 붙잡고 있는 건 멋 없는 행동이겠지요."

자, 하고 길을 열어주자 이치노세가 나에게 손을 흔든 후 기숙사로 가버렸다.

이제 나와 사카야나기, 둘만 이곳에 남겨졌다.

"설마 이런 형태로 이치노세 씨를 재평가하게 될 줄은 몰랐네요."

사카야나기도 그녀가 이 정도까지 변할 줄은 몰랐던 모양이군.

극약의 부작용, 아니 부산물.

"신뢰를 모으고 있는 이치노세 씨라면 저의 수족이 되어 멋진 활동을 펼쳐주실 것 같았는데 아쉽네요."

"계획이 틀어졌네."

사람을 움직일 때는 대국적으로 시야를 넓혀서 계산하는데, 그런 나도 아직 이해가 미치지 않는 영역이 있다.

사랑이라는 개념은 사람의 이성과 본성까지 영향을 줄 가능성이 있다는 것.

다시 말해 예상하지 못한 전개가 쉽게 일어날 수 있다는 점까지 고려해야 한다는 것. 믿기 힘들지만, 그만큼 불가사의하고 모든 것을 초월한 감정 중 하나임은 분명하다.

이치노세 호나미가 리더에 어울린다, 어울리지 않는다. 참모로 적합하다, 적합하지 않다.

그런 영역과는 다른 이야기다.

원래도 이치노세의 스펙은 낮지 않았다.

간지 시험에서 보여준 모습도 훌륭했던 것을 기억한다.

개인적으로 숨겨진 능력은 호리키타, 류엔, 사카야나기에게도 대항할 수 있을 만큼 가능성이 있다.

혹은 상황에 따라서는 그들을 웃돌지도 모른다는 예상 밖의 일.

"그녀에게 숨겨진 능력이 있다는 걸 간파하지 못했어요. 하지만 그 능력에 스스로 빠져버리면 어차피 똑같아요. 다다를 결말은 비참하겠죠."

"그걸 너라면 막을 수 있다고 생각했어?"

"아니요. 막을 생각은 애초부터 없었어요. 다만, 누가 그녀를 망가뜨리느냐의 차이만 있을 뿐."

사카야나기는 이치노세를 당연히 같은 편으로 생각하지 않았다.

써먹기 좋은 장기 말로 이용하고 소모품으로서의 역할이 끝나면 처분할 생각뿐이었겠지.

"그럼 또, 저 『역시』 조만간 아야노코지 군의 방을 방문할게요."

역시 이치노세에 대한 정보를 가지고 있는 사카야나기가 일부러 속내를 보여주며 대답했다.

○일말의 불안

2학기 종업식을 마친 이날.

특별시험이 끝나고 학생들이 손꼽아 기다리던 순간이 찾아왔다.

여름방학처럼 길지는 않아도, 학생 대부분에게 즐거운 시기. 밤낮으로 몰두했던 공부도 A반과의 직접 대결에서 승리하는 결과로 이어지며 고생을 보답받았다.

내일부터 시작될 겨울방학은 하루하루 즐겁겠지, 분명히.

반에서 한 사람만 제외하고 모두가 그렇게 생각했다.

유일한 예외에 해당하는 카루이자와 케이는 우울한 한숨을 내쉬며 단짝 사토 마야와 케야키 몰에 와 있었다. 원래 허세를 잘 부리는 카루이자와는 아야노코지와 다툰 후에도 학교에서는 아무렇지 않은 척 있었고 공부에도 집중했다.

그래서 주변 사람들은 카루이자와의 마음이 계속 괴로운 상태라는 걸 알 리 없었다. 단짝 사토도 그중 하나였지만, 사토는 카루이자와뿐 아니라 아야노코지도 유심히 관찰하고 있기에 언제나 가까이 있던 두 사람이 지금은 꽤 서먹서먹하다는 사실을 알아차렸다.

다만 그 원인이 싸움에 있다고는 생각하지 않았고, 공부에 집중하려고 일부러 거리를 두고 있다는 정도로만 생각해서 깊이 캐묻지 않고 오늘을 맞이한 것이다.

"하아……."

"아까부터 계속 한숨 쉬네. 공부도 다 끝났고 모처럼 편해졌는데. 왜 그래?"

"응? 그, 그랬나? 딱히 아무 일도 없는데."

지금까지 눈치채지 못하게 행동해온 카루이자와였는데 공부, 시험이라는 약한 분야에서 해방되면서 긴장이 풀렸는지 자기도 모르게 계속 한숨을 내쉬었다는 것을 깨달았다.

"……정말로?"

"정말 정말."

그렇게 씩씩하게 대답했지만, 사토의 의심은 풀리지 않았다.

"촌스러운 질문 하나 하겠는데, 오늘 아야노코지랑 만나려던 거 아니야?"

"어?"

"내일부터 방학이잖아. 보통은 단둘이 놀러 가거나 하지 않나? 시노하라랑 이케도 즐겁게 팔짱 끼고서 영화 보러 간다던데."

미리 약속도 안 했는데 놀러 가자고 한 게 이상하다고 지적했다. 카루이자와는 실패했다고 생각하면서 한편으로는 태도에 다 드러난 이유가 내심 사토에게 상담하고 싶었기 때문이라는 것을 느꼈다.

카루이자와는 살짝 고개를 끄덕이고는 점점 북적대기

시작하는 카페를 그대로 지나쳤다.

케야키 몰 2층에 있는 휴식 코너 근처 벤치에 둘이 앉았다.

"저기, 마야 짱. 좀 상담하고 싶은 게 있는데……."

"응. 뭐든 말해."

싫어하기는커녕 기다렸다는 듯이 사토가 관심을 드러냈다.

"나랑 키요타카, 어쩌면 사이에 위기가 찾아왔는지도 모르겠어……."

"뭐, 뭐라고? 그런 거야?!"

주위에 사람이 없는 것을 확인한 카루이자와가 답답한 마음을 털어놓았다.

폭탄이 떨어질 줄은 몰랐던 사토가 펄쩍 뛰며 놀랐다. 일부러 오버 리액션을 취한 건 아닌 모양인지, 헛기침하면서 다시 자세를 고쳤다.

"사이에 위기라니…… 헤어질지도 모른다는 말이야?"

"그건 아니지만…… 하지만…… 요즘 들어 자꾸만 그런 쪽으로 생각이 들어서."

생각보다 더 심각한 표정에 말문이 막힌 사토는 동요를 감추지 않았다.

그래도 분위기가 무거워지지 않도록 현명하게 말을 골랐다.

"케이 짱이 아야노코지랑 다퉜는데, 아직 풀지 못하고

계속 질질 끌어온 상황이라니, 뭐하고 말해야 좋을까, 그렇게 심하게 싸운 거야?"

사소한 다툼이라면 길어봐야 몇 시간 정도면 화해하기 마련이다.

심각한 표정을 짓는 카루이자와. 두 사람은 사귄 이후로 쭉 사이가 좋기만 하다고 생각했던 만큼 사토는 당혹감을 감추지 못했다.

"난 가벼운 다툼이라고 생각했는데, 키요타카는 그게 아닌지도 몰라."

카루이자와가 우울하게 한숨을 내쉬며 조용히 고개를 끄덕였다.

"싸운 뒤에 둘이 얘기해보진 않았고?"

싸운 지 좀 됐다고 카루이자와가 말했다.

다만 아직 그 내용을 말할 생각은 들지 않는지, 원인 등에 대해서는 언급하지 않았다.

"이제 겨울방학이잖아? 키요타카가 열심히 하라고 했던 공부도 열심히 했고 시험에서도 네 문제 중에 세 문제나 맞혔고. 이러면 이제 괜찮겠다고 생각해서……. 그래서 어제 시험 끝나고 용기 내서 말 걸어 봤는데……."

"그런데 그런데?"

"호리키타가 와버려서. 나구모 선배가 불렀다고 해서 가버렸어. 오늘도 종업식이 끝나고 말 붙이려고 했는데 또 호리키타가 말 거는 바람에……."

계속 타이밍이 어긋나자 사토가 이마를 짚었다.

"그럼 결국 말 한 번 못 해보고 여기까지 왔다는 거네?"

"응."

"하지만 아야노코지가 화났다거나 마음이 상한 상태가 아니라는 건 알았어."

"그 애는 늘 무표정이고 태도에 변화가 없으니까."

그게 또 카루이자와의 판단을 흐리게 했다. 노골적으로 화났다는 리액션을 보이면 더 빨리 사과했을 거라고 돌이켜 생각했다.

"내 말 기분 상하지 말고 들어줬으면 좋겠는데, 싸움은 보통 흔하게 하지 않아?"

연애 이야기에 특히 열을 잘 올리는 여자들 사이에서 주기적으로 튀어나오는 화제로, 그 자체는 절대 드물지 않다.

게다가 대부분은 사소한 문제가 발단이 되어 어색해지는, 싸움이라고 부르기 힘든 것도 많다. 일단은 그런 쪽에 해당하지 않는지 확인하고 싶어 하는 사토였는데, 바로 깊게 파고들어 오지는 않았다.

"뭐, 싸움 정도는 누구나 해. 아야노코지가 화내는 모습은 전혀 상상도 안 가지만…… 그때는 화냈어?"

머뭇거리며 물어보았지만, 카루이자와는 곧바로 고개를 가로저었다.

"화낸 건 나야."

"아, 응, 그렇구나."

의외의 면모를 들을 수 있을까 싶던 사토였지만 이내 그 생각을 지웠다.

"그럼 케이 짱이 일방적으로 화내는 상황이 이어졌다는 거야?"

만약 그렇다면 화해하는 방법은 간단하다.

카루이자와가 웃으면서 아야노코지를 용서하면 원래 사이로 돌아갈 수 있다고 사토는 생각했다.

"그런 건…… 아니고……."

"괜찮으면…… 왜 싸웠는지, 말해줄 수 있어?"

그것을 모르면 더 깊이 이해할 수 없다.

카루이자와도 사토가 진지하게 들어주고 있다고 믿고, 싸우게 된 계기를 털어놓기로 했다.

일의 발단은 어느 토요일 밤. 크리스마스 선물을 사러 가자고 말했을 때.

아야노코지가 이치노세와 휴일에 만나기로 했다는 것을 알고 화내버렸다는 것.

그 이면에 어떠한 이유나 생각이 있다는 걸 믿어주지 못했다고.

상황을 다 들은 사토가 조용히 눈을 감았다.

그러더니 갑자기 손바닥으로 자기 두 무릎을 힘껏 때렸다.

"그렇구나…… 아야노코지가 잘못했네!"

사토가 내린 결론은 상대방을 배려하지 않았다는, 순수한 여성 시점의 생각이었다. 사토는 자신 있게 대답했다.

"그, 그렇지?!"

자기편을 들어주자 카루이자와의 표정에 조금이나마 생기가 돌아왔다.

"당연하지. 사귀는 여자가 있는데, 사정이 어떻든 간에 다른 여자랑 휴일에 단둘이 나가는 건 아웃이야! 거절하던가 최소한 케이 짱이나 다른 남학생이나 여학생이랑 같이 만나야지!"

화내는 것도 무리는 아니다. 아니, 화내는 게 당연하다.

"태연하게 이치노세랑 만나고…… 심지어 이유도 알려주지 않았다니……."

그 말을 들은 이후 오늘까지 카루이자와가 얼마나 불안하고 걱정했는가.

그래도 하라는 대로 공부에 몰두하며 오늘까지 버텼다.

"이치노세, 말인데…… 누구랑, 사귀거나 하진 않지?"

혼자서는 다 감당할 수 없는 불안.

누구. 아야노코지를 가리키는 게 아니라, 다른 사귀는 남자가 있었으면 좋겠다는 카루이자와의 도망치는 감정이 그런 말로 나왔다.

"……들어본 적 없어. 학교에서도 꽤 인기 많고 유명하니까 누구랑 사귀면 바로 알 거라고 생각해……."

"……그렇지?"

알고 있다고, 다시금 그 사실을 확인한 카루이자와가 눈을 내리깔았다.

"으으윽……!"

참지 못한 사토가 카루이자와를 부둥켜안았다.

"앗, 마야 짱?!"

"하지만 케이 짱은 잘못한 게 없는걸!"

"……고마워. 하지만 나도 잘못하긴 했어. 좀 더 키요타카의 말을 잘 듣고 이해해줬더라면…… 다투지 않고 끝났을 텐데."

다음 주에 크리스마스 선물을 사러 가자고 웃으면서 대답하고 팔짱을 꼈어야 했는데.

과거로 돌아갈 수 있다면 꼭 그렇게 할 거라며 후회했다.

사토가 보기에 카루이자와 케이는 사랑스럽다. 순수하게 외모도 상위에 드는 여자다.

입학한 지 얼마 되지 않았을 때는 히라타에게 찰싹 달라붙은 헤픈 여자, 고자세, 고압적, 남을 깎아내리고 싶어 하는 비호감 성격이라고 내심 싫어하던 시기도 있었다. 하지만 같은 사람을 좋아하게 되고 서로 마음을 터놓은 사이가 된 지금은 안다. 이 아이는 강한 척 굴었던 것뿐이지, 겉모습과는 다르게 귀여운 성격이라는 것을.

다른 여자가 아야노코지를 노려도 지지 않는다는 자신감을 가지고 밀어붙일 수 있다.

하지만 다른 사람도 아니고 그 상대가 이치노세 호나미라면 이야기가 다르다.

만약 이치노세가 아야노코지에게 호감을 품고 있다면?

아야노코지가 카루이자와에서 이치노세로 환승, 그럴 가능성을 지울 수 없다.

"저기. ……아니면 좀 알아볼까? 이치노세 반 사람들한테."

무서운 것, 보고 싶지 않은 것을 봐버릴 가능성은 있지만, 앞으로 아야노코지와 사이를 회복해도 똑같은 일이 일어난다면 또다시 걱정하고 불안해할 것이다.

여기서 이치노세에게 그런 마음이 전혀 없다는 것을 알 수 있다면──.

"부탁── 아, 아니야, 역시 됐어."

그래도 불안 쪽이 이긴 카루이자와는 사토의 제안을 사양했다.

그리고 싫은 감정을 떨쳐내려는 듯 자리를 박차고 일어났다.

"응. 이제 더는 생각 안 할래. 지금부터 마야 짱이랑 신나게 놀다가 밤에 키요타카를 만나러 가야겠어. 그래서 꼭, 꼭 화해할 거야!"

"바로 그 기세야! 응원한다!"

둘이 마주 보고 환하게 웃은 직후, 카루이자와의 손에 있던 스마트폰이 진동했다.

순간 아야노코지의 연락이라고 생각한 카루이자와가 용기 내어 채팅 창을 열었다.

"앗──."

내용을 확인한 카루이자와의 표정이 그대로 얼어붙었다.

바로 걱정스레 쳐다본 사토.

"케이 짱?"

다시 이름을 불렀지만, 카루이자와는 시간이 멈춘 듯 꼼짝도 하지 않고 그저 화면만 응시했다. 무슨 일인가 싶어서 사토가 카루이자와 옆으로 화면을 들여다보았다.

"이게 뭐야……."

사토는 화면에 뜬 사진을 보고 카루이자와와 마찬가지로 굳어버렸다.

"이, 이거 누가?"

"……네네 짱이……."

모리 네네가 채팅 메시지와 함께 첨부한 사진 속에 지금 그렇지 않아도 화제에 올린 그 두 사람이 찍혀 있었다.

아야노코지와 이치노세가 이야기를 나누며 헬스장 밖으로 나오는 장면이었다.

바로 지금, 벤치에 앉은 두 사람 눈에 정면으로 들어오는 헬스장, 그 입구.

"어, 언제 사진이야?"

"……물어볼게."

서둘러 모리에게 채팅으로 확인해서, 그저께 저녁임을 확인했다.

카루이자와와 아이들이 막판 스퍼트로 호리키타와 함께 공부하던 시간이었다.

"어째서——."

"어, 어쩌다 우연히 여기서 마주쳤다거나…… 그, 그런 거 아닐까?"

사토가 필사적으로 수습해보려고 했지만, 누가 봐도 분명히 헬스장에서 나오는 모습이었다.

"아야노코지가 헬스장, 다녔나?"

"몰라……."

"안녕, 카루이자와."

"앗?!"

불안한 정신 상태에 연타를 가하듯 헬스장 앞에서 이치노세가 아는 척을 했다.

일단 돌아가서 옷을 갈아입은 건지, 이치노세는 사복 차림이었다.

"어라? 혹시 헬스장 온 거야?"

"그런 게…… 그게, 우연히 여기 온 건데…… 그렇지?"

"으, 응, 맞아 맞아."

맞장구치듯 사토가 과장되게 고개를 연신 끄덕이면서 벤치에서 쉬고 있었다고 알렸다.

"그렇구나. 난 또 아야노코지랑 같이 헬스 시작한 줄 알았지 뭐야."

마치 아는 게 당연하다는 듯 이치노세가 순진한 얼굴로 환하게 웃으며 대답했다.

"뭐——?"

"응? 왜 그래?"

"……키요타카가 헬스장 다닌다는 걸 이치노세는 아는 구나."

화면을 끈 카루이자와가 스마트폰을 주머니에 넣었다.

"알았다기보다 얼마 전부터 내가 다니고 있었거든. 아야 노코지한테 그렇게 말하고 같이 헬스장 와서 체험해보더 니 마음에 들었나 봐. 자기도 끊고 싶다고 하더라고."

"그랬구나……."

기어들어 가는 목소리로 카루이자와가 중얼거렸다.

"그럼 이치노세는 이제 운동하러 들어가는 거야?"

"특별시험에서 이겨서 반 애들이랑 축하하려고. 카페에 모이기로 했는데, 저번에 헬스장에 갔을 때 뭐 두고 온 게 있어서 들렀다 가려고."

그렇게 말한 이치노세가 웃었다.

"저기, 이치노세. 저번에 아야노코지랑 단둘이 만났다는 게 정말이야?"

카루이자와가 물어보기 힘들다면 자기가 나설 수밖에 없다며, 사토가 작심하고 물어보았다.

"응?"

"이치노세…… 아야노코지랑 사이에 아무것도 없지?"

"어머나. 우리, 아무 사이도 아니야!"

설마 지금 무슨 소리를, 하고 가볍게 손사래를 치며 부 인했다.

"······정말로?"

그래도 사토는 의심을 거두지 않고 더 추궁했다.

카루이자와가 소맷자락을 잡아당기며 말리려고 했지만, 강도가 그리 세지는 않았다.

"응. 난 그런 걸로 거짓말 안 해. 그때 아야노코지한테는 반 일로 상담을 좀 받았을 뿐이야. ······혹시 오해했어?"

노려보는 사토와 불안해하는 카루이자와를 응시하며 이치노세가 당혹스러워했다.

"혹시 카루이자와가 싫어하지 않을지 걱정하긴 했는데······ 미안해."

이치노세는 미안한 표정으로 머리를 숙였다.

그 모습을 보고 카루이자와도 차마 말하지 못했던 생각을 말로 꺼낼 용기가 생겼다.

"······혹시 칸자키 일로?"

카루이자와의 입에서 자연스레 나온 칸자키의 이름. 이치노세는 짐작 가는 바가 없었지만, 그 질문만으로 상황을 추리해 볼 수는 있었다.

"응. 우리 반은 D반까지 떨어져서 이제 여유가 없으니까. 우리만으로는 재기할 힘이 없어서 애먹고 있었어. 그걸 보다 못한 아야노코지가 어떻게든 해보자고 도와주기로 한 거야. 혹시 그 애 말고 마코 짱 같은 이름도 듣지 않았어?"

"마코 짱이라면 아미쿠라? 그건 못 들었는데······ 히메노라면 들었지만."

아야노코지와 이치노세에 대한 의혹이 조금 걷히자 카루이자와의 말투도 한결 가벼워졌다.

"맞아 맞아, 히메노도 반이 재기하는 걸 돕기로 했거든. 같이 의논하는 중이야. 이 일을 아는 사람은 또 있으니까 안심해도 돼."

깊게는 모른다고 본 이치노세가 카루이자와를 안심시키려고 그렇게 말했다.

"하지만── 왜 키요타카가 이치노세 반을 돕는지 난 잘 이해가 안 돼."

"그러니까. 무슨 이상한 이유라도 있는 건……."

여전히 의심을 완전히 걷지 않은 두 사람이 얼굴을 마주보며 불안해했다.

그 모습을 본 이치노세는 고개를 끄덕이고는 한 번 눈을 감았다.

"이해의 일치야."

"이해의, 일치?"

"우리는 최근에 계속 져서 힘들어하고 있었어. 그런 상황에서 2학기 마지막에 특별시험을 치른다고 하고. 상대는 류엔이니까 지면 A반과의 차이가 더 벌어질 위기에 몰렸지. 아야노코지는 최하위인 우리가 지는 것보다 2위를 노리는 류엔이 지는 게 더 낫다고 생각하지 않았을까?"

아야노코지가 라이벌 반인 이치노세 쪽에게 가담한 이유로 제일 납득이 가는 대답. 더 강한 라이벌을 쓰러트리기 위해 일시적으로 가세한 지원군일 뿐임을 강조했다.

"정말 정말로…… 키요타카랑은 아무것도 없는 거지?"

"양심에 찔리는 사이는 절대 아니야."

올곧은 눈동자로, 부적절한 사이가 절대 아니라고 분명하게 말했다.

거짓말이라는 생각이 들지 않는 그 태도에 카루이자와와 사토도 그저 고개만 끄덕일 수밖에 없었다.

"소중한 여자친구한테 제대로 말도 안 해주고 아야노코지도 안 되겠네. 하지만 나 때문에 균열이 생긴 거라면 그래, 책임지고 화해하게 도울게."

"그, 그건 괜찮아. 사정도 이제 알았고 오늘 중으로 화해할 수 있을 거야! 그렇게 말해줘서 고마워, 이치노세."

"아니야, 난 신경 쓰지 마. 또 무슨 힘든 일 생기면 언제든지 말해줘."

다정하게 말한 이치노세는 헬스장에서 점점 멀어지는 두 사람의 뒷모습을 지켜보았다.

"안심해, 카루이자와. 정말이야, 아야노코지랑 아직은 아무 사이도 아니니까."

돌아선 카루이자와 일행에게는 들리지 않는 작은 목소리.

그렇게 중얼거린 이치노세가 계속해서 말을 이었다.

"아직은, 말이야──."

몸에 뿌린 향수의 향기를 남기고, 이치노세는 힘차게 걷기 시작했다.

1

겨울방학 첫날. 구름이 짙게 깔린 하늘에서 아침부터 빗방울이 떨어지고 있었다.

약속한 시각보다 10분 정도 지나, 류엔이 우산을 쓰고 걸어왔다. 먼저 와서 기다린 이치노세가 조용히 류엔의 얼굴을 응시했다.

이윽고 빗소리를 넘어, 서로의 목소리가 들릴 정도의 거리에서 자연스레 걸음을 멈추었다.

"요즘 계속 날씨가 이렇네."

류엔이 늦은 것에 대한 언급은 전혀 하지 않고 이치노세가 그렇게 운을 뗐다.

"늦은 데 불만은 없는 건가?"

"신경 안 써. 류엔이랑 약속한 시점에서 30분 정도 기다리는 건 각오했으니까. 만약 계속 기다려도 안 나타나면 과감하게 그냥 돌아갈 생각이기도 했고."

여유롭게 대답한 이치노세는 류엔보다도 날씨가 더 신경 쓰이는 듯했다.

우산을 비스듬히 하고 비 내리는 하늘을 살짝 올려다보

았다.

"오늘 내내 오겠지."

"굳이 내 부름에 응하다니 사람이 어디까지 착한 거야?"

이치노세의 말을 무시하고 류엔이 그렇게 물었다.

"친구라고 하면 류엔이 받아들일지 모르겠지만, 부르면 응하는 게 보통 아닐까? 이 시간에는 별 일정도 없었고. 그런데 무슨 일로 보자고 했어?"

"내 계획이 조금 틀어졌거든. 그 원인을 찾아볼까 싶어서."

"특별시험을 말하는 거야? 괴롭힌 건 좀 힘들었달까."

"비슷한 짓을 또 하는 건 재미없다고 생각했지만, 우리 장기 말들 적성에는 맞나 보더라고. 그게 제일 편하고 효과적인 방법이면 또 안 쓸 도리가 없잖아?"

류엔은 반 아이들에게 지시해서 이치노세 반 아이들을 집요하게 압박하고 방해하게 했다. 교실, 도서실 또는 노래방 등에 모여 공부하는 이치노세 반 학생들에게 억지로 난입해 소란 피우고 방해했다.

아야노코지 쪽 아이들은 꿈에도 모르겠지만, 그 이외에도 류엔은 위험한 지시를 내렸었다.

학력이 높은 학생에게 돈을 내밀면서 모든 문제를 틀리면 보수를 지급하겠다고.

혹은 문제를 다 풀면 친구들 일부가 곤란해질 거라는 협박까지.

약한 상태인 반이라면 아무리 결속이 단단해도 바람구

멍을 뚫을 수 있다고 판단한 전략.

"다들 방해받은 건 틀림없으니까."

"그렇겠지."

다만, 그건 결과적으로 큰 타격은 되지 않았다.

원래 크게 벌어진 학력 승부에서는 정공법을 썼다 한들 류엔은 승산이 별로 없었다.

그걸 알기에 장외 대결로 쓰러트리려고 계획한 것이다.

"그런데 그 방식을 쓰면 정말로 이길 수 있다고 생각한 거야?"

"그래, 생각했지."

그런데 막상 뚜껑을 열어보니, 이치노세 반은 그 어떤 전략도 통하지 않았다.

"이번엔 그냥 순수하게 칭찬하러 왔다, 이치노세. 너희 반이면 그 정도쯤 하면 무너질 줄 알았는데, 적어도 1학년 때보다는 성장한 모양이더군."

류엔에게 한 이시자키 무리의 보고에는 이치노세 반에 한 방해 공작이 성공했다는 말뿐이었다. 유혹과 협박에 순순히 넘어가는 학생은 비록 없었어도, 눈에 보이는 동요 등을 통해 어느 정도의 효과를 실감했었다.

그런데 사실 이치노세 반은 겉으로만 곤란한 척했을 뿐 뒤에서는 착실하게 시간을 만들어 공부했고 일부러 협박에 겁먹은 척 연기했을 뿐이었다.

"누가 알려준 아이디어야? 예전의 너라면 형식적인 스

터디를 중지시켜 노동력을 괜히 할애하지 않고 일찌감치 틀어박혔어도 이상하지 않은데. 협박도 대놓고 바로 거부했을 거고. 그런데 일부러 우리 전략에 걸려든 척 연기하다니."

이게 사카야나기나 아야노코지였다면 류엔도 놀라지 않았으리라.

오히려 당연한 대책으로 더 강력한 수법도 고려했을 터.

궁지에 몰린 쥐는 고양이를 무는 법. 막다른 곳으로 내몰린 약자의 역습인가.

그것을 직접 확인하려고 류엔이 여기에 이치노세를 부른 것이다.

"알려준 사람 없어, 류엔. 우리는 어수선한 분위기 속에서 힘들어하면서도 계속 공부했을 뿐이야. 협박 섞인 말은 단순히 다들 무서워했어. 그냥 어쩌다가 무너지지 않았던 것뿐이지."

"이제 와서 겸손 떨 필요 없잖아. 분명히 너희 반은 뭔가 변했다고."

"그건 직접적인 패인이 아니야. 너희도 우리나 다른 반처럼 시험에 진지하게 임했어야 해. 공부해서 점수를 땄어야 해. 호리키타 반이 사카야나기 반을 이겼듯이."

"유리한 시험에서 공짜로 이긴 것 좀 가지고 아주 가르치듯이 말하네. 뭐, 이번 특별시험은 미적지근함의 극치였으니까. 아무도 퇴학당할 위험이 없고 그저 펜 단단히 붙잡고 팔만 움직이면 되는 시험. 나도 진심으로 치기에는 열량이 부족했었다."

"다른 사람들처럼 평범한 방법으로는 안 됐던 거야?"

"멍청이들한테 1~2주 공부를 가르쳐줘봐야 향상될 리가 없지. 주위를 밀어내는 게 더 편하고 빠르다고 판단했을 뿐이야."

비가 쏟아지는 가운데, 류엔은 이치노세와 마주 보고 웃었다.

"하지만 그 판단이 틀렸던 거네."

"내세울 거라고는 성실함밖에 없는 놈들한테 당했으니 다음번엔 더 성대하게 방해해줘야지."

"만약 같은 특별시험을 또 치른다고 해도 방식을 바꿀 생각은 없다는 말이야?"

"그래, 안 바꿔. 장외에서 침몰시켜 줄게."

그게 자신들의 방식이라는 듯 류엔이 당당하게 대답했다.

"그렇구나. 더는 무슨 말을 해도 의견이 일치할 일은 없을 것 같네."

"일시적이나마 근소한 차이로 C반으로 돌아갔군. 하지만 또 이길 수 있다고 생각하는 건 아니겠지. 넌 이미 늪에 빠진 가여운 양이야. 늪에서 아무리 발버둥 쳐봐야, 아니 발버둥 치면 칠수록 점점 더 빠지기만 할 운명인 거지. 안 그래?"

"지금까지 쭉 지기만 했으니까. 듣기 귀 아픈 얘기네."

"다시 한번 말하지만, 이번에는 특별시험 내용 때문에 살았을 뿐이야."

"그건 부정하지 않을게."

집요하게, 그리고 억지로 이치노세를 물고 늘어지는 데는 류엔 나름의 노림수가 있었다.

이런 대화를 주고받음으로써 상대방을 꿰뚫어 볼 수 있다고 봤기 때문이다. 그런데 보이지 않았다. 지금까지의 이치노세였다면 보여주었을 빈틈이 조금도 드러나지 않았다.

"네가 학년말 시험에서 붙는 건 아야노코지 반이지. 그 반은 네가 상대하기 어려울걸? 내가 짓밟을 예정인 사카야나기보다 더. 즉, 패배를 피할 수 없어. 나뿐 아니라 사카야나기 녀석도 같은 생각일 거다. 학년말에 가서 이치노세는 끝이라고."

이번 승리는 없는 것이나 마찬가지. 희망 품지 말라고 압박을 넣었다.

이치노세는 바로 대답하지 않고, 선 채로 류엔의 이야기에 귀를 기울였다.

"아야노코지 반 입장에서는 편하겠지. 나나 사카야나기가 아닌 잔챙이랑 붙어서 반 포인트를 챙길 수 있으니까. 이보다 더 운 좋은 일이 또 있을까?"

집요하게 이치노세를 공격했고, 돌아오는 반응이 없어도 무시하고 계속 몰아붙였다.

"하긴──. 학년말 시험에서 지면 우린 끝일지도 모르지."

직접 대결에서 지금 이상으로 큰 차이가 벌어지면 1년 안에 만회하기란 불가능에 가깝다.

"그러니까 너한테 A반으로 졸업할 방법을 알려줄게."

"그런 방법이 있어?"

"학년말 시험에서 넌 A반으로 가는 길이 아예 끊어지겠지. 그럼 A반으로 졸업하려면 프라이빗 포인트를 모으는 수밖에 방법이 없지."

"40명을 구제하려면 상상을 초월하는 돈이 필요해. 그건 무리 아니니?"

"모두는 못 구하지. 하지만 한 명이라면 어떨까? 단 2,000만 포인트면 돼. 넌 반 애들한테 선의로 돈을 모을 능력이 있어. 녀석들은 신뢰를 담보로 100만이든 200만이든 너한테 돈을 맡길 거야. 마지막 순간에 그 돈을 쓰면 그만 아닌가."

"모두가 맡긴 돈을 써서 반을 이동하라니, 그건 횡령이야. 학교에서 인정하지 않아."

"글쎄, 어떨까? 그야 나나 사카야나기 같은 인간이 같은 짓을 저지른다면 처벌 대상이 되겠지. 단칼에 퇴학당할 거야. 하지만 너라면 그럴 가능성이 작아."

"어째서?"

"착한 애들이라면 네 기분을 동정하고 이해해 줄 테니까. 횡령당했다는 걸 알아도 『그건 자신들이 준 돈』이라고 학교에 말할 거야. 아무도 항의하지 않으면 횡령도 뭣도 아니지. 100%까지는 아니더라도, A반행에 걸어보기에는 충분한 확률이야."

"흥미로운 이야기구나. 하지만 이제 배부르네."

불러낸 목적을 파악한 이치노세에게 더 이상 이 자리에 머무를 이유는 없었다.

"이야기 끝났어?"

"원래 앞으로는 스즈네, 사카야나기랑 놀 계획이었는데, 장차 퇴학과 관련된 대결이 시작되면 너희 반도 타깃이야. 필사적으로 지켜온 너의 친구들을 내가 적당히 제거해 줄게."

이 말은 절반은 허풍이다. 류엔은 아직 이치노세를 장애물로 인식하지 않고 있다.

견제하면서, 얌전히 있으라는 충고를 섞은 협박이었다.

"그럼 난 그전에 막아야지. 필요하다면 류엔을 퇴학시켜서라도."

"크큭. 네가 나를, 아니 내가 아니라도 누군가를 없앨 수 있을까?"

착함의 인간화인 이치노세는 남에게 상처 주는 것을 극도로 싫어한다.

그건 지난 2년간 류엔뿐 아니라 주변 사람 모두의 일률적 감상.

"당당하게 거짓말할 수 있게 된 것만으로도 진보했다고 봐야 할까."

"고작 나 따위랑 꽤 말 오래 섞는구나. 사카야나기도 그렇고 류엔, 너도 그렇고 이렇게까지 경계할 필요가 있어? 네가 말한 대로 나에겐 더 물러설 데도 없어. 신경 쓸 존재가 아닌데."

짙은 구름이 하늘을 뒤덮으며, 빗소리가 한층 강해졌다.

어느새 류엔에게서 미소가 사라지고 이치노세의 말을 곰곰이 되새겨보고 있었다.

앞에 서 있는 여자는 장애물로 여길 가치도 없다. 그렇게 생각하고 대했는데.

그런데 냉정하게 생각해보니 자신이 꽤 연연하고 있다는 걸 알아차렸다.

"난 앞으로 상대가 누구든 봐주지 않을 거야. 이기기 위해 수단을 고를 생각도 없어."

"허풍이라고 해도 너답지 않은 발언이로군."

"고민할 시간이 이제 없다는 걸 깨달았을 뿐이야. 정말 단지 그뿐인데."

류엔의 마음속에서 경솔한 생각이 서서히 물러갔다.

"상대가 누구든 봐주지 않겠다고? 요즘 들어 아야노코지한테 미련이 많아 보이던데. 그럼 네가 제일 먼저 배제할 사람은 카루이자와인가?"

그냥 농담. 정신적으로 동요하게 만들려는 류엔 나름의 괴롭힘.

그 정도의 발언이었는데, 이치노세는 부드러운 미소를

거두지 않았다.

"미련이라니?"

"좁은 이 학교에서는 소문이 금방 퍼진다고."

정보를 모으는 과정에서 두 사람의 만남이 늘어나고 있다는 걸 류엔은 이미 파악했다.

이치노세의 일방적인 감정도, 추리의 영역이지만 확신했다.

"배려하지 말고 좀 더 타산적으로 움직이는 건 어때? 뭣하면 카루이자와를 배제하는 걸 도와줄게."

초조, 분노, 불만과 혐오.

그 어떤 감정이든 상관없으니 내보여라. 그런 류엔의 의도가 담긴 부추김.

"이미 류엔한테도 들켰구나? 그럼 더 숨길 필요도 없네."

슬쩍 웃은 이치노세는 류엔의 눈을 똑바로 보고 망설임 없이 대답했다.

"개인적인 감정 때문에 카루이자와를 퇴학시키고 싶은 마음은 없어. 그건 이야기가 다르니까."

세게 말했어도 결국은 착한 사람인가.

그렇게 류엔이 다시 생각을 고치려는데…….

"그런데 류엔이 착각하는 게 있어. 난 충분히 타산적인 사람이라는 거."

그렇게 말한 이치노세가 가슴에 손을 얹으며 미소 지었다.

"풀 수 없는 문제가 있다면 생각하면 돼. 생각해서 답을 도출하면 돼. 그래도 답이 나오지 않으면 행동으로 옮겨보는 거야. 그렇게 하면 대체로 길이 열리기 마련이지."

"무슨 뜻이냐?"

"글쎄, 무슨 뜻일까?"

이치노세는 떠올렸다. 수학여행의 밤을.

그때부터 자기 안에서 운명이 바뀌기 시작했다.

아주 작은 가능성. 아니, 가능성조차 고려하지 않고, 본능에 따르자 나온 결과.

모두 숙소에 모인 밤이라는 상황. 눈보라. 사라진 자신.

그것이 소동으로 발전하면 반 아이들이 어떻게 움직이고 일이 어떻게 흘러갈지.

아야노코지가 자신을 찾아낸 것은 하나도 놀라운 일이 아니었다.

그 시간, 그 순간 모든 것은 필연이었다는 뜻.

우산을 든 류엔의 손, 거기서부터 시작해 온몸으로 꺼림칙한 느낌이 퍼져나갔다.

"됐지? 이제 운동하러 가야 해. 행복한 시간을 1초도 낭비하고 싶지 않아서."

지금까지 분석한 이치노세, 그 모든 것이 부정당한 느낌.

이치노세는 더 이상 류엔에게 한 조각의 흥미도 없었다.

걸음을 뗀 이치노세는 류엔 옆을 지나쳐 케야키 몰로 향했다.

"전에 했던 말은 취소다, 이치노세."

류엔이 뒤돌아보며 이치노세의 등에 대고 말했다.

"학년말 시험에서 너랑 붙지 않는 게 우리한테는 행운인지도 모르겠군."

그것은 하나의 예감.

한순간에 불과할지라도 사카야나기보다 위험하다고 느끼게 만든 그 기운에 경의를 표하는 말이었다.

작가 후기

드디어 2023년이 밝았습니다. 안녕하세요, 키누가사입니다. 올해도 잘 부탁드립니다.

작년에는 애니메이션 2기도 공개되었고 여러 가지로 소란하고 바쁜 일 년이었습니다.

올해는 3기도 예정되어 있는데, 또 조금이나마 떠들썩해지면 좋겠다는 생각이 듭니다.

개인적인 이야기입니다만 최근에 평일 루틴이 생겼는데요. 아침마다 카페 후보 세 곳 가운데 하나를 골라 간답니다. 책상에 앉아서 하는 직업이라 늘 운동 부족이기 때문에 걷거나 자전거를 타고 이동합니다. 이도 저도 아닌 아이디어를 짜내면서 점심때까지 시간을 보내다가 귀가. 밤까지 작업실에 틀어박혀 일한 후 취침. 이것을 주5일 반복하지요.

휴일에는 일을 절반으로 줄이고 아이들과 놀면서 하루를 보내요. 평일은 순식간에 지나가는데 주말은 세 배 정도로 길게 느껴져서 큰일……. 그래도 의외로 그때 재미있는 아이디어가 잘 떠오르곤 하니 참 신기하지요.

요즘 하는 고민으로는, 제가 한 번 감기에 걸리면 오래가는 편인데 크리스마스 전부터 기침이랑 콧물이 낫질 않는다는 거예요. 약국 약도 처방약도 잘 듣지 않아서 아직 완치의 기미가 보이지 않는……. 특히 기침이 심해요.

마트 같은 데 가서 기침을 연발하면 아무리 마스크를 끼고 있어도 너무 죄송합니다.

빨리 날씨가 포근해져서 건강을 되찾게 해달라!

자, 지금부터는 본편 이야기. 이번 9권에서는 길었던 2학년 편도 마침표를 찍습니다. 지금까지 함께해주신 분들, 고생 많으셨습니다. 타성에 젖은 거라도 좋으니 앞으로도 쭉 함께해주시면 기쁘겠습니다.

아야노코지 그리고 그 밖의 캐릭터들도 3학기, 또 3학년을 맞이할 준비에 들어가고 있습니다. 3학기 편은 2학기 편보다도 내용적인 면에서는 다소 가혹한 전개가 될 듯한데, 미리 양해 말씀을 드립니다.

그리고 다음 권은 늘 그렇듯 겨울방학 편입니다.

당분간 힐링 시간이 줄어들 것을 생각하면 따뜻한(아마도) 겨울방학 편이 소중해질지도 모르겠네요.

이제 또 잠시 뵐 수 없지만, 여름이 오기 전에 다시 인사드릴 수 있기를 고대합니다.

YOUKOSO JITSURYOKUSHIJOUSHUGI NO KYOUSHITSU E 2NENSEIHEN Vol.9
©Syougo Kinugasa 2023
First published in Japan in 2023 by KADOKAWA CORPORATION, Tokyo.
Korean translation rights arranged with KADOKAWA CORPORATION, Tokyo.

어서 오세요 실력지상주의 교실에 2학년 편 9

2023년 6월 15일 1판 1쇄 발행

저 자	키누가사 쇼고
일러스트	토모세슌사쿠
옮 긴 이	조민정
발 행 인	유재옥
본 부 장	조병권
편 집 1 팀	김준균 김혜연
편 집 2 팀	박치우 정영길 정지원 조찬희
편 집 3 팀	오준영 이해빈
편 집 4 팀	박소영 전태영
라이츠담당	김정미 맹미영 이윤서
디 지 털	김지연 박상섭
미 술	김보라 박민솔
발 행 처	㈜소미미디어
인쇄제작처	㈜코리아피엔피
등 록	제2015-000008호
주 소	서울시 마포구 토정로222, 403호 (신수동, 한국출판콘텐츠센터)
판 매	㈜소미미디어
마 케 팅	박종욱
영 업	박수진 최원석 한민지
물 류	백철기 허석용
전 화	(02)567-3388, Fax (02)322-7665

ISBN 979-11-384-7871-7 04830
ISBN 979-11-6611-455-7 (세트)

○절대 안 들어갈 거야 (게이머즈)

왜 복도로 불러내나 했더니 학생회에 들어가라고?

그것도 모자라 호리키타가 학생회장인데 그 밑에? 웃기지 말라고 해.

아무리 이익이 있다고 해도 내가 받아들일 리 없잖아.

단호하게 거절할 생각을 하던 나의 등 뒤로 묘한 그림자가 생기나 싶던 그 순간——.

"그거야 뻔하지 않겠어요? 쿠시다 선배가 학생회에 들어가면 쿠시다 선배를 아주 많이 싫어하는 사람이 있어도 쉽사리 건들 수 없잖아요오오~~~."

위에서 덮듯 나에게 달라붙은 사람은 1학년 아마사와였다.

살의를 느낄 정도로 싫은, 지금 제일 가까이하기 싫은 인간 중 하나다.

호리키타도 이 자리에 아마사와가 있으면 방해된다고 생각했는지 빨리 보내려고 했다.

"딱히 특정한 누군가가 있는 건 아닌데요. 굳이 말하자면 쿠시다 선배일까?"

"나? 그, 그렇구나. 대체 무슨 일일까?"

"어머?? 뭘까~? 제가 무슨 일로 왔다고 생각하세요?"

이 애, 분명 그냥 나를 놀리려고 여기 온 거 맞지? 진짜 죽여버리고 싶다.

하지만 이 자리에서 행동으로 옮길 수도 없기에 나는 부처

님 같은 마음으로 참기로 했다.

게다가…… 여기에는 아야노코지도 있으니까.

아니 아니, 딱히 있든 말든 무슨 상관이야.

스스로 생각해도 영문을 알 수 없는 감정이 순간 불쑥 튀어나와서, 얼른 짓밟아 없애버렸다.

그렇게 아마사와까지 대화에 낀 상황에서 어떻게든 이야기를 끝내려고 계속 시도했다.

"미안해, 기대에 부응하지 못해서. 나 따위에게 학생회는──."

"그러지 말고 그냥 학생회에 들어가는 게 어때요?"

또 아마사와가 그렇게 말하며 방해했다.

게다가 계속 내 뒤에 달라붙어서 허락도 없이 몸을 만져대며 까불었다.

보는 눈이 많아 어떻게든 미소를 유지하고 있으니 이제는 볼까지 건들기 시작했다.

"쿠시다 선배는 그럭저럭 미인이고, 몸매도 그럭저럭 괜찮고. 머리도 그럭저럭 좋지 않나요?"

더는 못 참겠다. 이게 내 한계다.

"저기, 말이야. 이야기 계속할 거면 장소, 를 말이지, 바꿀래?"

자리를 옮기지 않으면 당장이라도 아마사와의 숨통을 끊어놓을 것만 같다.

필사적으로 호소하자 호리키타도 이해했는지 제안을 받아들였다.

아아 진짜, 왜 싫은 애들한테 둘러싸여서 싫은 시간을 보내야 하는데?

학생회에 절대 안 들어갈 거야.

빨리 이야기 끝내고 돌아가자. 나는 속으로 그렇게 다짐하면서 계속 스트레스를 쌓아갔다.

○도통 알 수 없는 남자 (토라노아나)

칸자키 일행과 노래방에서 이야기를 나눈 그날 밤. 케야키 몰에 늦게까지 남아 있던 나에게, 나와 비슷하게 시간을 보낸 듯한 아야노코지가 말을 걸었다.

"음…… 그냥 멍 좀 때렸어. 잡화점도 가고 아무 생각 없이 영화관 앞까지도 가보고?"

밤까지 남아 있었던 이유를 대답한 후, 갑자기 든 생각을 살짝 제안해보기로 했다.

"이왕 만났으니 괜찮으면 기숙사까지 같이 안 갈래?"

내가 우리 반 애들도 잘 안다고 말하기는 어렵다. 그렇지만 아야노코지에 대해서는 정말로 아는 게 하나도 없다. 그래서 조금이나마 어떤 사람인지 알고 싶다는 생각이 든 것이다.

다른 사람과 말하는 건 서툴기도 하고 썩 좋아하지 않는다. 짜증 난다고 느낀 적도 한두 번이 아니다.

하지만 어느새 옆에서 나란히 걷고 있는 아야노코지와 대화가 잘되고 있었다.

이성으로서 신경 쓰인다거나 그런 뜻이 아니라, 뭐랄까 티키타카가 잘 되는 느낌?

그렇지만 확실한 이유는 모르겠다. 뭐랄까 도통 알 수 없는 남자다.

"내 생각과 달리 정말 아무것도 못 했구나 싶어서. 이치노세가 위태위태한 상태라는 걸 모르는 주변 애들과 달리 눈치챈 내가 좀 대단하다거나, 칸자키와 손잡고 특별한 일을 한다는 근거 없는 자신감만 있었는데. 콧대가 꺾인 기분이 들었어."

"그거 왠지 미안한데."

"사과할 일 아니야. 오히려 아야노코지의 말이 다 맞아."

이 아이 말고 다른 사람한테도 좀 더 솔직해질 수 있으면 좋겠다고 생각했지만, 한편으로는 두렵기도 했다.

그런 나는 내가 아니다. 다른 존재로 변해버리는 것만 같은 느낌이 들었기 때문이다.

"좀 더 쉽게 굉장한 일을 해낼 수 있다고 생각했었는데…… 행동으로 옮기는 건 참 어려운 일이구나."

"누구나 그래. 이치노세도, 나도. 실천하는 건 힘들지."

"나아가야 할 길을 찾는 도중이지만 이대로 칸자키, 하마구치랑 같이 움직여서 정말 상황을 개선할 수 있을지 자신이 없어졌어."

"고민하는 건 나쁘지 않아. 다만 걸음을 멈춘다고 해결될 문제는 아니야."

하긴 그렇다. 그것도 옳은 말이다. 그렇지만…….

반을 바꾸려고 하는 지금 이 움직임이 정말 좋은 방향으로 갈지 잘 모르겠다.

"그렇지만 말이지. 반을 구하려고 움직이는 건데 보이지 않는 톱니바퀴가 조금씩 어긋나기 시작한 듯한. 그런 느낌을 지울 수가 없어."

내 느낌. 지금보다 사태가 더 나빠질 것 같은 예감이었다.

아니면 좋겠지만, 안심할 만한 요소를 아직 찾지 못했다.

부디 나의 이런 불안이 그저 쓸데없는 걱정이면 좋겠다고, 그렇게 생각했다.

○질투 (멜론북스)

아아, 긴장했어.

나는 수분 보충을 핑계 삼아 아야노코지와 마코 짱에게서 멀어졌다.

요즈음에는 30분 코스에도 익숙해져서 적당히 땀이 나는 정도로 잘 조절했었는데…….

오늘은 이상하게 땀도 많이 나고 심장이 뛴다. 이건 예삿일이 아니다.

갑자기 무슨 병에 걸렸다거나 하는 게 아니라 원인이 저 두 사람한테 있는 게 분명하다.

"마코 짱이 이상한 소리를 하니까……."

호흡을 가라앉히기 위해 최대한 생각하지 않으려고 했지만, 허사가 되었다.

아무리 해도 조금 전에 있었던 일이 떠오르고 만다.

『그런데 잠깐 나 좀 볼래, 호나미 짱?』

헬스장에 합류한 마코 짱이 나와 아야노코지를 번갈아 쳐다보더니 귀에 대고 속삭였던 말.

『평소와 다르지 않긴 한데, 지금 꽤 과감해 보이는 거 알고 있어?』

『……앗?!』

다른 쪽에 신경이 너무 쏠리는 바람에 내가 어떤 모습인지 꿈에도 몰랐다.

그냥 여느 때와 다름없이 헬스장에서 운동을, 평정을 가장하고, 그렇게 생각했으니까…….

『몰랐구나, 호나미 짱…….』

『왜 그래……?』

『아아, 그게…… 평소 옷차림이 아니라서 좀 창피하달까. 그렇지?』

『그렇구나?』

참 정성스럽게도 내 기분을 다 설명해버린 마코 짱.

그냥 시원하게 말하는 게 속 편할 거라고 여기고 그랬겠지만 역효과였다.

그런 다정한 오지랖 덕분에 그냥 쭉 숨어버리고 싶은 마음뿐이다…….

그래서 30분. 나는 오로지 러닝머신에만 의식을 집중했다.

그 반동이 지금…… 나타나고 있고.

"으으으…… 너무 창피해……."

지금 당장이라도 옷을 갈아입고 싶지만 그럴 수도 없다.

땀을 좀 흘려서 심플한 셔츠로~. 이러면 분명히 내가 무슨 생각인지 알아차릴 것이다.

상대가 단순한 사람이라면 몰라도, 아야노코지라면 분명히 눈치채겠지.

어느새 목이 바짝 말랐다.

피하기 위한 구실이었지만, 물도 충분히 마셔두기로 했다.

"좀 진정된 것 같기도 하고."

차가운 물을 목구멍으로 흘려 넘기면서 겨우 안정을 되찾았다.

"……응. 힘내보자."

지금은 헬스 시간. 나를 위해 운동에 집중하면 다 해결될 거야.

막상 그렇게 생각하고 헬스장 입구로 돌아왔지만, 다리가 점점 무거워졌다.

그런 내가 멀리서 본 아야노코지——는 마코 짱과 즐겁게 대화를 나누고 있었다.

"왠지 대화가 잘되는 느낌인데……?"

무슨 이야기를 나누는지는 모르겠지만 말이 전혀 끊기지 않고 쭉 이어지고 있었다.

마코 짱도 반 아이들을 대하는 태도와 별반 다르지 않았다.

수학여행 때 아야노코지와 같은 조여서 그럴까? 꽤 스스럼없는데…….

친구가 다른 친구와 친하게 지내면 좋은 일인데, 가슴이 울렁거리고 진정되지 않았다.

뭔가, 기쁘지 않은 감정이 내 주위에 달라붙었다.

그리고 분명 무거웠던 발걸음.

족쇄를 찬 것만 같던 느낌이 지금은 사라졌다.

오히려 이 울렁거리는 가슴을 빨리 잠재워버리고 싶었다.

이제 머릿속은 온통 그 생각뿐이었다.

"역시 나 좀 이상해…… 아니, 하지만…… 오늘은 극복하는 거야……!"

스스로 등을 밀 듯이 깊게 심호흡했다.

그리고 나는 여느 때와 다름없는 내 모습으로 두 사람에게 돌아가기로 결심했다.